广视角·全方位·多品种

权威·前沿·原创

中国文情报告（2010~2011）

主　编／白　烨

ANNUAL REPORT ON CHINA'S LITERATURE (2010-2011)

社会科学文献出版社
SOCIAL SCIENCES ACADEMIC PRESS (CHINA)

《中国文情报告》编委会

目录

B.1
总报告

白 烨

“文变染乎世情，兴废系乎时序。”刘勰的关于文学与时代相互关系的这句名言，已为古今以来文学发展的历史演进所不断证实，更为当下文学的历时新变所充分印证。文化与时代，文学与社会，从未像今天这样，有着那样内在的相互关联，有着那样密切的彼此互动。2010 年的文学与文坛，以它感应着时代脉搏和社会声息的姹紫嫣红，又为这句刘勰名言，增添了一个生动而有力的新的注脚。

经过改革开放的 30 多年，尤其是进入新世纪以来的 10 年，文学几乎是以跳跃式的姿态倾力进取，长足发展。而在其背后不断促其新变的动因，既有源自文学人自身的主观努力，文学创作的客观发展动力，更有来自时代情绪的强力推导，社会生活的推波助澜。几年前，我曾在一篇文章中，把文学的这种历史性演进造成的格局变异，用“三分天下”来加以概括和描述，现在看来，这不仅越来越成为无可避讳的文学现实，而且在板块分离、主体分立诸方面，更是有过之而无不及。这些既造成了文学现实的纷繁多样与兰艾难分，又使以跟踪与描述年度文情为己任的这份《中国文情报告》，在观察与把握上，在概括与辨析上，增加了更大的难度。

让人稍感欣慰的是，我们“中国文情报告”课题组的成员，

因为在各自承担的领域里，有着长期积累的经验和密切跟踪的积累，再加上各具把握现象与分析问题的能力，所撰写的分文体报告，都在有限的篇幅里，既描述了文体创作的整体演进情形，又抓住了文体创作具体的不同特点，把这些有声又有色的分文体报告连缀起来看，一年文学与文坛的进取与演变、优长与局限等，都相当客观而清晰地呈现了出来。

有了这样一个立足于坚实基础的分体报告的支撑，我的这个概述性的“总报告”，就大可不必去过多重复不同文体报告的内容与观点，而是把重心放在自己的观察所见与思考所得，以宏观层面的观察和以点代面的看法，来与各文体报告形成一种有机的互补与内在的互证。

一　传统型文学的重点

我曾在以前的《中国文情报告·前言》中，提出当下文坛由相对统一的格局已经演变为“一分为三”的新格局，其基本含义是：过去基本上以专业作家为主体队伍，文学期刊为主要阵地，作协、文联为基本体制的一个总体格局，经由20世纪80年代、90年代的不断演进与剧烈变异，已经逐步呈现出一种“三分天下”的新的格局，这就是：以文学期刊为主导的传统型文学、以商业出版为依托的市场化文学（或大众化文学）、以网络媒介为平台的新媒体文学（或网络文学）。

传统型文学，也即当代以来的以职业作家为主体，以文学期刊为阵地，以作协、文联为体制的文学板块。这一文学板块，在过去就是文学的整体构成。但在新世纪以来的文学演变中，因为市场化文学（或大众化文学）、新媒体文学（或网络文学）的先后崛起与并存并立，传统型文学从文坛之唯一，变成了其中之一，不再像过去那样，可以与整体文坛等量齐观，而是三分天下，只居其一。但同时还必须看到，传统文学虽然不再具有整体性，甚至经常受到另外两个新兴文学板块的挤压，但它仍在变动不居的当下文坛，具有某种指标性的意义，甚至变得更为重要。

传统型文学的重要性，可以从以下几个方面来看：一是由各级作家协会和有分量的出版社主办的文学期刊，联系着长期从事创作的各类文学作者，尤其是一大批造诣较高、影响较大的专业作家，这使它集聚了当下文坛最为重要的创作力量；二是文学期刊因为其作者素质高，办刊专门化，所发表的各类作品都代表了同一时期的重要成果和最高水准；三是文学期刊本身也在不断更变，过去相对圈子化的现象开始有所打破，一些过去忽略了的领域如长篇小说、散文随笔、青少年文学等，都有专门的文学期刊开始涉猎，这使得文学期刊在代表性与影响力上都有了新的提升。所以文学期刊这一块，虽然在整体上的影响不如过去，甚至经常面临生存困境，但它仍然是当下文学的主体构成部分。

事实上，以 2010 年的文学发展来看，也许在文学生产、文学传播上，传统文学没有表现出显著的突飞猛进，显见的革故鼎新，但在文学创作的层面上，在写作追求的攀登上，仍以好的和比较好的作品的联袂而来，新的和年轻的作者的不断涌现，支撑了当代文学在 2010 年的稳步运行，并使缭乱与多变的当代文坛，在整体上依然保持了一种应有的平衡。

人们评估年度文学创作的成就，主要是看长篇小说的创作，这使它在事实上成为当下文学创作中的重中之重。而长篇小说在 2010 年，无论从数量上看，还是从质量上看，都可以说是依流平进，收获甚丰。根据开卷图书市场研究所对全国书城、书店文学图

书的销售监测，2010 年的小说类新书数量为 4300 多种，其中长篇小说出版总量仍在 3000 部以上，而传统型长篇小说则以 1500 部左右的种数，广受文坛内外的关注与好评，为数量与质量的总比维持相对均衡增添了重要的砝码。其中，最让人为之称奇的长篇，当属张炜的由 10 部长篇作品构成的《你在高原》系列，而且每一部都血肉丰满，整体上又意蕴丰繁。这样的大手笔，在国内现当代文坛都属绝无仅有。最给人意外惊喜的，是宁肯的《天·藏》，作品不但言说了无法言说的，表达了难以表达的，而且在一部 35 万字的长篇里，囊括了西藏的魅力、佛教的要义、精神的奥秘、人性的诡异等多重意蕴。让人眼睛为之一亮的，还有朱晓平的在传奇性的曲婉故事里汇聚了十分复杂的人生内涵的《粉川》，杨争光的经由“问题孩子”来反思传统文化与应试教育的问题的《少年张冲六章》，艾伟的由私生女寻父来审问父亲也审视一个不堪回首的时代的《风和日丽》，关仁山的以视角独特的叙事和信息丰繁的内蕴全景式审视土地文化的《麦河》，徐小斌的借魔幻叙事的手法讽喻现实浑浊和人性畸变的《炼狱之花》。此外，范稳的“藏地三部曲”第三部《大地雅歌》，潘向黎的《穿心莲》，迟子建的《白雪乌鸦》，万方的《纸饭馆》，杜光辉的《可可西里狼》，罗伟章的《大河之舞》，陈河的《布偶》，寒川子的《四棵树》及“80 后”新锐作家笛安的长篇新作《东霓》，马小淘的《慢慢爱》等，或在题材拓展上有新的进取，或在主题探掘上有独特意蕴，都是年度长篇小说中值得关注的作者与作品。

在中短篇小说创作领域，有两个方面的信息，让人格外欣喜。一方面是从总体上看，作家们并没有减敛对于现实生活的深切关注，反而在紧贴现实，透视生活上，视点更为深沉，视角也更为巧妙。因而，中短篇小说在当代性与艺术性的结合上，仍有大量血肉丰满的佳作力构不断显现。另一方面，一些年富力强的实力派作家，如刘庆邦、林白、王松、葛水平、须一瓜、胡学文等，在看取生活与艺术表现上都有新的突破，其作品依然保持了较高的艺术水准；而那些年轻气盛的青年作家，如张惠雯、马泰泉、付秀莹、甫跃辉、藤肖澜等，也以高的起点和新的视点，表现出超越以往的有力进取，作品较之以往，显得更为深沉，也更加有味。

报告文学、散文、诗歌与戏剧等，在2010年度的坚守与发展，也有模有样和有声有色，而这与其背后的时代盛世的坚实依托和社会生活的丰富馈赠都不无干系。

比之以前，报告文学不再以“社会问题”的写作火暴文坛内外，但事实上我们的作家们并没有减敛对于社会现状与人生现实的高度关注，他们实际上是以更为沉稳的方式，在生活的广度与深度上不断探掘。因为转型中的社会、变革中的时代给报告文学作家们提供了更多的可能和更大的舞台，而报告文学本身具有的现实性、战斗性，都使有关民生主题的写作更见力度，也自然而然。这种直面现实的取向，使它自然成为所有文学中底气最足的文学。

从描写的对象上看，散文作家的视点几乎无所不在，散文作品的涉猎几近百无禁忌，历史与现实，人生与自然，人性与人情，感悟与思绪，都有出自真知的发见与备见真情的抒怀。让人颇感意外的是，写医院和写疾病的作品在2010年的散文创作中相对集中，甚至构成年度散文的重要特点之一。不管散文家们是开始在意自身，还是关注他人，都说明生命本身的意义在散文家的心目中上升了，而能设身处地地去感知生命存在的意义，对于散文创作在精神层面的提升显然很有裨益。

诗歌一度在公共社会文化生活中逐渐退隐，甚至有走向诗人群体和爱好者自身的圈子化倾向。但近年来新兴传媒的崛起与社会事

件的频发，又给诗歌展现出了“柳暗花明又一村”的可能与前景。一个明显的现象就是，诗歌依托于广袤的网络世界，另辟新的舞台伸展拳脚，重又获得了新的生存空间，并逐步形成坚守纸媒（或体制内）与立足网媒（或体制外）的双向发展。

而戏剧的守中有进，平中见奇，却来自另外一种力量的支撑，那就是不断介入的文化产业与业已成型的商业运营。2010 年的戏剧，从剧本创作到剧目演出，都在向经营性运作和市场化效应不断延伸。戏剧艺术与文化市场的深度结缘，使得新剧目与小剧场形成良性互动，从而使艺术戏剧与商业戏剧各行其道，并在互补与互竞之中走向协调发展。

总之，传统文学在整体文学泛化、当下文坛分化的总体趋势下，日益受到别的文学板块的冲击与碰撞，遇到了前所未有的挑战，但这种纷繁又复杂的文化环境与文学氛围，使得传统文学面对各种力量的纷扰与竞争，必须有力地强化自身，有效地增长力量，以寻求新的方式与新的出路。因而，它实际上又适逢了前所未有的机会，得遇了充满新的可能的契机，这又促使或迫使它必须直面严峻的现实，并在这一艰难的过程之中适时新变和与时俱进。

二　新兴文学的热点

新兴文学，也即传统文学之外的具有新的样态与形态的文学，从目前的情形看，主要是以网络文学为主的新媒体文学和以类型文学为主的市场化文学（或大众化文学）。这是近年来崛起迅速、相对成熟的两个文学板块。它们的兴起与兴盛，使文坛格局发生了明显的变异，也使文学的走向变得相当的扑朔迷离。这一切的背后，不只是文学自身的因素，更有社会的、经济的、文化的和传媒的各种复杂的因素。

以网络文学为主的新媒体文学，在两个方面的发展极大地超出了我们的想象。一是类型写作的分化，逐步显现特点，迅速形成气候。现在网络文学的类型，影响较大的即有十几种之多，如玄幻、仙侠、青春、穿越、言情、悬疑、历史、军事等。这些类型作品不只活跃在网际，有的还转为纸媒作品出版，在图书市场上占有越来越大的份额。2010 年的长篇小说总量达到前所少有的 3000 多部，除传统文学领域的长篇小说作品大约 1500 部外，其余的都是由网络转场于纸媒的类型小说图书。二是文学网站的发展，由小到大，不断整合，已开始出现集团化、产业化的倾向。现在注册的网络文学网站有 5000 家左右，其中很多文学网站都是很有实力、极有影响的，它们不仅作者多，作品多，研讨会、评奖活动也很多。现在很多文学网站都已走出了赔本赚吆喝的原始积累时期，它们通过收费阅读、互换广告等很多方式，开始由亏损经营向自负盈亏或者大盈其利的阶段转型。

2010 年，网络文学因评奖多，研讨多，培训多等纷繁活动，显得异常活跃，并开始形成立足网络、辐射文坛的进取态势，但其中值得人们关注的热点，主要还是在类型小说的整合与文学网站的并购两个大的方面。

在网络文学的小说写作与类型整合上，逐渐由写实主义和浪漫主义的两大主脉，形成了类型化小说不断繁衍的总体态势。在写实主义的旗号下，有婚恋与言情、军事与谍战、官场与职场等类型；在浪漫主义的旗号下，有武侠与仙侠、玄幻与科幻、悬疑与灵异等类型。每种类型的写作，都有数以十万计的作者，数以百万计的作品。仅盛大文学有限公司旗下的“起点中文”、“晋江原创”、“红袖添香”、“榕树下”四家文学网站，便拥有 85 万位原创作者，每

天上传近6000万字，累计拥有430亿字的原创文学作品。在这样一个写作与生产总量的背后，是更为大量的阅读需求，更为海量的文学读者。

网络文学的生产与流通，已逐步形成丰富而多样的商业运营模式。仍以盛大文学有限公司为例，它的“起点中文”等网站，联系作者、组织写作和推介作品，只是“上游”的基础性工作，它们更为看重的，是以网络小说为核心，不断开发延伸产品，包括在线收费阅读、实体出版、影视改编、网游动漫等相关版权的连续开发，旨在由不同的环节构成文学的产业链。这种充分利用网络平台，大力进行产业开发的商业运作，使网络文学从创作者、传播者，到阅读者、利用者，都在文学的情趣因素之外，加入了商业的利益因素，不同的环节都成为共同利益的相关人。除了文学，还有利益，这是网络文学日渐与传统文学表现出极大不同的根本所在。从这个意义上说，网络文学板块在它的长足发展中日益呈现出来的，不只是审美情味与文学趣味的大相径庭，还有生产方式与生产观念的迥不相同。

市场化文学，是指那些凭靠通俗写作与商业手段，追求阅读与销售最大化的大众化小说，从目前来看，主要是由网上传播转化为纸质出版的类型化小说。这里最为行销和流行的，是那些官场小说、职场小说、玄幻小说、穿越小说等。从“新浪读书”2010年小说类图书点击排行来看，官场小说占据了前20名中的很大份额，如《省委大院》、《市委书记》、《组织部长家的小保姆》、《权色》、《领导班子》、《中国式秘书》等；而由开卷图书市场研究所提供的2010年小说类图书销售排行来看，排名前20位的畅销书中，又以职场小说、青春小说居多，如《杜拉拉升职记》、《杜拉拉2——华年似水》、《杜拉拉3——我在这战斗的一年里》、《小时代2.0虚铜时代》、《小时代 1.0 折纸时代》等。类型化作品当然并不等于低俗，但靠题材类型与故事类型取胜本身，就使它天然地属于通俗文学、大众文学。在这背后，是阅读的分化、趣味的分化。类型小说的兴起与持续，至少有写作、阅读与市场三个方面的因素在合力主导。阅读的因素及其近年的变化，我们过去关注得不够，但其实很重要，因为阅读就是需求，就是市场。阅读方面的趣味发生分化，分化的趣味需要满足，这是类型小说所以勃兴的根本所在。

如以官场小说为例来考察类型小说，就会发现它们的文学因素比较淡薄，实际上是借小说创作之名，行纪实写作之实，而促其流行的因素，也是非文学性的。现在被称为“官场小说”的作品，以所谓“官场”为舞台、官员为主角，描写当下干部体制的矛盾与领导层面的生存状态，既以编织生活化故事为主，又带有相当的纪实性成分。就反映生活、认知现实而言，这类作品也确有一定的作用，但从文学和审美的层面上来看，它们实无多大的意义。从实际情况看，现在“官场小说”之所以受欢迎，乃至畅销不衰，盖因切合了一种实用的或功利的需要。因为几千年来“官本位”意识的深刻影响，也因为公务员成为求职中的热门，一些人把“官场小说”当成了求职的“指南”与工作的“宝典”。有的网站的读书频道就投其所好，将部分“官场小说”包装成“官场中人必读的十二本书”，其中有“入仕必读书”，有“晋升必读书”，有“守位必读书”，有“洁身必读书”等。这种对位分类与对应推荐，意在提供更好的“服务”，但这与文学并无多大关系。

但对于正在成长中的类型小说作者，也不能过于轻视。事实上，一些类型小说家在他们的写作中也表现出了很高的艺术造诣与文学才情，使得类型小说的质量整体上是在不断向上攀升。从操持文学、影响受众的大局来看，类型文学的写作者不仅数量众多，而且很有实力，他们已是当下文坛的主力军之一。另外，职业型作家大都基本定型，不会有太大的改变与太意外的发展，而类型化的作家因为尚年轻和未定型，则还可能会有新的成长与变化，并在这一过程中进而走向分化，走向成熟。

无论是依存于新媒体的网络小说，还是行走于市场的类型小说，都向人们清楚地表明，这些新的文学样态与形态，并非单纯的文学现象，而是文学与传媒、文学与市场的不同程度、不同深度的联姻，这种逾越传统的连接与嫁接，既使文学扩大了领地，影响了大众，也使文学稀释了品质，模糊了面目，文坛因而比之过去更加丰富多彩，也更加复杂难辨。

三　一些标志性现象

2010 年的文坛，除过各类创作持续活跃，各类作品纷至沓来以外，还发生了一些文学争论、文学官司等相关事件，整体上显得波诡云谲，乱花迷眼。但如此杂沓而丰繁的事象之中，有的如过眼烟云，难以给人留下什么印象，有的却让人为之难忘，甚至特别看重。因为如许现象，本身有内容，背后有深意。这样的带有相当意味与意义的现象，在传统文学板块里，以作家史铁生逝世引发的广泛反响最为引人；在新兴文学板块，则以青春文学作家主办的杂志最为惹眼。这样两个既不相同又不相干的事件，事实上都各具自己的标志性的意义。

史铁生是生于 1951 年的北京著名作家，他 1969 年远赴陕西延安插队落户，因双腿瘫痪，于 1972 年回到北京，坚持在街道工厂工作到 1981 年，此后又因连患肾病、尿毒症，只好停薪留职，长期靠透析维持生命，与病魔顽强抗争。用他自己的话来说，那就是

“职业是生病，业余在写作”。就是在这种异常艰难的生存境况之下，他从20世纪70年代后期起，连续写作了大量的脍炙人口的小说佳作与散文精品，如《午餐半小时》、《我的遥远的清平湾》、《奶奶的星星》、《老屋手记》、《我与地坛》等，从80年代起，影响了一代又一代的读者。在当代作家之中，史铁生不是最为有名的，也不是最为畅销的，但他以其内敛式语言传扬着真挚而达观的人生理念，用他的哲理化的感悟释放着真切而浓郁的人间温情，与读者最为贴心，与大地最为亲近。他在2010年12月31日因突发脑溢血不幸去世，消息传出，文坛内外为之震惊和哀痛。从2011年1月4日史铁生生日那天起，从北京到上海，从山西到海南，从武汉到四川，全国各地先后举行了30多场史铁生追思会，人们以座谈讨论、作品诵读、视频对话、漫步地坛等多种多样的方式，深切缅怀史铁生，并向他表达诚挚的敬意。这些活动的共同特点，一是均为自发组织，自愿参加，二是参加者跨越了不同行业、不同代际。在北京798艺术社区举行的“与铁生最后的聚会”追思会上，千余人从四面八方赶来，文学界、艺术界的许多著名人士纷纷到场，更多的是不同行业、不同年龄的普通读者、平民百姓，还有从外地，从港台，从日本等地赶来的读者，追思会人数之众多，悼念之恳切，气氛之庄严，场面之盛大，都为文坛数十年来所罕见。

史铁生逝世引发的广泛而巨大的反响，使文学界深为震动，使文学人至为感动。这震动在于：在当下越来越偏于娱乐、流行消闲的文化背景之下，一个严肃文学作家依然得到人们的真切喜爱与真情怀念，说明严肃文学并非缺少受众，并非没有市场，而是作家是否切近人们的需要，走进人们的内心。许多健全文学人没有做到的事情，史铁生以他的残疾身躯实实在在地做到了。这感动在于：当一个作家心里装着读者，写出对读者有用，对世道人心有益的作品

时，那他一定不会被人们疏远和淡忘，他就一定会在人们心里占据一个应有的位置，得到同样真挚、同样贴心的热烈回报。著名作家刘庆邦事后就很有感慨地说，史铁生生前生后都是一面镜子，他让我们看到文学与生活的关系是多么重要，作家与读者的关系是多么重要；他也让人看到文学力量的巨大影响，作家写作的崇高意义，这使我们重新认知了文学的要义，深刻反省了自我的状态，今后的写作更有方向，也更有信心。相信刘庆邦的一席感言，不只是他个人的一番感悟，在很大程度上也代表了广大作家由史铁生逝世触发的感慨与心声。

青春文学作家办杂志现象，起于青春文学作家郭敬明。2004年6月，郭敬明就成立了"岛工作室"。2006年底，郭敬明又开始运作《最小说》，并在试刊两期后于2007年1月正式上市。《最小说》在《岛》原有的基础上，融入青春系列杂志的品位和风格，这使它既是一本有一定的可读性与文学性的小说读物，又是轻松娱乐，富有亲和力的休闲杂志，内容和风格更贴近学生阅读群体。2009年，《最小说》全新改版，每月两本，一本上半月刊《最小说》，一本下半月刊《最漫画》。2010年又增加一本下半月刊《最映刻》。

在郭敬明之外，青春文学作家办杂志陆续登场的还有许多，其中以张悦然、饶雪漫两人主编的杂志类图书饶有特点和较有影响。张悦然主编的《鲤》，是连续性的主题书，与《岛》不同，它是每期选定一个主题，然后根据这个主题摘录一些文章，还收录了一些原创性文章。《鲤》书系第一辑《鲤·孤独》，以"孤独"为主题，以当下青年最关注的日本流行文学里的强烈孤独感为引子，展现和挖掘了女性"孤独"这一心理状态的不同侧面。第一辑于2008年6月发售之后，又先后不定期地编辑和出版了《鲤·嫉妒》、《鲤·谎言》、《鲤·暧昧》、《鲤·最好的时光》、《鲤·因爱之名》、《鲤·逃避》、《鲤·上瘾》、《鲤·荷尔蒙》等，约10种。这种又像是作品合集，又像是杂志的主题书，既跨越了传统书籍的樊篱，又超越了一般文学杂志的框范，每本均围绕着同一个主题展开。从在内容安排上，以文学性很强的作品为主导，题材上以观照当下青年女性的生活状态和内心世界为主。就《鲤》已出版的各辑来看，它的文学性与思想性兼顾的思路，青春性与女性化杂糅的个性，显然带有同仁刊物的一定特征。饶雪漫此前主编有《漫女生》，2009年更名为《最女生》出版，而《最女生》除了由她担任主编，还签了10位年轻作者，提出要打造《最女生》作者群，推出写作新人，形成稳定的写作群体。为了与郭敬明主编的《最小说》相区别，《最女生》的主要读者定位为16~20岁的女性，目前的出版数量大约为每期20万册。随着杂志的出版，《最女生》青春书系《小宇宙》、《遇见双子心少年》、《不消失的恋人》等也相继推出。

2010年12月28日，长江文艺出版社推出了分别由著名青春文学女作家笛安和落落主编的文学杂志《文艺风赏》与《文艺风象》的创刊号《文艺风》合刊。《文艺风赏》第一期，以“爱刑海”为命题，突出“新审美观”，强调人文关怀，用文学的方式关注社会热点，承担话题性以及边缘题材。该期组编了国内中青年两代顶尖作家精品佳作，从作者到作品，都不局限于青春文学题材和青春文学作家群体。《文艺风象》被称为国内第一本以“治愈”、“温暖”为内核的视觉文艺杂志，以写作与日常生活的深度结合，用图片、绘本以及文字等给读者带来前所少有的立体式阅读美感。

青春文学作家办杂志，既有着值得关注的文学的内因，又有着值得探究的文化的外因，可视为文学与文坛持续变异的一种先兆性的标志。这可以从两个方面来作具体观察。其一，几位创办杂志的青春文学作家，都是多年从事青春文学创作，并以其连续性的代表作，在青少年读者中产生极大的影响，拥有了相对稳定又比较庞大的读者群，也即“粉丝”。在他们个人成为明星式的偶像作家之后，他们需要巩固自己的已有地位，延伸自己的文学效应，而利用自己的声望与影响，主办文学杂志，以此为“品牌”，也以此为“纽带”，进而延展创作成果，联络作者队伍，服务“粉丝”群体，辐射阅读市场，就成为他们在谋求新发展中的必要的抓手与最好的选择。其二，从文学全局来说，已有的传统型文学杂志，在服务原有的文学读者的同时，也希望和需要吸引新的文学读者，以扩大和延展自己的影响。而青春文学杂志的兴起与发展，因为吸引走了相当一部分青少年读者，对于传统型文学杂志的可能读者，事实上在“上游”做了一部分“截流”，对传统型文学杂志发展新读者造成了一定的影响。但从长远来看，这些青春文学杂志，以它们的方式，引动了青少年作者与读者进入文学，并促其成长，又在整体文学格局上，起到了培养文学新人、扩大阅读群体的独特作用，这对于传统型文学杂志与传统文坛来说，看似有弊，实则有利。

四　几个值得关注的问题

当下的文学与文坛，其新旧杂陈、不一而足的景象，与新世纪社会文化生活的时移俗易密切相关；而其日新月异、变动不居的情形，又具有转型时期异常明显的过渡性特征。因之，当代文化领域不断发生震荡，当代文学不断发生变异，是自然而然、不足为奇的。但我们却需要对于变化着的现实，具有切实的观察与清醒认识，对于已经呈现出来的问题，给予切实的关注与必要的思考。在这一方面，我们显然还有许多工作要做。就2010年的文学情势与文坛状况来看，我以为，有三个方面的问题，需要引起关注，值得加以探究。

第一，“80后”显示的“代沟”问题。

“代沟”问题，要从“80后”说起。“80后”经过近10年的锻磨与历练，于今已在文学领域占据了自己的一席之地。但就对于“80后”现象的读解与研究而言，实在是滞后又落后的，不仅少有细致的观察与深入研究，已有的评论也仅限于文学角度，而且既缺少深度又缺乏广度。作为文学人的“80后”，在文学体制或主流文学领域里，还处于一种比较边缘化的状态，甚至在文学批评、文学评奖的基本秩序里，还没有得到应有的地位与尊重。

事实上，由文学“80后”现象，显示出来的一些问题，已经远远超出了文学范畴本身。文学“80后”是社会“80后”的代表，他们在文学写作、文学传播上表现出来的趣味、观念与方式，与此前别的代际的文学从业者明显不同。比如，他们更注重个人感受的传达与宣泄，更在意读者与“粉丝”的取向与观感，更长于运用媒体平台、商业手段来炒作和运作，等等。这些体现于文学活动之中的“80后”特点，其实是这整个一代人在生活方式、思想观念上弃旧从新的一个具体体现。

放开视野来看，以文学“80后”为代表的整个“80后”，由于多为独生子女的身份，生活于市场经济的环境，浸淫于媒体文化的氛围，成长于全球化的时代，这些从人际到人生，从经济到文化，诸多的时代与社会的新的因子，都在他们身上生根发芽，发荣滋长，并对他们的性格与精神产生着一定的效应，发生着必然的影响。他们无一例外地注重自我，不约而同地追求务实，这与其说是

他们的个性使然，不如说是时代情绪的暗中折射。因此，我们要经由文学“80后”，来研读社会“80后”，由对这一代人的了解来增进对于代际分野与“代沟”现象的认识。著名人类学家玛格丽特·米德曾在《代沟》一书中指出：“代与代之间的断裂是全新的，它是全球性的，带有普遍性的。”她还认为，“代沟”是多种原因构成的，随着“代沟”的生成，“一种新的道德伦理正在成长”，因而，“保持多样性”就显得至关重要。这些精到的看法，对于我们认知“80后”造成的“代沟”问题，无疑也极富启迪性。

第二，新兴板块的批评缺席问题。

当代文坛分离产生的三个不同的文学板块，可以说是相对独立，各自为战。传统型文学、市场化文学与新媒体文学，相互之间既较为隔膜，又较少往来。尤其是在市场化文学和新媒体文学中都占据主流位置的类型小说作品，依托网络与传媒的传播，依靠年轻读者的追捧，在文学图书销售中遥遥领先，在实际的文学阅读中影响甚大。如以《杜拉拉升职记》为代表的职场写作，以《驻京办主任》为代表的时政文学，以《鬼吹灯》为代表的悬疑小说，在几年前出版之后，一直稳居近年来图书销售的前列，累计印数都在百万册以上。与这种新兴文学板块迅速发展形成反差的，是有关文学批评的严重缺席。可以说，对于这样一些行销于市场的图书，无论是单个作者与单部作品，抑或是一种倾向，一个类别，都没有什么评论性的文章加以分析和论说。这种缺席，有两个显见的原因，一是主流的文学批评家不了解又不屑于去介入，以为这些作品少有文学性，不值得去认真关注。而那些喜欢这些作品的人们，又没有能力站在更高的角度去分析和品评。但畅销不衰和读者甚众，一定有其原因，这种原因也许既包含了文化性的因素，也包含了社会性的因素，也许既包含了积极性的因素，又包含了消极性的因素，恰恰需要从文学与文化的角度作出有见解力与说服力的分析与评论，从而对这类作品的写作、出版与阅读的各个环节，产生相应的影响。

第三，“文学之核”不够彰显的问题。

文学在共识破裂、整体分离的状态之下，不断地漫延，格外地泛化，这种情形既使当下文学充满了以往少有的多样性、复杂性，也使文学充满着以往少有的可能性与可塑性，这是毋庸置疑的。但要让浑象又驳杂的文学向着理想的方向发展，需要有力的主导，也需要明晰的引导，而这都需寄托于文学中体现核心价值的精神导向与美学力量。比如：以实力派作家为代表的文学写作，在现实生活的把握上，具有“意识到的历史内容”，在人物形象的刻画上，具有典型化的精神气格，等等，以不同的艺术发现与文学个性，独到地诠释“民族风格与民族气派”，以给我们这个时代留下文学方式的“历史的摘要”。但这样的作家与作品，在文学创作中实属凤毛麟角，即使有了这样的作家与作品，也常常被那些联袂而来的流行的、时尚的、通俗的作品所不断遮蔽和覆盖，得不到应有的关注与评说。

核心文学与核心理念的不彰显，还体现在文化观念的混乱与文学生态的失衡上。比如：文学图书出版片面追求市场占有率，而使某些类型化作品过于集中，少数名家无形中垄断图书市场和客观上霸占出版资源，新人新作很难浮出水面；一些图书舍本逐末，粗粮精作，以奢华的外在包装掩盖空虚的内容，等等。我们应当承认，立足于某些“欲望”的市场原则、媒体规则的观念有其一定的合理性、有效性，但只有这样的只要赚钱的市场观、“娱乐至上”的文化观、自以为是又莫衷一是的文学观，显然远远不够和很不全面。我们还应该有更高的欲望与愿望诉求，那就是着眼于长远、对接着理想的价值观念。因此，在当下的社会文化生活与文学活动中，强化人文内涵，在大众媒体中，倡扬人文导向，使有正面价值的人文精神成为社会的文化时尚与精神风尚，是解决目前价值观念混沌和主体导向不彰显的一个迫切需要。

总之，2010年的文学，在新世纪文学的轨道上持续运行。我们之前的“中国文情报告”观察到的现象，提出来的问题，在2010年来看，有的更确定了，更清晰了，有的则更复杂了，更严重了。无论是从当下的文学现状看，还是从我们的已有认知看，行进中的文学都有着跟踪观察的迫切需要与学术研读的广大空间。而它的长短兼有的丰富性，新旧杂陈的复杂性，对于置身其中的人们，既是一种诱惑，也是一种责任，还是一种挑战。我们愿意以我们的方式，我们的努力，同它一起进退，与它一道前行。

B.2

长篇小说：多焦的视点与多重的变奏

从长篇小说的近年发展来看，总体数量在不断增多，各种写作在此消彼长，从格局到走向，都越来越难以全面把握和准确描述。根据开卷图书市场研究所对全国书城、书店文学图书的销售监测，2010 年的小说类作品投入新书数量为 4300 多种，剔除其中的中短篇小说集，长篇小说出版总量仍在 3000 种以上。这也就是说，丰富又丰繁，庞杂又芜杂，已成为长篇小说发展的一个基本定势。

但有一点是毋庸置疑的，那就是林林总总、形形色色的长篇小说，其基本的构成，主要是两个大类，即以职业作家或专业作家为主的传统型写作和以业余或网络作家为主的类型化写作。应当说，传统型的长篇小说，因为偏重审美，注重突破，更多地体现了年度长篇小说的艺术进取；而类型化的长篇小说，因为偏于通俗，贴近市场，更多的意义在于满足多样的读者与大众的消费。有了这样的认知与界定，人们就不难理解，以传统型写作为主来观察与描述年度长篇小说的情形，既是自有情由，也是势所必然。

2010 年的传统型长篇小说，总体上给人的感觉是热点无多，波澜不惊，呈现出来的是一种平稳前行、平实收获的基本状况。但具体地检视一番之后，又会发现，从年初到岁尾，好的和比较好的作品，其实连绵不断，接踵而来。可以说，实有的收获并不菲薄，创新的路上也并不寂寥。

就创作方面呈现出来的特点而言，给人印象最为深刻的，是题材的丰盈与丰繁，写法的多样与多元。乡土题材较之过去，更有视角上的推陈出新，历史题材比之以往，更见写法上的自出机杼。此外，都市题材的不拘一格，边地题材的花样翻新，都以各自的突破给人以新的欣喜。这种看取生活的多焦性视点、艺术表现上的多重性变奏，以及二者的交响回旋，使得2010年的长篇小说以其春华秋实和暗香浮动，既让人可读可评，又让人起敬起恭。

一　乡土与大地

当代时期以来，因为乡土社会占据着生活主流，以及乡土文学的传统深厚和影响深远，乡土题材写作一直是长篇小说中的主脉之一，不同时期都有突出的作家和重要的作品。这使得乡土题材的长篇小说，在写作突破与艺术创新上，十分的不容易，特别的有难度。但2010年的乡土题材长篇小说，却在题材领域的延展、写作视点的出新上，让人们感到了不少的新意，看到了不少的亮点，如张炜的《你在高原》、朱晓平的《粉川》、关仁山的《麦河》、贾平凹的《古炉》（上）等。这些作品或者超越传统的规范，在俯瞰大地、面向自然的更为广袤的意义上观照乡土，或者把看取生活的视角拉到最底层，变为非常态，以观念与艺术上的协同求新来获得新的进取与新的意蕴。

张炜的篇幅庞大、叙事宏大的《你在高原》，副题便是“一个地质工作者的手记”，极言其踏勘大地、直面现实的特有品质。全书由宁伽的个人行状与人际关联串结起一个个故事，内蕴包含了历史的回思、现实的审视、乡土的踏勘、都市的研判，以及不同时期的普通人的命运、文化人的思索。多人物的声像，多故事的意味，共同汇聚成了一部社会变迁史、人的心灵史的艺术长卷。每一部都有声有色，有滋有味，总起来又嘲尽人情，摹穷事态，使得这一部长河之作，具有三气合一的鲜明特点，这就是底气十足 、元气淋漓、正气浩然。让人为之敬佩的，还有张炜写作这部作品时，所身带的山东作协主席的身份。省作协主席，官位并不大，但多少是个官，这不能不对写作小说时的心态产生某些微妙的影响。有一些作家当了主席之后，作品写得少了，也写得谨慎了，甚至驻步不前了，都是一些明显的例证。但张炜的作协主席身份，并没有影响他的小说创作。他依然故我，我行我素，放开胆子，舒开手脚，歌自己所歌，哭自己所哭，美自己所美，刺自己所刺，一切都是那么的淋漓，那么的酣畅。这种专业与敬业的姿态，不能不让人对他表示由衷的钦敬与纫佩。

曾以《桑树坪纪事》一鸣惊人的朱晓平，沉寂多年之后拿出了《粉川》，这是他的“苍白三部曲”中的第一部。这部作品在传奇性的曲婉故事中，汇聚了十分复杂的人生内涵。“骡子腿”与女相好，马飞雄与女戏子，白三怪与小嫂子，几个男人在兵荒马乱之中不避汤火，奋然前行，而系恋他们的，滋润他们的，却是身后的贤良可人、风情万种的各类女性。混乱的时势，浑厚的土地，上演着美与丑、情与仇、爱与恨、兵与匪、男与女相互博弈又相互依附的人间大戏。乡土文化与生殖文化在日常生活的深切融合与自然流动，构成了作品浑象又浓重的特有文化底蕴。这部作品的好看之处与难评之处，都在于作品里的人情与人性，赤裸又赤忱；情爱与性爱，本色又本真。而且，乡土的粗粝与粗野，人性的元素与元气，融合一起构成了乡间生活的原生形态与自然流动，让你一眼难以洞穿，一言难以蔽之。

关仁山的《麦河》，成功地超越了他此前的乡土题材写作。这

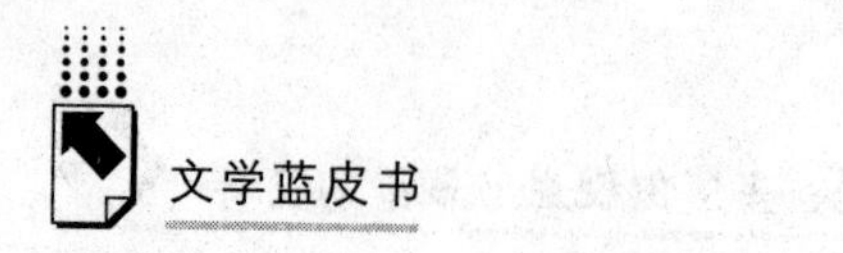

部作品通过瞎子艺人白立国的独特叙述视角，以写实与写意相融合的灵动文笔，讲述了麦河流域的鹦鹉村20世纪初至今长达100多年的历史演进，包括土地流转的新形式和百年的土地史、小麦文化、麦河流域的民俗，以及艺人“瞎三”自身的形象、贪官的落马、卖淫女的自救、曹双羊的发家史等。这一切使得小说在对于乡土的历史与现实的观照与描述上，不仅有广度，而且有深度，还有厚度。作品在保持现实主义基调的同时，不时透示出浪漫主义的色彩。善庆姑娘变鹦鹉，百岁神鹰虎子的三次蜕变，虎子对过去、现在的通晓和对未来的预知，人与死者通过泥塑对话等，都使《麦河》展示出一种魔幻般的神迷气息与浓烈的民俗风格，并与土地的异动、大河的流动、小麦文化的积淀等桴鼓相应，相映成趣，构成了一曲有关土地的炽情恋歌与深情颂歌。

贾平凹发表于《当代》2010年第6期的《古炉》，与他获得茅盾文学奖的《秦腔》一样，都是写农村生活的。但与《秦腔》明显不同的是，《古炉》以一个政治上、人格上都十分低下和卑微的小人物——狗尿苔来看取“文革”前后的大时代，在不对称的关系、不正常的视角里，揭示了乡村政治与乡村人性的特异风景。这个村人擅长技工，却又极度贫穷的村子，平素就积累了各种各样的隐性矛盾，得遇“文革”，他们便使强用恨，争吵不休，相互戕害，大打出手。全村没有一个良善的完人，也没有一个真正的坏人，但人与人之间却充满了怨尤、愤懑和不和谐。作品由此揭示了乡村政治的一个显著特点，那就是他们的所谓政治，并非与当时流行的革命政治真正接轨，而是有着另外的含义、另外的缘由，那就是农村生活长期以来的贫穷化与不平等，而“贫穷容易使人凶残，不平等使人仇恨”。《古炉》的“文革”是如此，中国的“文革”何尝不是如此？在这个意义上，这是一部以点代面地指写中国基层社会的乡土小说。

《四棵杨》的作者寒川子，并不是一个知名的作者，但这部作品却很值得关注。因为作者的非专业性，在艺术手法上的尚欠老到与成熟，反倒使作品如一册乡间生活纪事与纪实，在洋洋80余万言和里外两层结构的叙述里，依次展示了数十年间接踵而至的激进诡谲的政治变革给乡土社会带来的巨大震荡，从土改分田到合作化运动，从浮夸荒诞的“大跃进”大炼钢铁到饿殍千里的饥馑，从包产到户到史无前例的“文化大革命”，从反潮流到移风易俗等，洋洋洒洒，不一而足。而耐人寻味的是，在内在的层面里，虽然政治的风云此起彼伏，不绝而来，但民间风俗与人们生活形态等乡土世界的肌理，却也顽强地保存了下来。历经沧桑而又蓊郁挺拔的四棵杨成了这种民间生力与活力的最好象征，作品以其质朴无华另辟乡土写作蹊径。

二　边地与要津

长期以来，由于远离中原大地与中心都市，地理上属于边疆与边境的地区，既是游移于主流社会生活的边远之处，又是游离于主流文学写作的边缘之地。但在现代、当代以来，这种情形在社会演进与文学发展中，都有较大的变化与改观，边地不仅成为国家的要塞，而且成为文学的要津。这些年甚至在“西藏题材热”、“宁夏西海固作家群”等方面，形成一些不大不小的热点与焦点。2010年的边地题材小说，正是在这种背景之下，进而拓取并继往开来的。其中，宁肯的《天·藏》、范稳的《大地雅歌》、杜光辉的《可可西里狼》等作品，在边地题材的自出机杼与独辟蹊径上，因格外注重地域文化中的独特精神，各有其亮点，尤有代表性。

宁肯的《天·藏》，书写不同人等的藏区生活，却选择了一个精神的制高点，那就是以佛教学者马丁格与来自法国的父亲让－佛朗西斯科·格维尔“对话”为主线，串结起一系列的“对话”。他们那谈锋睿智、内容丰饶的“对话”，怀疑论哲学家的刨根问底的质疑，佛教信奉者深入浅出的答疑，西方哲学大师长于逻辑思辨的严密推理，东方学新锐善于形象联想的出色演绎，都显示得锋芒逼人，展现得酣畅淋漓。在马丁格和让－佛朗西斯科·格维尔父子“对话”之外，作品还让更多的“对话”同时展开或交叉进行。王摩诘在与维格“对话”，也在与马丁格“对话”，还与援藏女法官于右燕“对话”；而维格既与彪悍的登山教练“对话”，与澄明的肯诺仁波钦法师“对话”，还与自己的外婆维格夫人“对话”。在他们之外，还有藏人与佛学在“对话”，汉人与藏人在“对话”，人们与自然在“对话”，现实与历史在“对话”，身体与精神在“对话”，自我与存在在“对话”，“对话”是交流与交往，“对话”是生活与生存，一切都在“对话”中。“对话”构成了关系，形成了人生，组成了世界。通过这种表述方式，他不但言说了无法言说的，表达了难以表达的，而且在一部作品中囊括了西藏的魅力、佛教的要义、精神的奥秘、人性的诡异等多重意蕴，让人思考不休，咀嚼不尽。

范稳的“藏地三部曲”之第三部《大地雅歌》，与他的前两部作品不同，以一种浪漫的风格回到世俗的人生，那就是用一段有信仰的爱情来诠释一个时代的风云。作者以汉藏结合地带的康巴藏区多种民族、多元文化、多种信仰的相互交流和碰撞为题材，描述新旧两个时代不同的信仰状态和因信仰而造成的曲折多变的人物命运。在那个大动荡的时代里，所有的人，因为“爱”和“爱”的冲突——宗教之爱和世俗之爱，而互相伤害与被伤害。这部小说的

独特之处在于写出了三种力量的交叉碰撞：藏地佛教的神性力量、基督教进入藏地的影响力、肉身之爱引发的自我拯救力量。而这三种力量又贯穿于“爱”的主题中，具体化于扎西嘉措（史蒂文）、央金玛（玛丽亚）与格桑多吉（奥古斯丁）的爱的关系中。范稳在这部小说中，力图对藏地文化进行去神秘化，也对佛教去神圣化，写出藏地文化及佛教可亲近的悲悯情怀，以及更具有人情味的世俗经验，让男女之爱走向人类“大爱”，他为他的这些意向找到了一个好故事，而这些好故事也遇到了他的好文笔，一切都称得上心手相应，侔色揣称。

杜光辉的《可可西里狼》，从书名上望文生义，会以为是有关动物的小说。其实这部作品写狼更写人。作品讲述了20世纪70年代初期一支解放军测绘分队进入可可西里无人区执行测绘任务时发生的鲜为人知的故事，既真切地表现了为保护生态环境、拯救生态危机而战斗不息甚至付出生命的英雄，又无情地揭露了为了个人利益而不惜破坏生态的恶人与恶行。作品由此既向人们发出警示：不能再无视自然的存在，否则大自然就会以它们的方式来惩罚我们；又向人类自身发出诘问：贪欲与权欲有如疫瘟病菌，不加预防就会腐蚀肌体，并使人性变异。小说书名叫《可可西里狼》，其实有着深刻的用意。读了作品，就会知道：真正的狼并不可怕，可怕的是狼性。狼性一旦吞噬了人性，人就变成了魔，这比起狼来，不知要可怕多少倍。这是生物与生态的切肤忧患，更是人性与人类的忧深致远。

郭严隶的《锁沙》，以散文化的叙事、诗意化的笔法，通过乌兰布通草原一个小村庄里发生的故事，塑造了一系列各具特色的小人物形象，反映了人类发展的一个大主题，反映了人类生存与发展的大命题。小说渐渐展开的故事，构成了连续性的追问，而且这种追问远远超越了一般意义上的“地球村”、“生命树”、“低碳”等生态环保问题，深入了包括天理世道、人心人性在内的大文化概念下的生态环保理念。作品中最为出彩的，是老榆树的艺术形象与象征寓意的设置，从老榆树被砍被烧开始，把各种矛盾各种故事牵出来，通过老榆树把历史与现实的变迁、新旧观念的冲突一一展示出来。这棵老榆树无疑是充满深刻寓意的。几代人的故事都在这棵树下演绎，它成了历史的坐标、文化的遗存、现实的标记。

三　历史与个人

作为个体的人，必须生存于社会的关系之中，一定生活于历史的进程之中，而不同的社会阶段与历史时代，又为个人的生存与发展，提供了不同的背景与环境，这使个人的人生演绎充满了种种不确定性。因此，一定历史中的个人的境况、个人的命运以及二者之间的互动关系，就成为反观历史、考察人性的重要参照，也成为文学创作中经常性乃至经典性的描写主题。2010 年的此类小说，虽然为数并不很多，但却姚黄魏紫，各具其秀，春兰秋菊，各有千秋。如艾伟的《风和日丽》、张者的《老风口》、石钟山的《横赌》、迟子建的《白雪乌鸦》等。

艾伟的《风和日丽》，由尹将军的私生女杨小翼寻找父亲的艰难过程，审问了一个不负责任的父亲，也审视了一个不堪回首的时代。因为父亲此后身居高位的难以由衷和自有苦衷，杨小翼及其生母杨泸的一生不幸与命运坎坷也就必然注定。渐渐地，作品又由杨小翼的命运坎坷、尹将军的舍情取义以及相关人物的彼此影响的悲欢离合，揭示了在政治至上、革命至上的那个特殊年代，“政治”对于人情的忽视，“革命”对于人性的漠视，由此实现了对过往历

史的深刻回思与深切反省。乍一看来，似乎是尹将军影响了杨泸，杨泸又影响了杨小翼，杨小翼又伤害了伍思岷，祸及了尹南方，影响了刘世军。其实，从尹将军起始，每一个人都是政治棋盘上的一颗棋子、历史长河中的一粒沙子，他们都是被时代风云所裹挟，为社会潮流所冲刷，是历史悲剧中的个人角色。可以说，《风和日丽》是以杨小翼的个人遭际60年的坎坷，来透视革命历史60年的得失。人情翻覆，世运转移，可歌可泣，可惊可愕，人性百态与人生诸味都在其中，不一而足，让人荡气回肠，引人深长回味。

张者的《老风口》，在当年的马指导员讲故事、摆龙门的过程之中，以连长胡一桂的坎坷经历为主轴，展开新疆生产建设兵团二十六连十数年间的可歌可泣的屯垦史，从而也折射了兵团人半个世纪的可师可敬的戍边史。在胡一桂那些看似异常，又似乎背运的遭际里，人们不难读出他的包裹在突兀、莽撞外衣里的英勇无畏与敢于负责，任劳任怨与机动灵活，他以他的失察、失误，换来的是连队的发展、他人的幸福。也许从他的总是不合时宜的遭际里，我们还能读到在那个特定的历史条件下，在军事化的兵团体制下，一个有个性的生命个体与讲服从、讲共性的强制性需要，集体性组织之间存有的明显的矛盾与隐性的纠葛，以及置身这种矛盾与纠葛之后的顺应与探索、忍耐与坚持。在矛盾中前行，在困苦中奉献，把自己的青春挥洒在兵团的事业中，把自己的人生奉献给新疆的屯垦，这既是胡一桂这个典型人物的大半个人生的写实性素描，更是以胡一桂为代表的老一代兵团人的一个历史性缩影。

迟子建的《白雪乌鸦》是以历史上的鼠疫灾难为背景的，但展开的画面却超越了灾难本身，可以说是借鼠疫这一灾难，透视“人们的日常生活状态”，寻索“死亡阴影笼罩下的生机”。因此，灾难面前的人性呈现，成为作家最为看重、小说最为突出的内容。

在鼠疫带来的天灾中，虽然也有伍连德那样力挽狂澜的英勇壮举，但更为常见的还是普通人的本能反应：有人被吓坏甚至死亡，有的人畏畏缩缩，也有的人从容淡定，还有的人意外奋起，如王春申。在鼠疫造成的日常生活变异中，不同的人物都自然而然地展现着自己的性格和命运，也都顺理成章地演绎着各自的爱恨与情仇。危机中的生机，暗夜中的曙色，人性中的闪光，小说在市井图的精描细画与小人物的悲欢哀乐中，给人们再现了历史的一页，更留下了深长的意味。这种意味显然也是双重的，一方面是普通人面对灾难的难以抗拒和惨烈命运，另一方面是底层人由个体的隐忍构成群体的坚韧，历史改写着人，人也改写着历史，这便是人与历史同在的缘由。

罗伟章的《大河之舞》，探寻的是巴人在历史中消亡的秘密。作品以巴人聚居地罗家坝为舞台，以一个女疯子为起点，通过罗姓家族两代人之间的恩怨情仇，探悉巴人神秘消亡的脉络，同时展示一个远古民族最终衰微的过程。作者曾告诉人们："我所写的，并不是一部历史小说，而是对现实人生的观照。我希望把历史和现实打通。"事实上，作品由一个女疯子的影响、三条大河流的流变串结起一个神秘民族的远古前史与近世故事。人类的困惑和突围，文化的传承和流失，以及神界和人界、传说和历史、荒诞和现实、政治风云和种族命运等，都成为一场场凄美而决绝的舞蹈，在三河流域和罗家坝半岛上隆重演出和黯然谢幕。作者对于罗家坝半岛及巴人后裔的未来命运的描写，呈现出半是颂歌半是挽歌的两难与困惑：看似热闹而璀璨的巴人遗址、观光农业、五星酒店、巴人街等，却在强化着现代化与物质化的同时，加速着巴人文化的快速消亡。一个独特民族群落的"大河之舞"，越来越成为遥远的记忆。可以说，作品是一个民族群落与精神文化的纪念碑，由此悼念这过

早消亡的民族，由此缅怀不该消亡的历史，这无疑既让人唏嘘又引人反思。

石钟山的《横赌》，看起来是描写了人生的“灰色地带”——赌博江湖，但作品通过“横赌”这样一种特异的处世方式，揭示了人性的复杂、人生的悲壮以及父与子之间“剪不断，理还乱”的特殊纠葛。主人公冯山为了维护尊严而与仇家舍命相赌，为了维护一方百姓而与日本人玩命去赌；因为“横赌”他赢得了爱情和尊严，也因为“横赌”他失去亲情并与儿子槐成为不共戴天的仇人。而在这“横赌”人生的背后，先是风云变幻的抗日战争对于命运的改写，后是两军对垒的解放战争对于父子关系的裹挟，父子二人从一开始走上了岔路之后，最终都无可挽回地走向了以死相告慰的悲壮结局。可以说，历史时代与社会生活如何深刻地影响命运、主导人生，冯山父子相互勾连的遭遇与变异，是一个不可多得的例证。

四　都市与时弊

如果说改革开放之前的社会生活，基本是乡土一脉占据主流的话，那么，改革开放之后的社会生活，重心一直在向大大小小的都市位移。这种时代的变迁与现实的境况，必然要反映到文学创作中来，使过去并不发达的都市写作蓬勃兴起，渐成气候。然而，因为都市承载了经济的繁荣、文化的碰撞，乃至理想的打拼、欲望的博弈，从生活现象到人们内心，都呈现出一种驳杂与混合的状态，如时尚与时弊兼有、希望与失望并存等，使都市生活成为折射当下人生与现代人性的一面多棱镜，这使它既由此反映着社会生活的新的变异，又体现着文学自身的新的进取。2010 年的长篇小说创作在这一方面，表现得尤为突出。

杨争光的《少年张冲六章》，由“问题孩子”的角度切入当下都市教育，他是把生存环境看成一种特殊的“土壤”，通过少年张冲在学习与成长中，被家庭与父亲、学校与老师层层约制与重重打磨，从而变异成为一个“问题孩子”的过程，来反思传统文化与应试教育自身的严重问题。让人感到痛心的是，本来都是亲人，但后来却成为路人，甚至成了敌人。这是压力的后果，也是培育的结果，张冲的悲剧是张家的悲剧，其实也是教育的悲剧、时代的悲剧，“问题少年”其实折射的是“问题父母”、“问题老师”、“问题教育”。这个作品不是简单的父与子的问题，而是把当下的很多现象，把如何对待人、教育人等很多问题融合进来。作品充满深切的反思与愤懑的反诘，但这一切都由人们司空见惯的日常生活自然而然地带出，读来在引人入胜之中令人惊醒，让人汗颜。

李师江的《中文系》，也涉及当下都市里的大学教育，但却以主人公师师的友谊与爱情为线索，描写了20世纪90年代中期大学校园的生活，高墙之内的大学城，现代都市的小社会。在这里，学术与市场，清高与媚俗，自然又奇妙地混合在一起，让人难以分辨，苦于应对。小说洋溢着青春气息，语言幽默流畅，展示了那个年代特有的时代氛围，也写出了主人公成长的过程。小说既由师师、凯子与左堤的爱情故事揭示了友谊与爱情、忠诚与背叛的相互纠结，又由理想主义和现实社会的冲突与博弈，展示了那个年代特有的时代氛围，写出了主人公成长的过程。小说在第一人称的叙述中，融入了作者个人的生活体验和内心感受，具有一种逼真的生活质感，同时也以成长的回溯、自我的反省，给人们带来诸多的人生思考。

徐小斌的长篇新作《炼狱之花》，与她之前的写作也是大相径

庭，以神女海百合与作家天仙子为主的两条线索，构成魔幻与现实相交织的叙事方法，但两条线索都指向社会文化生活的媚俗与混乱、势利与丑陋。单纯的海百合在人类世界经历了难以想象的各种艰难险阻，充分领略了尔虞我诈、欺世盗名、见利忘义、口是心非、指鹿为马、恶意中伤等人类惯伎，当善良无法阻止恶的漫延的时候，她决定以恶制恶。而集真善美于一身的天仙子，始终与这个现实世界格格不入，最终只能遭遇到冷落和凄凉。而她在女儿曼陀罗死后有感而发地说道："我们从小被教导要追求真理，可是我现在倒是觉得，从现实出发，还不如学习如何制造比真理更合逻辑的谎言呢！"这是她的感言，也是她的失望，还是她的控诉。有了这样的真人真言与实话实说，《炼狱之花》便由奇幻的艺术方式，直击当下的社会现状与文化现实，作品在体现了作者潜在的智力与能力的同时，也表现出作者超常的胆识与勇气。

潘向黎的《穿心莲》，由一个知识"剩女"自身的情感经历与感知他人的情感生活，涉及当下都市社会里最为常见而敏感的爱情话题。专为迷失在爱情和婚姻里的人们答疑解难的情感专栏女作家深蓝，因惨痛的情感经历早已不相信爱情，抱着"女人要自强"的观念和男友过着不咸不淡的同居生活。然而，一个向她发出求救信息的女读者，却迫使她重新审视情感的深不可测。原先清晰的，又变模糊了，原来坚定的，开始动摇了。在这看似退步的情形中，她其实更添了一分清醒，更多了一些自知。"没有自由的爱，没有爱的自由，我都不要"，这是深蓝个人关于爱情长考的最新答题，也是一个抛向女性与社会的严峻问题。作品在行云流水般的叙事中，既诘问着爱情，又拷问着人性。可以说，她的小说如何圆里有方，她的写作怎样绵里藏针，她的风格何以柔里有刚，《穿心莲》一作都表露得淋漓尽致。

杜冰冰的《她世纪》，在写什么和怎么写上都迥异于传统的小说写作。她的语言的跳跃性，叙述的论说性，意绪的飘忽性，人物的异常性，尤其是由第六章开始的走向两性对抗与男女之战的荒诞性，都使作品具有明显的内蕴的超现实性、文本的新实验性。作者基于女性主义的立场，抨击男权文化的凌厉姿态，也于此表露无遗。从《她世纪》看，作者并非只是对男权文化笼罩下的两性关系失衡的失望，她更为失望的，是包括男性与女性在内的现代人性，在欲望这个潘多拉魔盒的操控之下，由不断变味到不断地变质，从而使社会生活在越来越"暧昧"的浑象状态之中，是非混淆，黑白莫辨，善不敌恶，正难压邪，充满未知的危险与危机。作者这种关于两性世界未来的颇为悲观的预言，也许因了女性主义的视角，似乎有些偏颇和不无极端，但她的对于人性变异的深沉的愤懑，对于生活病象的深切的忧患，却是无比的真诚，无比的痛彻。她的不加掩饰的嬉笑怒骂，不加收控的艺术想象，由此也具有了一种激浊扬清、惩恶扬善的特别的力量。

五　青春与成长

青春文学的主题在"80后"群体的一再演绎之下，于今已发展成为"青春文学"的一脉，在当下文坛也成为卓领风骚的写作倾向。在2010年间，青春文学写作中最引人注目的，是一些葆有文学理想和艺术造诣的新锐更加的异军突起，而他们的写作，也在延续青春与成长的同时，在题材与题旨上又有新的超越与拓进。青春与成长、家庭与亲情、情场与职场、事业与人生，诸种线索与意味的交叉糅合，使得青春文学呈现出之前少有的广义性、丰富性，事实上已成为当代文学总体构成的一个重要部分和新的生长点。

笛安继《西决》之后又推出了《东霓》，作品让人为之意外甚至惊异的，是作者所关注的生活面与所素描的主人公，主要都是亲戚之际，基本都在亲人之间。家庭内外为舞台，兄弟姐妹是主角，使得作品充满一种“剪不断，理还乱”的特有张力，在让人既感亲切又觉陌生的近景真实中，领略亲情中的人情，窥知个性中的人性。无论是西决、东霓与南音的兄妹之间，还是他们与江薏、陈嫣、苏远智等的日常相处，时而相互照应，时而相互猜忌，时而相互亲近，时而相互疏离；亲近与照应时，没有什么不能倾诉与帮衬的，猜忌与疏离时，又各有保留与提防。家人、亲友加上“狐朋狗友”，才是他们关系的基本常态与真实写照。而这种使亲情混入友情的小小“微调”，便使置身其中的人们的姿态与心态都发生了诸如淡化敬畏、添加戏谑等一系列微妙而有趣的变化。因此，他们就在相互交往中相互较劲，又在相互较劲中相互袒露，于是，我们就如此这般地看到一个个更为本真的“个人”，一幕幕更为近身的情景剧。而且，在这样的连带关系和连环叙事中，有生活的相互勾连，有关系的相互牵制，更有人情的相互纠结，命运的相互羁绊，氤氲又浑然的关系之中，平添了一种意蕴的凝重与浑厚。

马小淘的《慢慢爱》，涉猎的仍是她所熟谙的都市情感题材，但在电台女主播冷然并不顺遂的恋爱际遇中，却表现出了作者对于当下现实的既广且深的感受与认知，以及从容不迫的把握与表现。冷然因为优雅、矜持，而渐成“剩女”，她虽然“事业遭变故，爱情没着落”，但依然按照自己的方式去“慢慢爱”，在无奈与自立相混合的状态中，女性主义的意味也或隐或显地散放了出来，谁又能说“慢慢爱”不是一种爱情的方式、人生的一种活法呢？作品的最后，马小淘丢下了一个没有下文的结尾，那就是冷然依然没有决定究竟是选择“爱我的，还是我爱的”，冷然没有就此给出明确

的答案，却也存在诸多的可能。生活是解谜，谜题不单一；爱情是长考，一次考不完。这可能正是作者想要告诉万千女性和众多读者的。

沈诗棋的《北京的朝酒晚舞》，一边描绘着都市白领们放浪形骸的夜店生活，一边捕捉着“娱乐青年”们各有衷曲的忧伤情性，渐渐地就把喧闹的声势掩饰不住甚至欲盖弥彰的躁动心态揭示了出来，让人们看到了光鲜的“朝酒晚舞”背后的内里世界与真实风景。作品由富二代美女楚 77 与富家继子祝浩天的爱情长跑和终成正果，揭示了当下都市爱情生活迷茫的现状，那就是真爱被暧昧所覆掩，被滥情所遮蔽。找不到真爱是因为没有孜孜以求，没有永不言弃。恪守真爱的信仰，声扬真爱的追求，呼唤真爱的回归，同时对当下情爱现实中的势利倾向、诚信危机等，给予深刻的揭露与无情的鞭挞，使得《北京的朝酒晚舞》不仅不显轻飘，而且别具一种深沉的分量，洋溢着一种浩然的正气。可以说，这部作品的价值与意义，正在于它有如浊世中的一缕清风，犹若喧嚣中的一声清音。

米米七月的《肆爱》，基本故事主要围绕小怎这个都市“剩女”的情感主线徐徐展开，多情又敏感的小怎在年届 25 岁之后，就“很想成为母亲”。这个看似十分寻常的意愿，却怎么也实现不了。成为母亲的前提是结婚，结婚的前提是恋爱，而她的恋爱就磕磕绊绊，难以遂愿。当你对这个并不新奇的故事不免有所失望的时候，却别有一种浓郁的气息与意味扑面而来，那就是作品由小怎与佼佼、领子等女友的日常交道，与恩度、阿擂、八次郎等男友的情感纠葛中，绘描出一种南方小城特有的粗悍民情，折射出一股时下流行的媚俗世风。在小怎爱恋追求的无所作为与无可奈何中，作者实际上是让这个“剩女”以野马导游的方式，引领人们体察凡桃

俗李的情爱生活与街头巷尾的现实生计，并在刻意的出乖露丑中，暗含了一定的愤世嫉俗的意识与社会批判的意向。甚至在人与环境、人与社会的相辅相成、相生相克上，还透显出某些哲理的意蕴。

无论采用什么样的方式来观察和概述年度长篇小说，都会显露出概观必有的疏漏、付出概括常有的代价，这是宏观性批评所无法予以避免的。现在每年的长篇小说，即便传统型写作，也在1000多部。面对这样一个巨大的文学存在，以上的在几个话题下选择的作品以及对其所作的简括评述，无疑是挂一漏万，有欠全面的。有一些特色明显又影响甚大的作品，如王刚的《福布斯咒语》、徐贵祥的《马上天下》、麦家的《风语》、葛亮的《朱雀》等，因难以归入上述几种倾向，未能予以论及；青春文学一脉中，也有涅盘灰的《逃婚俏伴娘》、葆卿的《理想国的小小鸟》等作品没有提及。因而，至少把这样一些名家力作与新人佳作汇集起来，才谈得上对2010年长篇小说“以点带面”的整体概评。但毋庸讳言，即使是这样一个简括的描述，也大致上可以看出，多样与多元、求新与多变已成为长篇小说创作的基本趋向与整体风尚。

（本章执笔　中国社会科学院文学所研究员　白　烨）

B.3

中篇小说：坚实叙事中的精神追求

2010年的中篇小说创作呈现着极为强健的风貌，与长篇小说相比，它更重视在一个浓缩的故事中艺术地表达对于生活与人性本身的理解，与短篇小说相比，其内蕴的生活含量，以及为了表达这一丰厚含量所要寻找到的一种言说方式，成就了它明显的优长。总之，处于21世纪第一个十年与第二个十年的接点上的2010年度的中篇小说，在延续以往的思想的深刻性与艺术的探索性的基础上，呈现出平稳扎实的写作风格。

一 岁月缅怀与理想前瞻

蒋韵《行走的年代》（《小说界》2010年第5期）从体例和结构上看，有长篇写作的雄心，它引入了“章”结构全篇；从内容上读，五个章节在总体上仍是一个首尾完整的故事。小说把时代背景放入20世纪80年代，那是一个思想刚刚解放、文学迎来春天的新时期，是人的思想开始解禁、充满创造力的时代，是一个精神充盈、狂飙突进的时代，那个时代的一个重要特征是，诗歌的兴盛与文学青年的热情。小说开始于一个叫莽河的诗人的行走，他的行走不仅给一个小城带去了诗篇，而且给一个女孩子陈香留下了孩子。而另一个时空中，诗人莽河行走在黄土高原腹地，路遇做田野调查的研究生叶柔，精神的共鸣使他们心有灵犀，莽河在叶柔不辞而别后，听从心灵的指引跑到前路等她，而终在“杀虎口”这个地方迎到他心仪的女子叶柔时，他们彼此找到了同道，他们如诗人般受着大地的指引，从一个塬走向另一个塬，从一个村庄走进另一个村庄，然而叶柔却因宫外孕大出血死在路上。斗转星移，20世纪90年代，诗人莽河出国下海变成了房地产老总——赵善明，叶柔死了，莽河也“死”了，生活向前，诗所象征的事物被甩在了后面，一个物质衡量价值的时代开始了吗？赵善明不知道，而他已是坐拥亿万的富人了。而在另一个故事中陈香先是失去了那个自称为莽河的诗人，又失去了爱她的老周，接着更失去了“诗人”的孩子，一无所有的她来到一个山村小学做了校长，——这一切都是我们在小说结尾处看到的，赵善明受着命运的指引来到这所学校——这是他这个房地产公司援建的希望小学，主客对话，伤感而惆怅，陈香爱过莽河的诗，她是因诗而将自己的青春献给了一个冒充了诗人的人，而真正的诗人出现在她面前时，已由一个诗人变成了商人。在黄土高坡上，学生们朗诵着他早年的诗，注定仍要离开的“诗人”乘车而去，“把他纯真的青春时代留在了黄尘滚滚的身后，留给了陈香”。两个平行故事的交接以及真伪诗人的命运写得从容不迫，娓娓道来，但我更欣赏文字中的一股清冽，那是穿平鲁、走右玉、出杀虎口在大地上创造诗意的激情，那是为寻找家园不惜流浪他乡不怕倒在路上的朝圣的精神。

林白《长江为何如此远》（《收获》2010年第2期）更是将记忆锁定在20世纪80年代，大学四年的生活在毕业26年后的聚会前后不断闪回，作为叙事人的今红，记忆中的女同学林南下、顾彬彬、励宪，她们入学时都比今红大了十岁，“这都是一些优秀的人，是世界坚硬的骨头，经得起风雨磨损的时间”，朝气与劲头十足的同学，在请她一起去黄冈赤壁的江上时的三言两语对话，就足以证明了那一代人的心劲——“江鸥为什么不停地飞？”——

“嗯，它们大概，把飞翔当成了故乡”。这种近诗歌的语言在那个时代的对话中绝非做作，而是真情的流露。正如那句穿透光阴的疑问，“长江为什么在那么远?”它也许指地理，也许是记忆，也许还是一种心理的空间。在这个空间里，有第一条连衣裙的深情厚谊，有星期天的电影，有甲板上拉小提琴的男子，有苹果酱，有明信片，有大棉袄，有灯笼椒，有痛哭，有歌谣，有懵懂，有19岁，有星空，有画展，有层层花瓣的汹涌起伏，而这些都归结于那个26年后聚会的夜晚，逝者已逝，人，还有岁月，篝火燃尽，在火焰中，主人公重又看到了重重叠叠的樱花，在《怀念战友》的歌声止处，她的泪水再次夺眶而出。

较之林白的相对散文化的叙述，方方《刀锋上的蚂蚁》（《中国作家》2010年第9期）的故事情节与人物命运则更加曲折。德国老人费舍尔退休之后开始中国庐山之行，在他遇到鲁昌南之前并不知道自己余下来的人生还有什么更重要的目的，但是看了鲁昌南的画，与他一起吃饭，听到鲁昌南淡淡地讲“文革”时“我跟牛住在一起”，“心想牛能过，我当然也能过”的这个中国男人庆幸自己比牛过得好的人生史的话语使得费舍尔下定决心要改变鲁昌南的命运。由此，鲁昌南被资助到德国去，从慕尼黑到柏林，再从埃及到希腊、罗马、法国，西方艺术之城一一漫游之后的鲁昌南“像是一支吸饱了浓汁的毛笔”，创作占领了他整个身心，以致“他几乎忘记了自己的过去”。当然，从卖出第一幅画到从德国转战纽约，并在美国站稳脚跟的这个过程是漫长的，身价不菲的鲁昌南迅速适应了他的新角色，他换了老婆，与妹妹断绝了来往，要出个人传记，总之他获得了世人所认为的巨大成功，有钱，有产，有名，有闲，有花园，却独独没有了过去。他的最初资助人费舍尔还是从某世界画刊上看到了他的脱胎换骨，正当费舍尔满足于曾帮助

了一个受伤的小鸟打开飞翔的翅膀而自认为退休之后做了一件值得的事情时，他再次来到庐山，告知了鲁昌南另一个真相——鲁昌南对待当初帮助他的亲生妹妹已全无亲情。那么，对于鲁氏兄妹，到底是哪样生存，他们彼此得到的更多呢？小说通过见证人费舍尔之口讲出"你不要以为你能改变别人的人生"。鲁昌南的成功代价，在方方眼中比之他的成功本身更可深究，一个为了"名"而丢了"魂"的人，在鲁昌南成长的时代里，似乎不在少数。

这可能正是生活本身的得失构成？但是叶兆言《玫瑰的岁月》（《收获》2010 年第 5 期）不放过更进一步探讨的可能。邵老先生写字，已名气在外，他的外孙女藏丽花一开始是养在深闺人未识，而后渐渐声名鹊起，黄效愚因爱其字而爱其人，直到人字不分，非要娶大自己 8 岁的奇女子，其真实的原因也在于从那字中见出人的精神。但世事会变，藏丽花的书法如日中天，暴得大名，从国内到国际展出不断，而从小写字痴迷到误了考大学的黄效愚的书法却真的是知己了了，而真正识得字之精神的人却认为黄的书法境界早已超出藏许多倍，不在别的，而在字中的骨气，没有俗媚，没有奴性，只是朴素真实。但黄效愚并不将写字看做取得名利的途径，他只是写，喜欢写，直到爱人生病住院，他仍没有改变对于写字的态度。他说，如果爱人没有了，他要字干什么，而如果能够换得爱人的健康，"他宁愿焚琴煮鹤"，把字烧掉，一辈子都不碰毛笔。当然这是一个有更大空间的写作主题。我以为叶兆言想说的绝不只是书法一事，无论大字小字，都只是写字，只是抒发，而不把字当做争名夺利的工具或手段，对于几千年绵延至今的字而言，是敬惜和虔诚的，我想，这种态度是我们写字的人应有的也是唯一能有的态度。不为别的，只因为写字来不得半点虚情假意。

二 事物真相与绝对信念

我们生活在一个各种语言构筑的世界，语言因各色人等的掌握而变得丰富复杂，大多时候，对于它的运用出自交往的真诚，但也有那样的时刻，语言不可避免地陷入到虚假和谎言里。文学，本是对于生活的一种形式的虚构，但虚构不是目的，它的更深目的在于运用虚构的形式去尽力地接近事物的真相，以在真相中找到某种对于世界对于人的信念——深藏于历史与人心中的真理。鲁敏的《惹尘埃》（《人民文学》2010 年第 7 期）是一个关于爱与忠诚、谎言与欺骗的故事，肖黎的丈夫在一次与情人约会的途中因交通塌方事故而死，作为妻子的肖黎在此前竟一直不知另有一个女人与自己的丈夫有如此亲密的来往，丧夫之痛与受蒙蔽之痛交相袭来，肖黎对于周遭的人际充满了敌意与怀疑。小说的聪明之处在于没有去沿着家庭不忠的那条线索写，比如按一般理解的，肖黎似乎应按照丈夫手机中的线索去查查那个与丈夫约会的女人，但是小说不是这样，它似乎有更大的野心，它想看看肖黎作为一个生者对于她仍生存的环境还有无信心。果然，我们看到了她的愤世嫉俗，看到了徐医生宁愿相信部分谎言而得到的温情与关怀，看到“小骗子”韦荣推销药品却取得社区老人们的喜欢与信任，他们竟可以把存折给他让他代领而不会损失一分钱，但要知道他推销的药品可是没什么疗效的。难道欺骗无所不在，那么无所不在的存在就是合理的吗？难道爱与忠诚可以是一对悖论？我们的女主人公陷入了更深的怀疑。小说中韦荣提供给她的答案是：“世界就是世界……只管去适应就好！”徐医生临终给她的答案是用铅笔写下的《红楼梦》中的一句：“假作真时真亦假，真作假时假亦真。”这真是让肖黎糊涂

了，倒是韦荣在照顾肖黎儿子小冬的过程中给了肖黎真实的答案，她看到了人在谎言下的另一面本质。小说对于谎言的探讨是深入的，同时也是迷惑的，当然最终它给出了它的理解，“与他人友爱，与世界交好”可能是无力的，但也基于对世界的深度理解，它讲，谎言是“生命中永难拂去的尘埃，又或许，它竟不是尘埃，而是菌团活跃、养分充沛的大地，是万物生长之必需”。这个理解通向的是对于人的最终的信念，是这种信念化解了肖黎的种种不适而重新开始面对新的生活。

须一瓜《义薄云天》（《人民文学》2010 年第 9 期）写管小健见义勇为，为一女士包被抢而在与歹徒搏斗中受伤，但住院后因谦虚而引来一系列麻烦，一是医疗费无人管，二是被抢女士不出面，三是在如实说明情况时警察已不相信，如此，英雄要自己去找当时的证人证明他的英雄作为，媒体的介入使尴尬的英雄得到了应有的待遇，而那个叫萧蔷薇的被抢女士也站了出来，并最终与管小健结为夫妻，当然萧女士的另一个婚姻目的是想让她的儿子因有一个见义勇为的爸爸而在高考时加分。虽然这个动机让管小健的妹妹心有不快，但不管怎么说，管小健还是得到了他的幸福。小说试图探究英雄主义在当代现实中的存在意义，见义勇为人的热血与被救人的躲避和见证人的懦弱还是一个层面，关键是勇敢的动机与谦虚的美德也受到了质疑，当然最后还是给了英雄温暖的结局，但是这温暖里也包含着苦涩与无奈，小说家当然不可能是现实问题的破解者，小说家的言说是有限的，但是它在探究被救人说的真话和古代伦理的对于“义”的标准方面作出了它应有的努力。

王松《叛徒》（《当代》2010 年第 6 期）以“我”对 30 年前曾在西郊监狱工作的民警李祥生的采访开始，引入一个关于一起冤假错案的平反故事。周云被关在 001 号监室，是被定性的历史叛徒，据说由于她的出卖，致使17名红军被害。但是周云从不认罪，从入狱那天起每天写申诉材料，但材料交上去后便石沉大海。这时李祥生刚刚大学毕业分配到监狱工作，好奇的他以个人的方式展开了一系列的调查核实工作，这种辗转艰辛的外调使得埋在1935年春天的真相日益清晰并最终大白于天下。小说的成功之处在于叙事的推动力，从表面上看，这个推动力是为一个老人平反昭雪，如此有了李祥生调查的三个被访人的叙述——“赖春常（赖顺昌）的陈述”、“韩福茂说”和“田军长说”，这三个当年的当事人与见证者一一道来，有真有假，而需要李祥生这个办案人去芜取精，找出真相。找出真相才是这部小说的深层动力，是对一个人最终负责、“以人为本”的最终体现，周云（温秀英）的清白最终还给了她，而让人触目惊心的是那个给她安了“叛徒”之名的人却是逍遥法外的真正叛徒。这么多年来，这个真正的叛徒一直生活得很安逸，就连当年枪杀红军的国民党田营长也因投诚而担任我军军长要职，而周云这个烈士之妻、当年的红军游击队员却不但承受着丧夫丧子之痛，还承受着名誉被毁的命运。幸而历史的书写有正义在，有如李祥生这样的人在，当然，也有误解之上的一个绝对的信念在，就是对于真相真理终有一天被人们获得认识的决心在。王松小说的真正推动力也许正是这个，是这一点让人读之抚案感叹，荡气回肠。

界愚的《邮递员》（《人民文学》2010年第8期）收入《人民文学》“走进红色岁月”栏目，这部为迎接建党90周年特选作品的主人公是20世纪三四十年代上海静安区的一名普通邮递员。仲良是因地下党也是邮递员的父亲遭日本人暗杀而走上革命道路的，在邮递情报的过程中他失去了他的同事——地下党也是邮递员的周三，失去了同情并帮助革命的布朗神父，失去了他的第一个妻子——革命者秀芬，并在“文革”中失去了他的第二个妻子——

当时埋伏于敌人身边、为革命传递情报的苏丽娜。小说有几次对话相当难忘，一是仲良问秀芬，有一天你会不会朝我开枪，秀芬毫不犹豫地回答："会的。如果你出卖组织的话。"另一次是当另一神父议论布朗神父自杀对于天主教而言是罪孽时，仲良淡然一笑，说"他只是为了一个信仰，放弃了另一个信仰"。仲良就是在这种环境中将自己锤炼成一个彻底的革命者的，他不但完成了组织交付他的一切任务，而且在上海解放时因当向导受了重伤，更为彻底的是，解放之后当组织上怀疑他和苏丽娜的身份，而最终不了了之，只承认他是烈士的儿子而他本人并不是一个地下党时，他也没有背叛自己坚持了一生的信仰。小说的后记记述了苏丽娜的"文革"之死，仲良在妻子自杀的河岸上想到的是所有与他一生相关的死去的人们，他们为了一个目的而献出了自己，他们在行动时已将信仰放在个人生命之上，想着他们，活着的仲良没有过多的悲伤。他做了那个时代一个中国人应当做的，哪怕历史只承认他只是一个普通的邮递员。那又有什么呢？一个有信仰的人，早已将个人的生命与荣辱交了出去，难道还要去纠缠什么个人的名分吗？小说的这一笔如此有力，让人动容。

三　生活艰辛与内心温存

滕肖澜的《美丽的日子》（《人民文学》2010 年第 5 期）写了两个女人之间的心理较量，上海婆婆与外省媳妇之间的斗智斗勇的生活场景，其间不无幽默、不无心机、不无算计，也不无温情，作家游刃有余地展现了现代市井文化的丰富性。婆婆卫老太与儿子卫兴国是上海人，儿子因腿疾而老大没有娶妻，卫老太恐卫家绝后，便张罗着从外地找来一个能料理家而又深爱儿子的媳妇，卫老太算

计着，先以“保姆”身份考量其持家能力与脾气性情。小老百姓有小老百姓过日子的算盘，这怨不得卫老太的精细。作为准儿媳妇的姚虹哪里会不知自己的使命，这个来自上饶乡村的江西女子，人情世故还是练达的，很快，她的灵巧让卫老太看了喜欢，她以一个女人的体贴、细心与温存，打动着卫家兴，这种爱，有算计，也有真情，但是情节直转，姚虹过日子的愿望着急了一点，想出了假怀孕一招，却被卫老太发现。这边是两个年轻男女已产生感情而无法分开，那边是母亲想着不能为儿子找一个说谎的妻子。一边是情，一边是理，以致情也是理，理也是情，两者搅在了一起，分不清了。两个女人展开了心理拉锯战，而最终以卫老太的心疼儿子落下帷幕，让步的结果是，姚虹终怀上了卫兴国的孩子，两个女人的战争也化干戈为玉帛，但在收束处，滕肖澜又抖出一包袱，姚虹的女儿——上饶老家“满月”。姚虹的秘密是将来把女儿接来，可怜天下父母心！心同此理！姚虹是卫老太的儿媳，是卫兴国的妻子，她还是满月的母亲，母亲的算计与关切自然在儿女的身上，这也是无可厚非。日子的最深美丽不正在于此吗？正是母性，让卫老太与姚虹找到了某种共通的东西，这可能也是生命世代相传的秘密。

阿袁的《顾博士的婚姻经济学》（《十月》2010 年第 4 期）有异曲同工之妙，只是场景与人物转换到了大学与教授。小说笔法辛辣，风格颇有轻喜剧色彩，作品条分缕析地分析了顾言的两次恋爱、一次婚姻以及一次不成功的婚外情，并引入经济学原理介入对于其婚姻的解读，笔者深感于作者对人物性格与叙事节奏的熟练掌控能力，作为一位年轻女作家，其对男性文化的分析也入木三分。

东紫的《白猫》（《人民文学》2010 年第 10 期）写一个五十岁的离异男人和两只猫的故事。一次他与来看他的儿子一起散步，他们捡到了一只受伤的白猫，从那时起，一点一滴的生活化作了对

于白猫记述的日记，犹如儿子小时候邻居阿姨张玲记的日记。日记是爱的产物，也是倾诉的要求。“为了白猫给我的友谊，为我在五十岁时体会到的人和动物之间的情意。”作为男人50岁生日的唯一一个拜访者，白猫“喵一声，再把头放到自己的前爪上，继续歪头看我。我突然觉得，它在告诉我——我是来看你的，不是来吃东西的”，如同一个了解并尊重人习性的朋友，如同一个贪玩而乖顺的孩子。小说写得最为动人的那一节是已四昼夜没有进食的白猫趴在那里，一边是“我”的无能为力，“白猫一动不动，我突然想起五年前母亲临终的时刻”，“我抚摸着白猫，生怕在抬手的刹那间丢失了它的呼吸”，这种亲人病床前的疼惜感觉让人读之心恸。所以有黑猫的来访，有失去白猫之后另一个至爱亲朋的对于友情的延续，小说的结尾如此灿烂，黑猫在白猫曾趴过的位置上趴下来，男人明白了“她”的到来，是为了代替“他”和“我”之间的情意！“它们竟然懂得把爱传承下去”。这是黑猫给这个对爱情与亲情都已失望了的男人的答案——要勇敢，要彻底，还要知道传承与疼惜。

如果说动物与人之间的情意可能还带有某种特例色彩的话，弋铧的《葛仙米》（《清明》2010年第4期）则把我们带到了一个艰难年代的亲人与亲人之间如何相处的世界里。“蒙蒙来我们家的时候，已经快满五岁了”，只一句，便交代了养女与这个家庭所有成员间的关系。这个家庭的姐姐蕴蕴也就是叙事人“我”的成长过程，是与蒙蒙的成长过程构成对比和重叠的，时间上，两个少女的成长错落有致，但由于妹妹的到来，姐姐变作了“钢”，总是或多或少地让着“玻璃”般的蒙蒙。从性格到个性，由于蒙蒙的到来，蕴蕴不自觉地发生着改变，她沉默、压抑，一心投入学习，而原因在于家庭的重心由她转向了蒙蒙，蒙蒙占据了姆妈（母亲）的全部身心。为了蒙蒙，姆妈竟选择了流产再不要孩子，为了蒙蒙接班，姆妈竟提前退休。而当蕴蕴外地大学毕业远赴美国求学求职过程中，才得知了家庭的变故，一层事实是蒙蒙的亲生母亲接走了蒙蒙，但这个事实很快被另一个事实推翻，是蒙蒙自己导演了这场领亲，那个所谓的亲娘是本市另一个毫不相关的人。那么，更深的谜底被揭开了——在蒙蒙小时候的课桌下面，写着“离开”、“走”，那是一个无法承受家庭全部温情并有外人时时提醒她报答的女孩子的心迹。因不是亲生，报答养育之恩的提示，使她背负了太重的压力，当她无力偿还这沉重的“债务”时，她宁愿背负更为沉重的骂名而逃离此地。小说最后，在姆妈临终时，蒙蒙赶到，而她的一声“娘”，却使得姆妈的眼睛一亮，像小蒙蒙五岁那年领回家时的第一声叫，姆妈的眼里“充满了那样动人而美丽的光芒”。小说的动人在于写情之时还力图表达一个道理，身体的帮助与心灵的救赎对于双方而言是平等的，施者的给予与共度此生的沟通有着微妙的不同，正如弋铧在创作谈中言：“我想表述的，不是一种委屈，而是一种人与人能在相互理解之下的感恩之情，能从本性的‘自私’中慢慢认知的一种无私，超越了血缘和亲情的真正能相濡以沫的感情。”我想，这也是文学介入生活的目的之一。

四　桃源梦想与文明理念

中国文学有关注农村生活的传统，当代乡村也一直没有离开作家的视线。魏微《沿河村纪事》（《收获》2010 年第 4 期）致力于对古老山区的乡土伦理与现代文明之间的抵牾、冲突与磨合的研究，其对于乡村现代化进程中的诸多深层矛盾与解决矛盾的方法的探讨，令人耳目一新。作者开篇写三位研究生秉承师命去导师曾去

过的边远山村搞调研，那个曾让导师写出《沿河村调查》的可以作为中国基层社会学读本的村庄，其发展的迅速和文化的丰富性使三位研究生对于中国乡土社会结构的理解与见识远远地超出了书本，并成为他们在课堂上学不到的现实功课。这是一部可以从哲学、社会学、文化学层面阅读的小说，这部小说之于年轻作家魏微的意义，犹如30年前的《小鲍庄》之于王安忆的意义。这部小说，可以看作是“70后”作家进入创作成熟期的一个标志，经由这部小说，魏微完成了由一个关注自我精神的作家向一个关心国民精神的作家的演进。这是与其《一个人的微山湖》、《化妆》、《大老郑的女人》绝不相同的作品，前者的童年和懵懂、少女的忧伤以及青年时期对于“他者”的体谅，在这部作品中都让位给了某种大于年龄的理性，这种研究者气质的写作，使小说赢得了某种与岁月拼久长的气质，这种气质，一如魏微前作的淡定、沉稳、平和，但还有一种温润与犀利相交错的东西，纠结在一起，当然还有在阅读乡土时，把自己也烧进去时的那一份理想主义的疯狂。比如小说中“我”对于道广的爱，对于村寨建设的激情，对于受到的来自内心的相信与怀疑并在的身心分裂的折磨，比如清醒，无用，还有于事无补、无所依傍，但是在对于乡土未来想象中的真诚和要把爱情转化成对于土地的浓情蜜意的初衷是真实的，对于公平、富裕的追求的动因是正直的。这个魏微的底色，在对于罗莎·卢森堡的形象自认中暴露无遗，“这是我理想中的自己，一个女神的形象。……她天生负有使命，追求进步、光明，愿为理想而献身。她看到世间有太多的不公正，因此越发相信真理、公义、进化论、理想国！她一点都不怀疑！”这样的议论一般而言也许是小说的大忌，但这部小说中不一样，这是一个深入乡村的女知识分子对于文明乡村的桃源梦想的理念支撑。《沿河村纪事》所提供的信息量之

大和主人公经历的传奇性，以及作家对于20世纪90年代乡村致富路的追忆与还原，都使得对于这部小说的梳理与总结可能还要有一个更长的沉淀过程。

但是有关乡村的桃源梦是中国文学一直做着的。郭文斌的《上九》（《芒种》2010年第8期）与张惠雯的《古柳官河》（《莽原》2010年第2期）正是这场梦的延续。《上九》写了正月社火的全过程，从仪程官对诗一项上即可看出作者的民间文化功底。“上九”这个词在当代社会已相对陌生了，它是正月初九的代称，也不要小看了社火，不要把社火只看做是老百姓娱乐休息或者祈福的仪式，这仪式和唱文中的大义存焉，它的说本与唱词，细细记下来，是成人伦理教育的一个重要形式，朝代更迭而能够伦理延承，秘密也许都藏在这乡风民俗的潜移默化中，乡村文化所完成的传统核心价值观的发掘与教育，是在人们最放松的节庆场景与欢快心境中完成的。所以当儿子六月问爹爹，“唱戏也是舍啊？”得到的回答是，先人写下剧本，是大舍，我们唱，是小舍。所以要写那些劝人为善的剧本，把人带向光明的剧本。他们的谈话竟将全家人都吸引了过来。爹爹说，教人学坏是杀了他的灵魂，它们会流传，会世世代代去造杀业。娘说，“教人学坏就是把杂草种子撒在田里，要除尽就很难了。”爹说，“人的心就像是一块田，要四季守护，精心守护”。这些对话我以为道出了作家对于包括写作者本人的提醒。人，总要恪守一些最基本的法则，比如祖辈传下来的不浪费、施舍、随缘等，而人，也总要有所敬畏，比如脚踩大地的时候，总想着它的宽厚，想着“我们生活的背后确实有一个大造化在的，她给我们土地，让我们播种、居住；她给我们水，让我们饮用、除垢；她给我们火，让我们取暖、熟食；她给我们风，让我们纳凉、生火；她还给我们文字，让我们交流、赞美，去除孤独和寂寞。要

说这才是真正的‘供献’，但对此勋功大德，造化却默默无言”，也许这是我们今天应从大自然中学到的精神——沉默、务实而又无私的品格。张惠雯的《古柳官河》是一川流水连缀起的三个故事，它们各自成篇，又上下关联。三个故事的小标题分别是“河水”、“风雨”、“月出”，写了三对人的爱情故事。“河水”写秀儿和庆生的爱情，“风雨”写水杏和丰儿的爱情，“月出”写如英和小周老师的爱情，三个爱情与其标题对仗工整，河水是逝去而不能得的爱情，风雨是波折之后见到彩虹的爱情，月出则是经过了暗夜但最终还是亮光照耀的爱情，从小说中我们不难品味出作者的古典情愫。作者1978年出生，近年新作不断，风格清丽，这部小说仍写故乡，但在青涩之上，也心静如水、游刃有余，大沙河上有一些岁月逝去的缅怀，但那忧伤是浅淡的，有着外表平静与内心汹涌的微妙平衡，温润的诗意丝丝缕缕，浸透纸面。比如，“来到舒展的河滩上，天地间全静了，青青的一片。河流和树林都蒙在一团湿气里。河水漫溢，河道开阔，宛如三年前的那个春天”。这是女主人公对着河水的流泪的心事，那个她心里的他，在无可把握的时间里，被他们彼此丢失了。小说语言优美，令人不禁想到《边城》时代的沈从文。作者现在新加坡定居，但已足见故乡在其心底不可替代的位置。

这个年度我还注意到胡学文，这个擅写乡村的作家，其一部写城市的作品让人感念。胡学文《牙齿》（《长城》2010年第5期）对爱情、亲情、家庭、责任的探讨可谓深入，周枫因怀了杜刚的孩子而杜刚因有病妻无法离婚与之结婚，便在相对象时找了一个老实人罗小社草草成婚，罗小社从不知情到知情之后仍一如既往地爱她、真诚待她，并把她的孩子视为己出。面对周枫对另一个男人的不能自拔的爱情，罗小社对周枫的爱情同样不能自拔。面对周枫因婚外恋的欺瞒、搪塞、躲闪、利用、背叛以及离婚，罗小社是不打、不骂、不跟踪、不抱怨、不委屈她，以致离了婚，宁愿搬出自家祖屋，让给周枫母子住，并一如既往地照顾她们母子。当周枫因与杜刚生气而跳河被救后，罗小社愤懑疼惜之下，为了周枫的幸福竟去找杜刚，要求杜刚娶了这个等了他 20 年并为爱情受尽苦痛的女人。罗小社的从不放弃不是出于要占有什么，或者索取什么，而是出自本性，一派天然，他唯一想的就是不愿他爱的女人受到痛苦。小说结局是杜刚妻子病逝，周枫终于等到了她与杜刚的婚礼时，却在婚礼上突然夺路而逃，她无法说出“我愿意”，这时她心中的坚冰已经被岁月中的罗小社一点点地融化，她已经找不到一个能够在心中代替罗小社的爱人了，她除了罗小社的家已经无法再建立一个更加温暖的新家。这是一个婚外恋转化为婚内恋的故事，这个故事的讲述人是那个叫小刚的儿子，他作为周枫与杜刚的身体之爱的结晶，同时也是罗小社与周枫的灵魂之爱的见证，他最终也见证了周枫与罗小社——他的生母与养父之间的相濡以沫的爱情。他认同这样的爱情，犹如他认同他的牙医职业对牙齿生长的认识一样，有些东西是千真万确的，尽管在开始的时候，它还只是一个关于桃源的梦。

2010 年度之于中篇创作而言是扎实、稳定而平实的一年，这一年的中篇写作对于过往岁月的精神回望与对于现实生活的理性关切同时并行，而在这两者之上，对于真理与文明的探索与对于艺术与方法的开拓的用功也并行不悖，比如，一些作品我们可以看出它的长篇叙述的野心，而在另一些作品中，我们又看出了短篇的机巧与灵活，前者如蒋韵、叶兆言的作品，后者如张惠雯的近作。在对生活的挖掘与对人性的关怀中，我们还读到了杨少衡的《无所畏惧》、阿成的《激情犯罪》、范小青的《嫁入豪门》、白桦的《蓝铃姑娘》、郭雪波的《金羊车》、迟子建的《泥霞池》、陈世旭的《姑塘纪事》、刘醒龙的《音乐小屋》、陈应松的《夜深沉》、计文君的《此岸芦苇》、叶广芩的《拾玉镯》、吴克敬的《珍藏父亲》、叶舟的《姓黄的河流》、赵玫的《子规》、林那北的《龙舟》、张翎的《阿喜上学》、李铁的《中年秀》、孙春平的《二舅二舅你是谁》、杨晓升的《红包》、李亚的《全家福》、肖复兴的《乌夜啼》、梁晓声的《回家》、夏天敏的《村歌》、邱华栋的《时间飞鸟》、余一鸣的《不二》、曹多勇的《家赋》、徐则臣的《小城市》等作品，他们都为丰富多彩的生活现实的深入读解做出了不凡的努力，而在残雪、薛舒、陈河、田耳、季栋梁、李治邦、野莽、杜光辉、凌可新、陈昌平、罗伟章、东君、川妮、陈家桥、张学东、杨怡芬、冉正万、傅爱毛、严英秀、徯晗、陈蔚文、夜子、映川、甫跃辉、李云雷、南飞雁、肖勤、王棵、赵大河、肖江虹、王秀梅、叶子等人的中篇小说中，有现代与传统交织的困惑，也有情感与理智碰撞的冲突，他们的思想性与艺术性所达到的高度不尽相同，但这份对于当代生活的思索弥足珍贵，它们是独属于这个时代的文化表述与精神结晶。

（本章执笔　中国作家协会创研部副主任　何向阳）

B.4 短篇小说：强烈的当代性与蕴藏的新惊喜

2010 年的短篇小说从数量上说仍然是高产的，从质量上说似乎让我们很难自信地说出特别硬气的话。也许这符合文学创作的常态。它能够在一个相对的高度上平稳地滑行，这就是很让人欣慰的事情了。相对的高度，自然是相对于以往的年份而言的。因此，翻检 2010 年的短篇小说，既不会让我们惊喜异常，也不会让我们大失所望。或许它还蕴藏着一个未来的惊喜。

一年下来所收获的短篇小说自然是风格各异，如果要说到它们的共同点的话，当代性也许是最突出的共同点。事实上，当代作家始终就没有辜负“当代”这个称谓，他们对现实问题有着敏锐的触觉，总是站在当代的前沿进行思索，因而他们的故事具有强烈的当代性，他们所表现的情感也同样具有强烈的当代性。

一 不同角度的切入现实

作为短篇小说，表现当代性其实难度更大，因为它的当代性不能够靠仅仅呈现当代生活的现象来实现。短篇小说作家一定要对当代生活有所思索有所领悟，他要凭借自己的独到发现来构思短篇。肖勤的《金宝》（《民族文学》2010 年第 8 期）就是一个例证。小说讲述的是一个上访的故事，它或许会被批评家归入底层文学的范围。小说作者的确关注的是底层的问题。底层文学叙

述中大致有两种姿态：一种是民粹主义的姿态，将底层神圣化；另一种是启蒙主义的姿态，通过底层反省国民性问题。但作者并不是一般化地站在底层立场上为社会的弱势者说话，也不是对底层表达“哀其不幸，怒其不争”的激情。她把视点聚焦在金宝这个人物身上，金宝才是真正的受害者。他受到来自各个方面的伤害。派出所野蛮抓走他，把他吓傻了。他的父亲郑老四为此不断上访，父亲看似是为了儿子，但最终伤害的还是儿子。当已经恢复正常的金宝被一再的上访所刺激又变得不正常时，郑老四的身心也崩溃了。上访是中国的特殊社会现象，上访甚至发展出了上访的中介者和经纪人，说明了上访这种现象的复杂性。卫鸦的《天籁之音》（《山花》2010 年第 3 期）也是写底层的，小说截取的只是两个民工在建筑工地结束最后一天工活的场景，但这场景是如此的令人战栗。范小青的《接头地点》（《北京文学》2010 年第 7 期）所讲述的故事绝对是当代性的，大学生马四季响应政府号召，报名去当村官。我们在新闻里面了解到这一新鲜事物，但范小青却将这一新鲜事物与乡村非法出卖土地的匪夷所思的事件对接了起来。这才是一个思想敏锐的当代作家与现实生活的巧妙的“接头”！

铁凝的《1956 年的债务》（《上海文学》2010 年第 5 期）和刘庆邦的《到处都很干净》（《北京文学》2010 年第 1 期）都涉及饥饿的问题，但立意各自不同。《1956 年的债务》塑造了一个生动的吝啬人形象。巴尔扎克笔下的葛朗台是吝啬人形象的典型，但葛朗台吝啬得让人们憎恶，而铁凝所写的这个吝啬人却是吝啬得让人心酸，因为我们从这种吝啬中读出了时代对人的挤压。但铁凝的立意并不在于写吝啬，她通过一笔债务，对比了两个时代的巨大差异，这种差异自然是物质上的，今天的物质丰富程度是

当年的饥饿时代完全不可比拟的，然而在铁凝的叙述里却隐含着一个质问，质问今天的时代，虽然物质丰富了，却是不是遗漏了一些更重要的东西。刘庆邦的《到处都很干净》直接写到了饥饿时代的关乎饥饿的故事。但刘庆邦的立意更加诡异，它与饥饿时代无关，而是与人的欲望有关。在饥饿难耐的时刻，女性想用自己的身体去换取一点挽救生命的食物，但男人告诉她，现在谁还干那事，谁干谁死得快些。于是我们会想到一句古训："饱暖思淫欲。"一个淫字，意味着中国传统道德把性事看成是不干净的事情，刘庆邦在这篇小说中以一个精彩的故事告诉人们，中国传统道德是饥饿时代的道德，饥饿时代什么都没有，"到处都很干净"，所以连人的欲望也"干净"了。或许作者背后还有话：今天我们到处都不"干净"了，难道不是一件好事吗？盛可以的《白草地》（《收获》2010年第2期）应该说是一篇带有强悍女性主义色彩的小说。两位受害的女性联合起来，不动声色地惩罚了玩弄她们的男人。故事装置在一个侦探故事的构架里，使得小说更加具有可读性，而作者采用男主人公的第一人称叙述，叙述中流露出男人的自得和不可一世，这是一种男权中心的叙述，这种叙述恰好与男人最终的落败构成了极大的反讽，于是我们会感到作者盛可以站在背后露出狡黠的微笑。于坚是一位诗人，其实诗人来写短篇小说是一件顺理成章的事情，因为短篇小说需要有诗意的滋润。于坚又是一位思想非常敏锐的诗人，他的诗歌直接面对现实发言，如他的成名作《零档案》，具有极强的思想穿透力。《赤裸着晚餐》（《人民文学》2010年第5期）是我读到的于坚的第一个短篇小说，他写小说一如他写诗歌一样丝毫不掩饰他对现实的咄咄逼人的追问，在这种追问中一个诗人的高贵便显现了出来。主人公戈伟将诗人对现实的不满转化为一种直接的行动，虽然他不是律师、税务所的公务员，也不是海归的博士，但他也要贷款为自己买下一幢别墅，他把这个别墅视为自己的空间，他要在自己的空间里自由自在地赤裸着身体。当他获得了一个属于自己的空间后，他要邀他的几位老同学来参观，这几位老同学自然属于社会的成功人士，他们是律师、税务所公务员，是海归的博士。这些成功人士似乎并不情愿像戈伟这样的底层人士跻身到他们的行列中来，他们贬损他的空间，并摆出种种理由，证明他的空间不可能永久属于他自己。最后，当戈伟想在这个空间里赤裸着晚餐的愿望也被小区的花匠破坏了时，他不得不举起猎枪来维护他这点可怜的自由。于坚从房地产这个最让公众愤怒的社会问题入手，引入个人生存空间自由的问题，充满了思想的锐利性。

我还要特别提到余德庄的《秋勤的蜜月》（《芒种》2010 年第 6 期）。这是一篇平实的小说，没有玩半点花哨和形式，叙述也是按照时间发展的顺述。小说写秋勤与丈夫黎嵩度蜜月的故事，黎嵩是消防特警，这一特殊的职业就决定了他们的蜜月不会是轻松惬意的，一次又一次的突发事件和紧急任务，打破了他们一次又一次度蜜月的计划。显然，这是一篇歌颂奉献精神的小说。有人会觉得这样的主题太陈旧，也太“主旋律”。余德庄的这篇小说则告诉了我们，写好“主旋律”并不容易，因为写“主旋律”很容易落入模式化之中。比方说，为了塑造一个人物的奉献精神，就要写这个人物如何牺牲个人的感情。这篇小说却不是这样，黎嵩虽然因执行任务不得不一再推迟度蜜月的计划，但他同时也在为弥补妻子而重新安排度蜜月的计划，正是在重新安排和打破计划的反复中，把一个人物的精神境界和丰富情感立体式地呈现了出来。

二 关注内心与守望乡村

短篇小说更多的是与人心有关。我读到的小说中就有好几篇小说都涉及诚信问题。当今社会的诚信危机已经到了令人发指的地步，这不能不成为作家心中的疾痛。娜彧的《开门》（《上海文学》2010 年第 6 期）以一个喜剧性的故事来表现诚信的问题。老实头押着一车精神病患者到另一处地方，车上的“曹主任”几番努力争取到了老实头的信任，于是一车的精神病患者都逃跑了。老实头被逼得不老实起来，把一群想占便宜的人骗上车，开到目的地交差了。这真是一个极大的讽刺，你老实，你就会被疯子要弄；你要办成事，你就要变得不老实。于晓威的《天气很好》（《小说界》2010 年第 3 期）则揭示了当今社会在诚信问题上的荒诞性。卧底，首先就涉及信任的问题，没有对人的信任，是不会把人安排到敌方去卧底的。显然，狱警老刘对何锦州是信任的，他坚持给何锦州办了假释。一个警察能够信任一个罪犯，这种信任应该是建立在道德共识的基础之上的。但是，同样身负卧底重任的老刘却不能得到他的组织的信任。事情的荒诞性就在这里产生了。老刘作为警察，可以信任仍在服刑的何锦州，可他并不知道他本人并不被组织信任。服刑者可以被信任，警察反而不能被信任，这是多么荒诞的事情。于晓威曾经说过，痛苦和荒诞才会显影出立体的真实。这就是于晓威对现实的独到发现，他从来不掩饰现实中的痛苦和荒诞。但于晓威并不是一个荒诞派，他对世界仍然充满着希望，如同这篇小说，他质疑这个社会为什么缺乏信任的道德基础，但他相信，信任这种美好的精神品质并不会消失，因此面对“美丽的大雪”，于晓威说，天气很好。杨遥的《奔跑在世界之外》（《天涯》2010 年第 2

期）不仅关乎诚信，更关乎人心的冷暖。孙金是一个无足轻重的小人物，也有不少的毛病，这样的人物在生活中显然是不讨人喜欢的。但难得的是，他有一颗善良的心，他看到谁有了难处，也不管自己有没有能力，总是想着要帮上一把。他为了帮刘老三治病，可以不厌其烦地求这人求那人，最后没办法，他只好用自己的工资本换来高利贷。孙金是一个卑微的人，他身上的热量少得可怜，但他要用这微弱的热量去温暖这个世界。问题是，这个世界是如此的冷漠，哪怕他拼命救助的对象刘老三，也对他没有半点感激之情。杨遥或许对这个世界感到了悲观绝望，于是他用了这样一个标题——“奔跑在世界之外”，难道说，我们这个世界真的就再也容纳不下孙金的善良之心，真的不再需要孙金式的善良之心？读完这篇小说，足可以让人们思索再三。施伟的《逃脱术》（《福建文学》2010 年第 3 期）中的魔术师也是一位孤独的人，他努力营造一个幸福的家庭，可是他的妻子、儿子以及他的同事都不把他当一回事，最终他感觉到在这个世界上心是多么的累，他以极其惨烈的方式从这个世界逃脱了。

乡村叙述是中国当代文学的最具强势的传统，大量的小说仍然可以归入到乡村叙述序列，但在乡村叙述强大传统的笼罩下，作家要有所突破也变得更加艰难。尽管如此，2010 年的乡村叙述，仍然有好作品。我特别要提到尉然的《小荟的菜园》（《中国作家》2010 年第 17 期）和甫跃辉的《守候》（《青年文学》2010 年上半月版第 9 期）。在乡村叙述变得越来越躁动不安，也越来越沉重灰暗的时候，这两位作家却以一种清新宁静的笔调讲述乡村的故事。尉然多年前曾有一篇《菜园俱乐部》给我留下极深的印象。他写到一个经营菜园的农民陈世清，这个菜园是他幸福的来源，他与他的蔬菜们在一起的时候，就会滋生出幸福感。但他一离开菜园就无所适从，就成了被人愚弄的对象。粗看上去，陈世清有点像鲁迅笔下的阿Q，但实际上陈世清要比阿Q伟大得多，因为从生存哲学上看，陈世清有着自己的精神世界，而阿Q的最大问题是没有自己的精神世界。陈世清不屑于去计较别人的愚弄，他把菜园当做自己的幸福王国，有了这个幸福王国，世俗的一切烦恼都可以抛之脑后。看来在尉然的文学世界里也有一个能够给他带来幸福感的“菜园”，因此就会有了他的这一篇《小荟的菜园》，这篇小说延续了《菜园俱乐部》的主题，但它显得更加纯粹，纯粹得有些像单纯的儿童文学，何况小说中的主角就是两个孩子。两个孩子在小小的菜园里获得了那么有意思的精神享受，比如他们有时安静地在菜园边蹲上一会儿，支棱起耳朵听，他们能够听到菜苗喝水的声音，听到菜苗往土里扎根的声音，听到它们在空气里伸展茎儿和叶片的声音，这是真正的天籁。菜园对于两个孩子来说，是一个天然的童话世界，然而大人们却轻易地就摧毁了孩子的童话世界。

《守候》同样是以孩子作为主角，同样具有一种童话的意味。我知道作者甫跃辉是一名年轻的“80后”，因此当我读到这篇小说时更加感到惊喜。现在批评界和媒体几乎把“80后”单一化和同质化了，以为“80后”就是同一张面孔，都是自恋的、脆弱的、反叛的，都是没有社会责任感的，都是与乡村隔绝的。但甫跃辉的这篇小说就是写乡村的，他笔下的乡村是那么的自然真切。从他的叙述中，我能感觉到传统的延续，但他又给乡村叙述带来了新的因素。他写一个孩子不得不牺牲美梦，天没亮就跟着父亲到田头去干活。作者叙述到这里的时候，仿佛一脚就要踏进苦难叙述的窠臼之中，但他轻轻一个跳跃就将叙述引向一个新的空间。他写孩子内心对鬼的恐惧，以及他以装鬼的方式吓走了前来偷水的大人。这篇小说的内涵是丰富的，乡村生存的原生态，乡村伦理法则，儿童面对

自然和社会的挑战，乡村父亲对待儿子的严厉以及严厉下的父爱，这一切融合在一起，充满着开放性，远不是那些自恋封闭的“80后”青春写作可以比拟的，当然也跳出了几近模式化、社会程式化的乡村叙述，给我们提供了一幅新的乡村图景。

三　城市叙述与隐秘叙事

与乡村叙述相对应的是城市叙述。人们一直慨叹当代文学的城市叙述没有传统，至今仍不成熟，与急速扩张的都市化和现代化的现实不相匹配。其实这些年来城市叙述发展迅速，特别是年轻一代的作家对城市有着刻骨铭心的体验，并逐渐找到了表达自己切身体验的话语。前面所述的盛可以和于晓威的小说所表达的就是一种新的城市经验。另外，须一瓜和邱华栋的两篇小说在讲述城市故事上也各有特点。

须一瓜的《海鲜啊海鲜，怎么那么鲜啊》（《小说界》2010年第6期）写了一个城市小保姆的故事，是典型的日常生活叙事。保姆小陶有很多毛病，她被东家辞退也就是迟早的事了。但有意思的是，东家辞掉小陶后，却再也找不到一个更合适的保姆，渐渐地，他们才发现小陶的可爱之处，甚至他们发现他们的生活离不开小陶，开始思念起小陶来，“距离一拉开，回头看去都是温温润润”。为什么一定要等到距离拉开后，才会发现人家的长处和优点呢？我们在日常生活中也经常犯这样的毛病吗？须一瓜以轻松的方式批评了、调侃了这种日常生活中常犯的毛病。邱华栋的《滋味与颜色》（《广州文艺》2010年第2期）是关于城市伦理的探讨。郑迪与章娇分明代表着两个时代的伦理原则，不同的伦理原则决定了他们一个是新人，一个是旧人。郑迪属于旧人，他仍是以旧的伦理原则来行

事的，这种伦理原则是以乡村精神为基准的，是从过去延续下来的，它强调了血缘关系，维系着家庭的稳定。在漫长的农耕社会里，这种伦理原则行之有效。但进入到城市社会，这种伦理原则显然有许多与城市精神不谐调之处。郑迪的种种恐慌均缘于他不能摆脱旧的伦理原则的约束，不是他不想摆脱，而是他的生活方式和生活制度决定了他必须遵循着旧的伦理原则。但是，章娇就比郑迪自由多了，她放弃了旧的生活方式，因此也不必遵循旧的生活制度。章娇无疑是一个另类，她放弃旧的生活方式，也就意味着她没有一个温馨的家庭，也没有古典的爱情，甚至她也没有一个让亲情和身体安妥的避风港。更重要的是，当新的城市伦理还没有建立起来时，像章娇这样完全摆脱了旧伦理约束的新人类们，却会对那些仍在旧伦理秩序里徘徊的人们既构成极大的诱惑，又构成极大的威胁。邱华栋写了郑迪的无奈，在这种无奈中，其实就包含着一种期待，一种对新的城市伦理原则的期待。

短篇不同于中篇，不在于字数的减少，而在于它不能像中篇那样可以依赖于故事性来藏拙。短篇小说应该是一件精致的艺术品，它的思想表达必须是含蓄的、内蕴的。在2010年不少短篇小说中，可以看出作者在艺术性上都是下了一番工夫的，尤其是一些小说名家的新作。韩东的《呦呦鹿鸣》（《作家》2010年第1期）以诗人的想象讲述了一个超现实的故事，带有某种佛性、神秘性，显然是一种反现代性的姿态。苏童的《香草营》（《小说界》2010年第3期）同样也是一篇让人们想到神秘性的小说。当小说的最后，两只脚上拴着黑布的鸽子停在梁医生的办公室窗台上时，我们会有一种感觉，以为鸽子是一个神秘的精灵，它洞悉人的隐秘内心，它以神秘的方式传递着命运的旨意。神秘性是苏童小说中挥之不去的精灵。苏童的小说极少宏大叙事，他饶有兴趣地描述那些日常生活的

世事情事，但在他的叙述中我们隐隐感觉到的是一种少年特有的好奇和迷惑的眼光，他总觉得这些世事情事后面藏着我们不知晓的东西。这种东西也许就是命运。小说中的梁医生与小马完全是两种不同身份的人，却因为香草营而使得他们有了一种命运的牵连。而梁医生冥冥中也觉悟到了这一点，因此他会多次出现这样的幻觉，他看到女药剂师肩膀上站着两只鸽子。两只神秘的鸽子！神秘性还需要解读吗？也许这就是苏童的小说，我们无法说破它，我们只需要在这种神秘的意蕴中去品咂。葛水平的《月色是谁枕边的灯盏》（《小说界》2010 年第 6 期）则是一篇诗性小说。小说的主题与乡愁有关，乡愁可以说是中国古典诗歌的一个重要的诗眼，但在全球化的当代，要从乡愁中写出新意来并不容易。这也是葛水平的这篇小说出彩的地方。她在告诉人们，乡愁之所以煎熬人心，远不是因为背井离乡的痛苦，而是不能回到故乡的文化语境之中。故乡归根结底是一种文化的力量，山山水水都化作了文化的符号。文化的力量是多么的强大，阿银就被故乡这种文化的力量击倒了。这篇小说刚刚阅读时会感到葛水平温柔的一面，但读完之后才发现她的刚烈其实藏得很深，她的刚烈甚至演变为一种残酷，她残酷地将阿银和马克这一对恋人的婚姻和爱情击得粉碎，然而这不是肉体上的残酷，而是一种文化上的残酷，在作者笔下展现的是一种软暴力，一种文化和伦理上的暴力。我猜，葛水平大概是意识到单纯幸福地守着故土是不完整的，于是她写了这篇小说。月色是谁枕边的灯盏，这么诗意绵绵的句子真没想到被葛水平拿来做了小说的标题。这也说明，一个中国作家只要想起故乡，内心就难免诗情荡漾。在中国传统文化中，月色总是与故乡联系在一起的，月色照亮了人们通往故乡的心灵之路，“床前明月光，疑是地上霜。举头望明月，低头思故乡。”李白的这首诗最浅显也最准确地诠释了明月与故乡的关系，因此千古传诵在人们的嘴边。但是，葛水平却发现，月色不是把每一个人通往故乡的心灵之路都照亮了。

四 小说新人的喜人进取

在当下的小说创作中，20 世纪 70 年代出生的作家越来越成为主角。在阅读刊物时，我特别留意他们的名字。并非我对他们有偏爱，而是因为他们确实成熟起来，逐渐成为小说创作的主力。他们的成熟是在思想和艺术两方面齐头并进的。比方说，马笑泉从他步入文坛就有自己鲜明的风格，我很欣赏他正面处理残酷和血腥的方式，因为他不是单纯地呈现残酷和血腥，而是在残酷和血腥背后涌动着英雄气概。这一特点在《师公》（《红豆》2010 年第 8 期）这篇小说中还保持着，然而我也发现马笑泉的一些变化。他似乎在冷峻的叙述里加进了一些温柔的成分。我想这或许是岁月的作用。岁月就像是绵绵不断的流水，性格这块顽石卧在水中，听凭流水温柔地抚摩，日久天长也会变得圆润起来。或许这也是一种成熟的表现。如果说，当年马笑泉写《愤怒青年》、《打铁打铁》等时有一种初生牛犊不怕虎的状态的话，那么《师公》给我的感觉则是他在动笔之际会对前因后果掂量掂量。因此，《师公》的叙述显得要沉稳一些，这应该是一种成熟的表现，正是因为这种成熟，他能处理妥当这个在“文革”中发生的故事。张惠雯和付秀莹是这两年冒出的新秀，她们出手不凡，而她们两人的叙述风格却大相迥异。付秀莹的小说让我感到眼睛一亮，这并不是因为她所讲的故事有多么新鲜，而是因为她叙述的方式非常特别。她真像一位手法熟练的魔术师，但她不玩大型魔术，因此她用短句式来叙述，无论是她有意为之，还是她的语言习惯，总之这种句式构成了她的鲜明风格，在她的小说中一以贯之。比如《火车开往C城》（《广州文艺》2010年第7期）的开头：“夜色慢慢降临了。我看着窗外一掠而过的田野，村庄，树木，河流，心里有一种久违的轻松。我要出趟公差，去B城。”这样的句式难道给我们提供的仅仅是故事元素吗？我们的情绪无形中就被这种句式的节奏牵着上路了。两三个字，停顿一下，让我们喘口气，停下来揣摩揣摩字句里的韵味。付秀莹的叙述似乎与今天的生活节奏不合拍，但是付秀莹的小说却仿佛是要把我们从奔驰在高速路上的车厢里拽出来，要我们在路边的青草地上席地而坐，去一个字一个字地慢慢阅读。她的短句式是将生活流程切割成了一个又一个场景，让我们在每一个场景面前停下来琢磨。这有点像电影中的慢镜头。在慢镜头中，我们可能会发现在快节奏中一闪而过的细微变化。付秀莹所要做的事情无非是将这些细微变化定格下来，再让我们去体会这变化中的为什么。《火车开往C城》将镜头对准了一位平时循规蹈矩、生活庸庸碌碌的图书馆工作人员，付秀莹以其慢思维进入到了人物内心的褶皱里，或者说，当我们放慢节奏，就会发现光滑的时间流充满了起起伏伏的褶皱。说到底，叙述不单纯是一种语言技巧，除非一个小说家是在生硬地效颦其他小说家的叙述方式，叙述方式首先体现出小说家的思维方式。付秀莹在这一年里接连发表了好几个短篇，如《花好月圆》（《上海文学》2010年第3期）、《说吧，生活》（《广州文艺》2010年第7期），几乎都是采用的短叙述，她的叙述方式对应着她的慢思维，她如此从容不迫地深入到事物的肌理，或许也证明她一直在波澜不惊的环境中生活。在这种状态下，她非常适合写中短篇，她也完全可以通过自己的慢思维不断地探幽入微。

读者大概会发现，在我提到的短篇小说中，有好几篇都出自《小说界》这份杂志，这并不是因为我对这份杂志有什么偏爱，而

是因为这几篇小说都是作者为一桩特别有意义的文学活动而写的。这个活动涉及三个国家，是由中国的《小说界》杂志、韩国的《字音母音》杂志和日本的《新潮》杂志共同举办的“中韩日三国作家作品联展”活动。这三家刊物分别是三个国家的主流文学刊物，他们各自邀约了本国一些重要作家为这次联展创作，并翻译成另外两个国家的文字，同时在三家刊物上发表。三家刊物还在2010年底组织了三国作家和批评家展开面对面的交流和对话。我从《小说界》上读到三国作家的小说，一个最突出的感觉就是：我们都生活在同一个地球村，全球化与信息化的浪潮逐渐把我们身上的异味冲刷得干干净净，我们的共同性越来越多的超过了我们之间的差异性。文学对于一个国家的文明建设来说至关重要，因此我们应该加强三国之间的文学交流和对话，从而为三国作家资源共享搭建起一个理想的平台。我以为，这一次三个国家的纯文学的出版社和刊物联合举办“中韩日三国作家作品联展”，就是一个非常了不起的行动，也是搭建这一理想平台的非常具体的行动。参与这次活动的苏童、于晓威、葛水平、须一瓜、蒋韵（她为这次活动写的是一个长篇小说），用他们的写作为这个理想平台的搭建作出了努力。

对小说的解读往往是多余的，因为每一个读者从小说中获得的东西是不一样的，而且在我的阅读中肯定遗漏了很多更精彩的作品。但最后还想说一句的是，如果你不是热衷于读故事的话，那么你最好多读短篇小说，在短篇小说中，你更多地会感受到小说艺术的意蕴。

（本章执笔　沈阳师范大学教授　贺绍俊）

B.5

纪实文学：民生关切与人间情怀

这是一个民生问题突出的年代。一方面，我们看到，中国经济在持续发展，迅速摆脱2008年世界金融危机的不利影响，发展速度有了明显恢复。另一方面，我们也感受到了物价的上涨，生活指数不断攀升。民生，无疑是当下中国最关键，大概也是最峻切的课题。一个不断变化着的转型中的社会，以其无比的丰富性、复杂性和深刻性为文学特别是纪实文学（本文中所谓的“纪实文学”等同于“大报告文学”——笔者注）创造了丰沛的写作资源、前所未有的思想空间和无穷无尽的写作可能。同时，这个被巨量信息淹没的时代，多媒体消费占据了人们日常精神文化生活的主体，也给报告文学带来了生存的困境和发展的严峻挑战。在全新的传播环境和消费条件下，报告文学亟须探寻应对之道，要求新、求变、求优，力图同时赢取读者、社会效应和传世价值。报告文学写作的空间受到空前挤压，写作队伍扩大进度迟滞，发表园地和社会影响相当有限。有些报告文学作家更多地接受命题写作、任务写作或有偿写作，很难沉下心来精心打磨和进行艺术加工。同时也有一些作家在苦苦坚守，竭力创作一些真正于社会民生、于历史发展有益的，具备史志价值、思想价值和审美价值的作品。

一　人间冷暖与百姓情怀

报告文学是平民艺术，报告文学作家需要具备人民立场和担当

精神。对社会生活和百姓生存的关切，一直以来都是报告文学创作的重要内容和焦点主题。在国家和时代处在深刻变革之时，各种社会问题、社会弊端亦大都汇集聚焦于民生这个关键点上。普通人生存的外部环境、内在困境、改善可能，始终是我们国家发展过程中最大的课题之一，也是最大的一个政治。报告文学对政治有着特殊的敏感性，因此，长期以来，对民生的关注与描写，对民间疾苦、百姓心声的反映，成为报告文学作家的重要担当。而对百姓生存状况的关切，往往包含着深刻的人文关怀，这也是报告文学作家出自内心深刻体验的一种及时表达和书写。这样的写作，其社会价值与现实意义都是不言而喻的。

矿难是近年来受关注度极高的社会问题。2010 年初发生的山西王家岭煤矿特大透水事故，100 多名矿工被困井下，38 名矿工遇难。王家岭救援行动一时间成为举国关切的话题。有些作者从正面描写和反映抢救行动，如管喻、李宏伟、齐作权的《王家岭大救援："3·28" 透水事故救援现场纪实》。赵瑜、顺民、骏虎、黄风、玄武组成的写作小组，与新闻记者采取不同的观照方式，不仅描写了救援行动，而且更多地聚焦被困矿工以及他们的亲属等，通过对这些人在矿难前后的不凡遭遇或生死历程的深入采访，运用当事人自述和采访者所见所闻相结合的形式，实录矿难前后发生在这些人身上的一切，创作出版了《王家岭的诉说》一书。该书既真实记录被困职工强烈的求生欲望和顽强的求生过程，记述扣人心弦的挣扎求生和井外救援经过，也讲述那些遇难者令人心痛不已的故事。在复原事故现场的同时，深挖矿难的历史和矿难深层次的原因，质疑矿难是否不可避免，反思矿难带给全社会的凄厉警示。作者之一骏虎说，他们在采写过程中，事先明确要以“真相 + 拷问”的方式切入这一严重事故，各章标题藏头语句“宁可不要此类奇迹　沉痛悼念死难矿工”正是全书的主题。这部书以沉潜不露声色的悲愤关切着每一条微小脆弱却无比珍贵的生命，呼唤彻底的无条件的生命至上的人本主义，是2010年度最具反思和批判精神，亦可谓是分量最重的一部报告文学。本书的创作方法也很特别。五位参与写作者采取尊重个性，分头采访，材料集中，由赵瑜统一撰写成稿的方法。这大概堪称报告文学创作的一种可取的创新。赵瑜的报告文学创作活力已持续保持了25年，是一位不懈坚守并且秉持报告文学纯正品质的优秀作家。2010年度，他还推出了《火车头震荡——宜万铁路始末》，作品不仅记录了这一条仅有377公里却是世界上最难修、每公里耗资最巨的铁路的历尽艰辛曲折的修建过程，追述了这一条铁路的始末，更是放眼近代中国百年史，注目中国铁路建设的每一个历史节点及其发生的一桩桩有标志性意义的事件，写出了一部中国铁路简史，为工程建设题材类报告文学创作提供了一个成功的范例。

住房可能是数亿城市居民当前最关心的一个问题。房地产翻着筋斗涨价是当今社会面临的最大考验之一。阮梅、吴素梅的《中国式拆迁》、关注城市建设拆迁过程中出现的种种问题，对野蛮拆迁、暴力拆迁、钉子户等现象大胆地予以反映。据说，阮梅与吴素梅的合作也是采取共同采访，主要由阮梅创作成稿的方式。报告文学是一种需要投入较大精力实地调查采访的文体，采用多人分头或合作采写，再由其中一人统一撰写成稿的方法，也许是一种比较高效的创作方式。

生态建设和环保与我们的生存、生活质量休戚相关。生态文学有着悠远的传统，也有着旺盛的生命力。李青松以绿化事业参与者的身份，近年来陆续推出了《一种精神》、《从吴起开始》、《兴隆之本》、《喜鹊叫喳喳》、《北京水问》等一批篇幅短、文字生动可读的生态报告，引人瞩目。2010年度他又推出了《大兴安岭时间》

和《茶油时代：中国南方乡土文化的美丽符号》两部中短篇报告文学。前者描述近年来大兴安岭禁伐育林取得的成果，倡导绿色文明；后者探讨茶油文化，呼唤大众关注食用油安全。文字相当讲究，感染力较强。何建明的《国风右玉》描写了晋西北一座小县城右玉县几十年来几任县委书记矢志不渝保护生态、大力植树造绿的生动事迹。

寻常人、小人物的生存状况也在日渐成为报告文学关注的主体。彭学明精练短篇《点一个太阳送给你》的主角是并不为人们熟知的普通女性王瑗丽，她以自己的一己之力收养了数十个在押犯人的幼小子女，让他们得到了家庭的温暖。作者采用主人公王瑗丽和几个孩子直接讲述的方式，如话家常，故事寻常，却感人泪下。杨立平的《生长在心中的向日葵》用感人的笔触叙述了一位北大荒女子和当年的一位上海知青用数十年岁月演绎的感天动地、坚贞不渝的爱情故事。这样的真爱足以照亮一个普通人的一生；在如今这样一个物质丰盈、爱情匮缺的时代，尤显炫目的光彩。寒青的《起航，信义之船》以丰富的情节，再现了孙水林这位从打工者到企业老板的普通人，直至不幸去世一生都坚定秉持信义准则，弟弟孙东林接力完成他的遗愿。这对“信义兄弟”的生动事迹足以感动中国，他们的品格和操守可以成为这个受到道德失陷困扰的社会的一帖清醒剂和治病良方。

二 焦点热点与社会关切

报告文学要引起当下读者的关注和阅读的兴趣，也许需要更多地抢抓社会焦点和热点事件，对这些事件进行及时跟踪和比新闻媒体更为深入的挖掘。2010 年 4 月 14 日青海玉树发生 7.1 级强烈地

震后，全国关注。诗人们纷纷提笔，含悲歌吟，掀起了新一轮的“地震诗潮”。报告文学作者更是在第一时间奔赴现场。李春雷冒着危险采访了几天，创作了《玉树三题》，其中《索南的高原》围绕着一个新生儿在地震中的降生经过，真实呈现灾难中人们对生命的无比珍重，情节简单却意蕴深长。李冰主编的《玉树大营救》收录了多篇地震亲历者或见证者的实录、感受，内容丰富、鲜活，真实再现了地震中普通人的处境和遭遇。其中，《南方都市报》记者华璐的《那些花儿》描写一家孤儿院孩子们的顽强自救和求生；江洋才让的《亲历“4·14”大地震》自述地震当天的经历，动人心扉。

汶川大地震之后，灾后重建关系到震区的发展和灾民的生活。张胜友的《北川重生》真实反映了北川涅槃新生的壮丽图景。向思宇的《太阳照常升起》以一位四川本地作者的视角，深入表现灾难和灾区重建，特别是灾民重建家园、重组家庭的努力，生动感人。夏真、王毅的《特殊使命——宁波援建青川纪实》可以说是在第一时间，及时记录和报道了在大地震之后宁波市对青川倾力援助支持的经过和取得的成绩，让读者了解到大难当前两座相距遥远的城市相扶相助、血浓于水的骨肉同胞情谊，了解到青川在凤凰涅槃过程中所经历的剧痛、受到的慰抚与重生。广东作协组织创作的《感动》一书，则记录了广东省对灾区的援建情况。

新世纪以来，中国铁路建设尤其是高速铁路建设的成就举世瞩目。蒋巍的《闪着泪光的事业》以1万多字的篇幅记录了高铁突飞猛进的辉煌，激情奔流，振奋人心。他的另一篇短篇佳作《惊涛有泪——南阳大移民的故事》讲述了为支持南水北调等国家建设，南阳百姓所作出的贡献和牺牲。

对先进人物、时代英雄的刻画也是报告文学的一项重要任务。2010年度出现了多部讲述安徽凤阳小岗村原党委书记沈浩平凡而感人事迹的报告文学。郝敬堂的《小岗之子》如实再现了沈浩光荣的一生，张扬共产党人甘为公仆、服务奉献的优良品格。刘广雄的《中国维和英雄》聚焦在2010年1月12日海地地震中遇难的五位中国维和警察，述写他们从普通人走向英雄的光彩之路，讴歌主人公身上闪烁的崇高的国际主义和英雄主义精神。李春雷的《组织部长》（单行本名《山生》）以大量生活化的细节指导，塑造了一位优秀的组织部长王彦生的生动形象。刘元举的《城市·大演奏厅》描述了深圳自改革开放以来在钢琴普及和城市建筑等方面取得的长足进步，从一个方面反映了时代的巨大变迁。贾宏图的《仰望你，北大荒》通过一个个感人的故事，描述北大荒今昔巨变，展现了“中华大粮仓”的新姿。孙晶岩的《珍藏世博》在上海世博会结束之后及时出版，为人们深入了解世博、保存有关世博的记忆提供了有益文本。

说不尽的教育问题，由“富士康跳楼事件”引发的公众对打工者和南方工业化生产的关注问题，柴油荒、汽油涨价等引发的人们对石油安全、石油危机问题的思考，农民和打工者等基层百姓的现实生存状况问题，这些备受社会关注的焦点、热点、难点、疑点和重点问题，也都在报告文学作家的笔下得到了及时的反映和表现。萧相风的《词典：南方工业生活》用词条的方式，描绘当下南方制造业生产流程和工人生活状况。杨文学的《大转移》通过深入扎实的采访，反映农村劳动力向发达地区转移的壮观的历史场景以及大转移过程中存在的诸多问题。吴日图的《血色青春》追忆了一名青年打工者如何在生活挤压的缝隙中艰难生存，但最终却以跳楼自杀告终的悲剧故事，激发了人们对于打工者生存环境的关切。以《夹边沟纪事》、《定西孤儿院纪事》等纪实作品扬名中外的杨显惠，2010年度继续钟情于“甘南纪事”，他的《图美》通过一个曾经偷渡前往印度求学谋生而后又回到国内的藏族青年的讲述，再现了藏族社会生活的某些现实。王克楠的《来自“十元店”的报告》则以几位按摩小姐的自述，揭示 2003~2005 年间在邯郸城市中一些青少年女子异样的生存方式及处境。爱新觉罗·蔚然的《粮民：中国农村会消失吗?》和梁鸿的《梁庄》都直面当今农村现状，述写农民的生存困境、农业的艰难处境以及城市化进程对农村的严重挤压和影响。朱晓军的《叫板足坛腐败的体育局长》揭露足坛腐败现象，呼应读者关切的现实问题。郝洪军的《球事儿》则直书“中国足坛反赌打黑第一现场”，及时满足读者的阅读期待。王敬东的《绝地反击——一个赌场少年“千王”的觉醒》，披露了赌场黑幕。季伟的《谁是赢家?》，记录石家庄“‘4·21’网络赌博案”侦破纪实，关注赌博新动向。李迪的《丹东看守所》揭开看守所神秘面纱，带领读者走进管教人员与在押人员的世界。孙晶岩的《沉重的救赎》关注的则是监牢之中的少年犯，带给读者尖锐的警示。泽津的《弱女子十年不屈洗冤路》则揭开一起因司法腐败引发的特大冤假错案。徐江善的《异军突起互联网》聚焦网络在中国发展普及的过程以及与之相伴出现的种种问题。海林的《父爱如山》以自身的经历，生动阐述父亲在子女教育中不可替代的重要作用。胡玉琦的《财富魔笛》全面烛照财富时代人们的财富观和价值观，通过叙述中外古今人们关于财富神话、财富追求的变异，对与财富相关的问题进行了比较全面、深入的思考，引出对大众尤其是富裕阶层进行财富教育的迫切话题。

三 历史往事与旧闻新知

历史题材在报告文学创作中向来占据重要分量。作家通过从往

事旧闻中开掘鲜为人知或不为人知的信息、内容，探寻新发见、新思考，引发对现实的考量与鉴察，从而赋予此类作品以新闻性、知识性和趣味性的特征。

在抗美援朝60周年之际，出现了一批与志愿军或朝鲜战争相关题材的作品。张嵩山的《解密上甘岭》再现了那场震天动地的战役，表现先辈英烈们的不朽功勋，探寻民族最宝贵的品格。孙春龙的《寻找失落的英雄》、《异域：1945》逐一追访那些遗落在异国他乡的抗日先辈，表现祖国对这些优秀儿女的牵挂与关切，恢复本该属于他们的荣光。章剑华的《承载》追述抗战以后故宫文物辗转流徙的曲折过程，表现那些富有远见的知识分子为保护这些承载民族文化精粹的器物而付出的巨大艰辛。李洁非的《典型文案》（包括《胡风案中人与事》）、《1968：复调与变奏》、《1986：时代“三棱镜”》等，烛照历史，反思历史，以学者型的写作带给人们深刻的启示，具有鲜明的现实意义。陈桂棣、春桃的《“叛徒”何曼》通过对一个曾经担任过张国焘警卫长的小人物坎坷命运的追述，折射出一段曲折的革命历史，引发读者对那些曾经被历史扭曲的人物的再思考。魏世杰的《禁地青春》揭开尘封多年的中国最早核基地内幕，表现了核基地人奇特的生存处境和人生命运。邓贤的《远去的战场》、《帝国震撼》、《大国之魂——中国第一支王牌远征军的英雄史诗》、《大转折：决定中国命运的700天》等一批作品，金一南的《苦难辉煌》等，都是关于革命历史往事的重写与反思，特别是对于国民党在抗日中的重要作用和功绩的再思考、对于中共发展壮大史的重新审视等，都有独特的思想价值和认识价值。邢军纪的《最后的大师》是一部关于培育大师的大师——叶企孙的传记，探寻知识分子救国报国的路径，颇受读者好评。吴煮冰的《遗忘的历史》描述鸦片战争以后中国丧地辱国的曲折历史，

激发人们对于近代中国屈辱史的反思。舟欲行、黄传会的《龙旗舰队的抉择》聚焦武汉首义之时，萨镇冰等清朝海军将士对于辛亥革命的独特贡献，人物个性鲜明。徐刚的《伏羲传》以丰沛的想象，试图复原远古祖先生活和劳动的场景，是一种大胆而有意义的尝试。陈愉庆的《多少往事烟雨中》对北京古城改造等进行历史重现，书写了相关当事人的人生遭际，生动可读，颇受赞赏。

四　鲁迅精神与鲁迅文学奖

2010 年 3 月，广受文学界和社会各界关注的第五届鲁迅文学奖开始评选。本届评选对象是 2007 ~ 2009 年度公开发表的作品。报告文学一共征集到 146 篇参评作品。从题材上归纳，大致包括汶川大地震、北京奥运、纪念改革开放 30 周年和庆祝新中国成立 60 周年、人物传记、历史及其他题材。

报告文学评委在讨论中基本达成共识：近年来报告文学观念发生了明显变化，对这种文体应作开放式理解，可以采纳“大报告文学”概念，容纳传记、历史题材等方面的纪实作品；报告文学应更多关注现实，虽非“题材决定一切”，但题材所占的分量很重；报告文学要吸引更多人参与，入围和获奖作者面可以更广一些，要注意推出年轻作者；地震题材报告文学数量多，要从严把握，但在大灾难中讴歌人间温暖的作品应予重视；要提倡中短篇，适当兼顾长中短篇报告文学的比例。

关于地震题材，评委们认为，李鸣生的《震中在人心》倾注作者感情，正面反映地震，信息量最大，选的角度最好，揭露豆腐渣工程，敢于质疑和批判，反映灾后心理治疗，抓的点很动人，语言娴熟饱满，文笔感人，较作者以往的创作相比有明显突破；朱玉的《天堂上的云朵》现场感强，感染力好，作品完整；《北线大出击》作者苗长水第一时间到达现场，以救援者身份参与，置身其中写部队，以日记体形式记录，皆具特色，创作姿态及作品社会影响都是不错的；张胜友的《让汶川告诉世界》是一篇政论色彩很强的作品，思辨深立意高；《感天动地》作者关仁山是唐山大地震幸存者，感受深，运用今昔对比，写得很聪明，文字质朴。

关于现实题材，评委们提出，报告文学比小说更有力量的地方在于“报告”，应该选择那些能带给人历史感同时又有现实意义的作品。优秀的报告文学应该对当下热点问题发言，不回避问题，而需反思问题，加强现实批判精神。陈启文的《共和国粮食报告》历史意义和精神价值大，作者去了很多地方，和李洁非的《胡风案中人与事》一样写到了历史疼痛，直面苦难与错误，令人震撼；阮梅的《世纪之痛——中国农村留守儿童调查》关注现实，题材分量很重；黄传会的《为了那渴望的目光——希望工程 20 年记事》主题好，写得扎实；傅宁军的《大学生“村官”》题材新颖；魏荣汉的《中国基层选举报告》内容新鲜，题材敏感。徐剑的《东方哈达》写得很用力，结构上有创新，对西藏感情很深。梅洁的《大江北去》写库区人民为南水北调作出巨大牺牲，很感人。

关于传记文学，评委们提出，报告文学应该关注小人物和普通人，像申赋渔的《不哭》、卜谷的《红军妹子》写的都是小题材，是社会上的被抛弃者、无助者或挣扎者，令人看过难忘；特别是对于那些历史上被遮蔽、被歪曲的人物，写出传记来，挖掘出人文精神，有着强烈的现实感和现实意义。岳南的《陈寅恪与傅斯年》、张培忠的《文妖与先知》和丰收的《王震和我们》，作者都必须进行史实考证和价值评判，写作难度更大，比自传厚重。张雅文的《生命的呐喊》文学性很强，很让人感动，写个人向上的奋斗经

历，个性鲜明，虽是个人经历但具有典型性。《文妖与先知》材料翔实，不溢美不隐恶，有对民族文化心理的反思。聂冷的《补天——袁隆平的精彩人生》把袁隆平这个人物写活了，将科技题材也写活了。贾宏图的《我们的故事》书写北大荒知青的故事，生动感人，能引起一代人的共鸣。

关于中短篇报告文学，评委们认为，李洁非的《胡风案中人与事》发掘胡风事件中普通人的命运，是一个作家带着道德良心在反思历史，文字颇具魅力，给人印象深刻。赵瑜的《寻找巴金的黛莉》很特别，行文和文学性都很好，历史感强。李春雷的《木棉花开》描写的是被广东人称为"恩公"的任仲夷，文章短而感人，影响大，在写政治人物方面突破了以往报告文学对政治题材的处理方法，代表了年轻一代的水平。李青松的《一种精神》写"人与树"，事迹感人，人物塑造得好，力度、厚度和文学性都很好，写得很精致，简明有力，堪称短篇佳构。党益民的《守望天山》很感人。白描的《秘境——中国当代玉市考录》可读性强，能够从众多大题材中跳出来，也扣住了现实。张锐锋的《昆仑出》写南极科考，题材独特。

关于历史题材，多位评委认为，在纪念新中国成立 60 周年的作品中，彭荆风的《解放大西南》在战争题材中比较突出，80 多岁的老作家花费 10 年时间创作，态度严谨认真，有自己的亲身经历，写得实在、凝重。陈愉庆的《多少往事烟雨中》写北京旧城拆迁改造历史和相关人物命运，比较出色。

2010 年 9 月初，经过报告文学 13 名初评委员 12 天的审读和多轮无记名投票，选出了 20 篇作品进入终评。11 名终评委员增补了 2 篇备选作品。10 月中旬，经过多轮投票，选出了 5 篇获奖作品。10 月 19 日，获奖作品名单及评委会名单由评奖办公室正式发布。

11 月 9 日，在鲁迅故里绍兴大剧院举行颁奖典礼，1000 多人出席。11 月 10 日在绍兴咸亨酒店，中国作协举行“第五届鲁迅文学奖获奖作品研讨会”，获奖者、部分评委和媒体记者等出席。

以报告文学获奖作品为例，它们无疑比较充分地继承和体现了鲁迅精神。从作家创作姿态和作品主题上看，如《震中在人心》的作者李鸣生坚守秉持良心的写作，提出“良心是作家的饭碗”；他对汶川大地震这场国难采取的是“记录 + 反思”、“现实 + 追问”的方式，除了真实书写灾难场景、救灾现场之外，还用审视和评判的眼光对巨灾进行拷问和反省，启人深思。李洁非的《胡风案中人与事》对荒唐年代使知识分子精神发生扭曲、裂变进行洞察烛照，褒扬知识分子对于精神独立性与主体性相当艰难却是极其可贵的坚守与呵护。

从报告文学的评选、评价标准上看，也较好地体现和贯彻了鲁迅精神。

——评委会高度重视现实题材，重视现实主义创作，尤其是那些揭示和反映我们民族、国家和我们这个时代创伤与疼痛的作品。获奖作品中，李鸣生的《震中在人心》和关仁山《感天动地——从唐山到汶川》都是描写 2008 年汶川大地震的，书写大地震带给我们国家的大悲大恸，揭示的是群体之伤、民族之殇。两部作品两个角度。一部是正面描写汶川大地震场景的，另一部是将唐山大地震与汶川大地震作对比，反映今昔异同和社会进步。《胡风案中人与事》虽然挖掘的是历史题材，但揭示的却是“反右”时期和“文革”中国人所遭受的巨大创痛，表现的是个体之痛、个体的“精神奴役伤”，折射的却是一个时代的弊病与沉疴，有着鲜明的现实意义。

——评委会特别关注描写和表现普通人命运的作品。张雅文获

奖作品《生命的呐喊》是一个个体生命的演奏，具有个人自传色彩，书写的是个人的坎坷历程和命运，但却与她所生活的时代和社会紧密相连相通。《胡风案中人与事》着重记述了七位普通知识分子的不幸遭际。《震中在人心》等描写的也大多是一些小人物、寻常人。

——评奖注重作品的艺术品位和文学价值，重视艺术创新。其一是强调亲历感、现场感和在场感。如《震中在人心》现场冲击力和震撼力强烈；《解放大西南》、《生命的呐喊》都是作者的亲历或与作者经历相关。其二是人物个性鲜明，立得住。如《胡风案中人与事》篇幅虽短，但每个人物性格都很鲜明，形象生动；《生命的呐喊》主人公（作者）感人至深；《解放大西南》也塑造了旧军阀卢汉等一些生动传神的人物。其三是情节、细节丰富、生动。如《震中在人心》有大量催人泪下的“故事”和细节描写。其四是作者主观情感的强烈注入。《震中在人心》和《生命的呐喊》作者都取创作主体浸入式、介入式写作，作者的悲愤痛恨或苦乐哀欣皆溢于言表。其五是艺术创新和语言特色。如《震中在人心》采用摄影和文字双记录的方式，创立“摄影报告文学”的新样式；在文字表现部分，匠心独运，着重从死者与生者的关系层面切入，把地震后的幸存者和死难者作为自己观照和表现的主体，重点描写生者包括军人等救援者对待死难者的态度，映射出地震给予人心的巨大震撼这一场内心强震，批判社会弊病，剖析人物灵魂，张扬人性力量。《胡风案中人与事》语言沉潜简古，于拙朴中犹见功力。

——评奖强调报告文学文体的包容性，采纳了“大报告文学”的概念和范畴，收容了包括传记文学在内，其他一切具备新信息、新发见、新思想和新表达等新闻性特征的非虚构文学作品，使得类似《生命的呐喊》这样的人物传记和《胡风案中人与事》这样的评传、评论等跨文体作品都进入了报告文学评奖视野。

——评奖相当重视作品的社会影响和读者反映，评委会希望获奖作品能经得起时间和读者的检验，在文学史上能留得下来。例如《生命的呐喊》多次再版、加印，读者反映强烈，被认为是一部优秀的励志作品，社会效果好。《感天动地》2009年曾获得全国“五个一工程”奖；在终评之前进行的中国作协会员无记名投票中，获得高出第二名数倍的选票。《解放大西南》在初评投票时，获得了唯一的全票。

获奖作品的战斗性、批判性最能彰显鲁迅遗风，亦最能体现鲁迅精神。第四届鲁迅文学奖获得报告文学第一名的朱晓军，其《天使在作战》大胆揭腐反腐，痛贬社会弊端，一针见血，大快人心。《震中在人心》对地震中暴露出来的学校建筑质量问题、灾民心理救助等社会问题进行了揭示，在悲愤的诘质中体现了尖锐的批判性和反思性；《胡风案中人与事》用时代创伤与疼痛昭示历史真相，以鉴未来，都很好地发扬了鲁迅精神，显示了报告文学作为一种非虚构文体参与现实的战斗性和强大力量。

五　“非虚构潮”与非虚构写作的可能性

近年来，《天涯》、《广州文艺》、《山西文学》、《南方周末》等一些报刊陆续开办“非虚构”类作品专栏，发表一些纪事散文、叙事史、民间记录、自传自述、口述实录、回忆录、历史档案或文件等类文章。这些作品，大多采取与小说对立的创作方法，注重深入事件和人物内心，尽量客观、如实或真实地进行呈现、再现与表现，大多具备纪实作品的基本属性。2010年，报告文学出现了一些新景象，发生了明显的转向或嬗变。特别是，自2010年第2期起，《人民文学》杂志开办“非虚构”专栏，正式打出“非虚构”的旗帜，

每期发表1~2篇非虚构作品。青年评论家梁鸿重返故乡，写出了《梁庄》，揭示当下农村生活常态和农民生存状况；小说家慕容雪村冒着巨大风险，潜伏传销集团23天，写出《中国，少了一味药》这样一篇新鲜好读的报告，详解传销内情；散文家刘亮程发表了《飞机配件门市部》一文；而长年在深圳打工的作者萧相风，则以一篇《南方：工业词典》展示打工者的生活，呈现“中国制造”的真实情景。这些作品都是直面现实、切入生活之作，受到了文坛的关注和赞赏。《人民文学》杂志乘胜追击，于10月召开了“人民大地·行动者”非虚构写作计划研讨会，正式提出实施“行动者”非虚构写作计划，设立基金，资助“行动者”写作计划，召唤作家走进生活，开辟一条融入和记录生活的途径，避免题材、情感、思想、语言资源的贫乏与枯竭。由此形成了一股“非虚构文学创作潮”。还有一些民间基金开始资助纪实类创作，这对于推动和引导报告文学的发展无疑是有利的。这些现象表明，非虚构写作存在着拓展和前行的极大空间，有着可以无限预期的未来。

正像报告文学是一个外来的文体概念一样，非虚构也是一个外来的写作概念。它的原词non-fiction，直译就是“非小说”。西方词典的释义包括：非小说类散文文学；基于事实而非虚构；根据事实、真实事件和真实的人创作的散文，诸如传记或历史；按照事情真实发生的样子进行叙述或提供关于某事的事实信息……因此，可以说，非虚构是一个相当宽泛的文体概念，它把小说及韵文（诗歌）之外的文学作品基本囊括进来；这些作品的基本属性是非虚构和真实性，是基于事实基础之上的纪实创作。在我看来，非虚构作品基本上等同于“大报告文学”。我个人一向主张打破报告文学的文体边界，提出一种宽泛的、包容的“大报告文学”的概念，一种跨文体边界的非虚构写作。它可以容纳一切具备新闻性——新信息、

新内容、新思想、新发现和新手法——的非虚构类纪实作品。

与此同时，我认为有必要重申和捍卫报告文学的尊严，这就是真实性原则。无论是称为报告文学，还是非虚构文学，其要义和命脉之所系均在于非虚构和真实。而真实，也正是报告文学（非虚构文学）力量之所在，是其能够产生干预生活、震撼人心影响力的源泉。如果丧失了这条底线，在创作中随意编造人物、事件和情节，乃至大量虚构细节、对话、人物心理活动等，都会给报告文学的纯正品质带来伤害。但是，我并不反对创作中的适度想象或联想。我既反对报告文学创作中的虚构和杜撰，也反对“报告文学禁止想象”的观点。文学是形象思维（想象）的产物，想象和形象思维是文学创作的基本方法和特点。作为文学之一样式的报告文学无疑亦离不开想象，离不开适度的联想。我们在这里需要探讨和明确的不是报告文学可不可以想象、要不要想象而是想象的“度”与界限。在我看来，报告文学的想象是基于事实，符合事情发生的历史情境，合乎情理、事理的联想，必须符合真实性原则，即所谓势之必然、情之必然、理之必然。这些想象性描写应该是在具体的环境中必然发生或可能发生的，是不能被证伪的必然、或然或可然的内容，必须符合事实真实、历史真实、判断真实和艺术真实的原则。换言之，报告文学（或非虚构文学）的想象与联想绝不能凭空虚构、无中生有，绝不可被质证、对证、映证为虚假或伪造。在这方面，尤其需要注意人物的心理活动和直接对话描写，特别是历史人物的心理描写和对白。在我看来，如果没有相应的史料，缺乏第一手的日记、记录、回忆等佐证，是绝不允许直接地大量描写历史人物的心理活动和对白。如果一定要写到这些内容，则应该换用叙述角度，如采用叙述者的叙述或推测或想象，应该明确告知读者这是作者的主观揣测或推断。在报告文学及非虚构文学中，过度想

象和凭空想象是必须严格禁止的。这是虚构文体（小说）与非虚构文体（纪实）的边界所在。

六　报告文学的新变与理论研究的新动向

报告文学创作本身正在面临转型与新变。一方面，我们看到，报告文学的创作空间不断受到挤压，社会影响削弱。数量众多的企业报告、工程报告、先进人物或事迹报告，大量的平庸作品包括带有广告嫌疑作品、有偿作品的涌现，既败坏了报告文学的声誉，也倒了读者的胃口。“非虚构”这面新旗的竖起，或者说文学界推出“非虚构”这只新瓶，在我看来，它所要装进去的依旧是原先“大报告文学”所容纳的那些作品，只不过是要带给读者与社会一种新鲜的感觉——更加地强调真实性、独立性，强调其区别于已被“败坏了名声”的报告文学，希望借此引起社会和读者更多的关注与喜爱。

而在现实生活中，文学日益边缘化，报告文学尤甚。在一个人们精神文化生活、精神消费日益多样、多元和多变的时代，在一个浅阅读、软阅读、轻阅读、快乐阅读和图像阅读的时代，文字正在日益成为一种高贵的奢侈的文化消费。现实环境对报告文学提出了更高更严苛的要求。一方面，正如赵瑜所言，报告文学一定要拒绝平庸。报告文学作家不能随波逐流，得过且过，一定要有自己的秉持与坚守，要有独立的品位和品格。作者要有鲜明的面向社会和公众发言的主体意识，要有直面历史和社会的担当精神，要认真选择“写什么”和“怎么写”，用心精心构思剪裁和创作加工，写出真正有价值的东西。这种价值应该经得起历史、时间、艺术、社会和读者的检验。另一方面，应该高度关注包括网络记录视频、DV 实录、博客日志、网络人肉搜索和电影电视专题片、纪录片等新媒介形式的纪实

作品。这些都可以被视为报告文学表现和实现的新载体、新形式与新样式。它们很可能将带给非虚构纪实文学创作与传播以革命性变革。报告文学作家可以也应该积极参与到这些艺术样式的创作中来，报告文学研究者也应该及时跟踪探讨这些新变，并对这些新样式的报告文学的艺术特点、创作规律等进行剖析、总结，引领创作新潮。

2010 年 11 月 21 ~ 22 日，在广西防城港召开了全国报告文学理论研究会第六届年会。与会的研究者提出，中国文学有诗骚和史传两大传统。写实、纪实是民族文学传统，又与外来的非虚构文学异曲同工，适应了世界文学创作的一种主潮，拥有着广阔的发展空间。平庸是当前报告文学创作之大忌，报告文学创作动辄“长篇巨著”的著作化倾向并不可取，应该倡导适应题材与内容需要的各种篇幅的作品齐头并进，传承 20 世纪中短篇报告文学的传统，充分发挥报告文学作为文学轻骑兵、突击手和尖兵的作用。也有研究者提出，报告文学要重视新媒体时代电视纪实、博客、老照片等报告文学的新类型，重视公众参与的报告文学创作，要及时关注网络和民间小事件，可用“短平快”的作品予以表现。与会者纷纷强调报告文学的艺术性问题，认为当下创作要拒绝平庸，尤其需要在艺术性上多下工夫。报告文学区别于新闻的标志，即在于它是以形象的艺术的方式反映事实，它比新闻更有感染力的地方在于它的艺术性和形象性。只有真实性与艺术性相结合的作品才是真正有生命力的作品。当今的报告文学创作日渐形成了记者型报告、作家（包括诗人）型报告和学者型报告三种类型。记者型报告更重新闻信息和新颖题材；作家型报告更重作品的艺术性与感染力；学者型报告则更重独立的思考和独到的发见。新闻记者出身的报告文学作者大多文学创作经验欠缺，艺术修养不足，在从事报告文学创作时尤其需要加强艺术能力培养。此外，报告文学要重申“问题意识”，强调作品对现实生活的介入和参与，对现实要有批判和梳理，对问题要有分析和判断，要多写有战斗力的社会问题报告。还有研究者提出，报告文学要关注和表现人的尊严，要在创作中贯彻以人为本的人文、人道精神，提升作品的思想内涵和价值。

2010年度，报告文学界还有一些事件值得关注。如《人民日报》经常用整版篇幅刊发一些名家的短篇报告文学，诸如张胜友的《北川重生》，贾宏图的《仰望你，北大荒》，蒋巍的《闪着泪光的事业》、《南阳大移民的故事》，何建明的《国风右玉》等，题材涉及当下热门话题和值得铭记的一些历史事件，主题大多为赞颂改革开拓进取的时代精神和爱国团结奉献的民族精神。这些作品刊发后大都产生了一定的社会反响，有的还召开了作品研讨会进行宣传推广。应该说，《人民文学》和《人民日报》这两家影响巨大的媒体对报告文学（非虚构文学）不约而同的推重，无疑大大地给力报告文学创作，给力报告文学作者。

9月3日，第四届徐迟报告文学奖评出。何建明的《生命第一》、赵瑜的《寻找巴金的黛莉》、李春雷的《木棉花开》、丰收的《王震和我们》、杨黎光的《中山路》5部作品获得大奖，李鸣生的《震中在人心》、李青松的《一种精神》等10篇作品获得优秀奖。这项基本上两年一评的报告文学奖项在界内日益产生广泛的影响，对表彰和鼓励创作起到了较大的促进作用。值得特别关注的是，12月10日，中国报告文学学会举行了“全国报告文学理论评论奖”新闻发布会，破天荒第一次开辟报告文学理论研究方面的奖项，计划评出新时期以来8篇（部）优秀报告文学研究著作。相信其对于鼓励和推进报告文学研究亦将产生积极的影响。

（本章执笔　中国作家协会创研部研究员　李朝全）

B.6

散文：在左突右冲中结实成长

一般说来，散文创作要在短时间内有进一步的提升是有难度的，原因在于散文所能达到的高度是与作家的品质、情感和思想所达到的高度密不可分的，因此，2010 年散文创作能在原有的高度、广度上继续前行、左突右冲、结实成长，本就是该年度散文的收获了。

2010 年度在各级报刊上发表的散文作品数量众多、题材繁杂，可读、耐读的作品也不在少数。其中，既有名家创作的老到成熟的作品，也有一些刚刚崭露头角的青年散文家创作的精品，而更多的则是还不为人所熟悉的散文家创作的优秀散文作品。该年度的散文，既有在原有题材基础上深入掘进的创作，也有突破现有题材疆域的创作。有的作品虽然篇幅短小，却质地丰厚、充满美感；有的作品则是在长度上制胜，才思泉涌、纷繁炫目。有的散文家是随性而为，有的散文家是深思熟虑；有的散文家是在用情抒写，有的散文家是在用心血描摹。

在 2010 年度的散文创作中，关注人的生命、生活和生存状态依旧是一个重要的主题，对于心灵的剖析和对精神的追寻也同样占有很重要的位置；在该年度的散文创作中，更多的散文家更加注重散文结构的均衡，文字的质量和密度，以及作品整体给人的美感，细节带给人的震撼，这些无疑使得该年度的散文从表象到质地都很结实有力，使之成为 2010 年度整体文学创作成绩中不可缺少的重要基石。

2010年度，很多散文家从他们自己精心挑选的某个领域出发，经过筛选，盯准了真正属于自己的素材，进入到事件和物件的细部中去，用思想的利器将它剖开，然后用自己的情感、自己的文字将它们锻打成一篇篇的精品文章；这些散文家对待散文的努力程度和真诚程度是令人佩服的，他们左突右冲，严整地写着散文，将散文写作作为一种生命的通道，从而进入到生活的深处和思想的深处；这些散文家感悟能力是极强的，他们对自己所熟悉事物的过滤能力是强大的，他们在生活诸多繁杂无序的物象中剥离出自己散文创作中所需要的东西，显示了他们对于散文创作的把握能力和继续成长的潜力。

一　散文中人的背影

对人的关注和表现一直是散文写作中的主题之一，在2010年度的散文写作中，对于人物的描写依旧能够体现散文家对于生命本身的思考和悟力所能达到的程度。从该年度散文中所回溯和抒写的人物来看，其中，既有对历史深处人物的重新解读，也有对现代背景下的人物的判断和展示，它所体现出来的是散文创作中应该具有的宽度，这类散文是2010年度散文创作的成绩之一。

迟子建的《落红萧萧为哪般》（2010年5月10日《文汇报》）是一篇动情动人的散文。也许是地缘的关系，也许是性情相通的关系，文中作者的温婉情怀和惺惺相惜之感很是明显，“萧红是一朵盛开了半世的玫瑰，她的灵骨是花泥”，因此她最好的归宿只能是回归花瓶，因为她的灵魂有一种清香，是满腹的清香吹拂出来的。但在萧红生前，四周却没有一点光把她照亮，即使于别人是甜蜜和幸福的婚姻和生育，对萧红来说也总是痛苦和悲伤。爱与痛，欢欣与悲苦，隐隐约约，迷迷离离，使萧红饱尝世间的辛酸。幸运的是，虽然萧红一生历经风寒，但是她的灵骨总算能留在温暖之地，和作者一起去做星星梦了。

耿立的《缅想的灵地》（《散文·海外版》2010年第3期）写的是杨靖宇将军，作者把将军与张奚若、白万仁、王佐华等“这号中国人”进行了比较，从而更加凸显了将军忠贞爱国的形象。而且，这篇文章是用细微的笔法来写事件的细节的，给我们展示了将军被害的全部过程。特别让人扼腕愤慨的是，连杨靖宇将军亲自抚养大的孤儿，竟然也背叛了将军，直到将将军置于死地，不由得让人感慨人性的卑劣。

叶尔克西·胡尔曼别克的《新娘》（《民族文学》2010年第7期），写了一个并不漂亮的新娘：“她不是一个算得上漂亮的新娘。脸有点儿圆，皮肤有点儿黑，颧骨有点儿红，嘴唇有点儿厚，鼻子有点儿肉，但一双眼睛很黑像玻璃球。”作者在写这个新娘的时候，把更多的笔墨给了称这个新娘为“姑姑”的男孩，用男孩的言行举止写出了他们两个在远离家乡五百公里的婆家所感到的陌生与疏离，整个文章沉浸在一种喜乐背后的寂冷中，就如同文中所写的那样，“人们的相逢与别离，总是杂乱的，像一堆突然混在一起的乱码”。

古耜的《鲁迅和金钱及消费》（《黄河文学》2010年第6期），写了鲁迅先生当年所拥有的金钱观念与消费意识，以及相应的生活态度与生命实践。文中写到的鲁迅先生一生与钱总是不可分的，“在做一些较大的人生选择时，也常常注意从生存和经济的角度考虑问题”，这给了读者另外一个窥孔，让人看懂了鲁迅为大家所容易忽视的生命空间和思想空间。

蒋子龙的文章总透出他作为前辈优秀作家的质感和智慧，他的

文章像贴了一层布幔，不知不觉就将人的思维给盖住了，他的《人书俱老》（《海燕》2010 年第 1 期）写出了自己的大师兄陈国凯先生的性格特点，文中更多的是写了作者与失去说话能力的陈国凯之间心灵的交汇与动人的交流，写出了两人不需要语言的喜悦与友情。蒋子龙发表在 2010 年 17 ~ 23 日《今晚报》上的《2009 年的花边》，里面有三篇文章——《天下美事》、《金玉良言》、《气死人不偿命》，也是非常老到的文章，透彻耐读。

石厉的《李陵的悲怨》（《黄河文学》2010 年第 7 期），写了让人难以释然的李陵，他纵横匈奴腹地，被数倍多的敌人围困，最后投降匈奴。对于这样一个人物已经有很多作家和史学家写过相关的文章，当然主要是从忠、孝、智、勇这四个普通的人伦意义上对李陵大加挞伐，但此文却写出了无奈的李陵心中的悲怨和苦痛，从他所写的诗歌中来找寻他的心灵轨迹，让人不由得在孤寂和凝重的阅读情绪中慨叹。

丹增的《我的高僧表哥》（《十月》2010 年第 6 期），写了表哥明心见性、超越心灵的超脱，自己对表哥日将严重的病情的担心，以及表哥白净消瘦的庄严法相下的镇定自若和通达的心灵，还有西藏那些奇山异峰、幽谷峭崖、深山密林、高深莫测的修行圣地，由此写出了表哥的虔诚和所经历的一世沧桑。

孙郁在《收获》发表了一组散文，是可以入精品之列的。其中《苦行者》（《收获》2010 年第 2 期）写了鲁迅在教育部任职期间的一段往事，这个时期的鲁迅“年龄不太相符，显得有些苍老，身上已暮气缠身”，“撰写公文，调查文物，筹备会议”，过着既不悲观也不乐观的生活，文中还写到了他与钱稻孙、许寿裳、陈师曾、许季上、齐寿山等人的交往，展示出了一幅鲁迅的真实生活侧影。《风动紫禁城》（《收获》2010 年第 4 期）同样体现出了作者

的学识，在这篇文章中，作者从1924年11月溥仪出宫，紫禁城一时清空写起，与之相关的诸多人物，比如胡适、钱玄同、刘半农、俞平伯、魏建功、朱偰、沈兼士、郑孝胥、罗振玉、启功、易培基、马衡等人，很多与故宫有过联系和渊源的人物，一下就站立在了人们的面前，从中可见世事的变迁和岁月的沧桑。

吴克敬的《放生法度猿臂翁》（《福建文学》2010年第2期），写了一个博学、个性特点非常鲜明突出的人物，他就是优游在宦海岸边的何绍基，一个不愿意为五斗米折腰，个性高标和对世俗蔑视的人，作者对他的评价是书格高尚、立身俊伟，也还是准确的。

叶兆言的《万事翻覆如浮云》（《收获》2010年第1期），写自己的父亲与林斤澜、高晓声、陆文夫、刘绍棠、鲁彦周、邓友梅的交往，从中可见前辈文学大家们的身影和风采。

初国卿的《世间已无王世襄》（《海燕》2010年第1期），写“大玩家”王世襄辞世，通过写俪松居的陈设，以及作者与世襄老人聊的许多话题，给人一种生命的感悟；阎纲的《丁玲与多福巷》（《散文百家》2010年第11期），写了丁玲的生活和遭遇；吴为山的《我塑饶公像》（《散文·海外版》2010年第4期）写得谦和而内蕴骨力。另外，红孩的《父爱有余香》（《黄河文学》2010年第2期）也是这类题材中难得的佳作。

特别要提到的是，2010年4月15日《人民日报》发表了温家宝总理的一篇文章——《再回兴义忆耀邦》，这是一篇让作者动情、让读者动容的难得的好文章。作者回忆了胡耀邦同志到贵州、云南、广西考察的状况，从中读者很能感觉出温总理的为国为民的拳拳之心，感知到总理体察群众疾苦，倾听群众呼声，为百姓多出力尽心的情怀。文中朴实的情感、朴实的写法给人一种扑面而来的感动。

二　散文作为思想的练习册

散文不是哲学，并非要对生命的终极意义做逻辑的思考和解释，但散文既然也是体现人的智慧和思想高低深浅的文体，那么思想的高下深浅在某种程度上决定了一篇散文的高下深浅。另外，如何艺术地展示自己的思想也是一个需要认真思考的重要问题。

杨永康是一名认真写作、创作思想前锐、文字细密饱满的优秀作家，他的作品已经足以证明这一点。比如他的《春天·铁》（《红豆》2010 年第 4 期），文中写了春天的马蹄莲，春天的街灯，繁哈尔的所有马蹄莲，繁哈尔的所有小巷与街灯，写自己“每次穿过小巷，我都像一个想做恶事的人，怀揣刀子。实际上我并不习惯刀子。任何刀子，任何夜晚。我只是装模作样地拥有夜晚，装模作样地怀揣刀子，装模作样地想做恶事”。文章是写得有些特别，但有眼力的人是很容易发现杨永康在散文创作上努力掘进的影子的。

杨献平是在散文创作中艰难前行的实践者之一，他在写作散文时总是向着最深的灵魂前进，文中也总能见到他灵魂的影子在徘徊，因此会有许多想法时时撞进杨献平的脑袋，比如他在《夜行者》（《红岩》2010 年第 5 期）中写道：“23 点，楼道和隔壁越来越静，电梯和楼梯停止了断续的声响。我出来一看，除了走廊的灯光，其他办公室都紧闭着。我到卫生间，忽然看到尽头的黑，再回头，也看到背后走廊尽头的黑。我蓦然觉得了一种孤独，那遥遥相对的两团黑，像是无形的夹击，压迫的不是肉体，而是心，熏染的不是情绪，而是灵魂”。另外，杨献平在《消失的传说（五则）》（《鸭绿江》上半月版 2010 年第 5 期）中写了狌狌、白猿、鹿蜀、彘、凤皇这五种传说中的物种，写了它们与生俱来的“神性”和特异功能，比如狌狌在美酒和草鞋面前，俨然是高明的卜算者和预言家，但狌狌最终还是经不住诱惑，搭上了自己的生命。当然在这杀与被杀、食与被食之间，展现更多的还是人类的狡黠和残忍。

祝勇的《紫禁城：空间与时间的秘密》（《十月》2010 年第 4 期），分“紫禁城的空间话语”、“紫禁城的时间哲学”、“紫禁城的生命履历”、“三希堂：帝国的博物馆”、“养心殿：缓缓垂下的帘”、“坤宁宫：窥视的目光”等几个部分，其中有着对于紫禁城和帝王的另外解析，“一个又一个的皇帝，在时间中从太和殿鱼贯而入，又排着队，奔往北面的超级坟墓”，“对于宫殿来说，存在与毁灭，绝不是一个问题，因为它每时每刻都存在着，也每时每刻都毁灭着。生与死对它来说并非时间上的接续过程，而是同时并存、相互渗透的”，“所谓宫殿，只是一个权力的幻象，既是实的，又是空的，既带来自慰式的满足（如朱棣），又带来空虚与破灭感（如屈原）”，“那些古老的纸页，则成为测量王朝盛衰的试纸”。这些语言是有很强的冲击力的，这种冲击力的来源就是文章有一种用坚定的思想作为背景和后盾的能力，有一种艺术化的处理这种题材、表达这种思想的能力。

高维生的《留在心里永恒的黑暗（外一篇）》（《鸭绿江》2010 年上半月版第 2 期）是一篇高质量的散文，作者在自己写作惯性的基础上，又有所前进和突破。文中写了萌萌用光明的眼睛，寻找黑暗中游动的灵魂，其中渗透着作者对精神的思考和解读，这体现了作者对散文的写作追求。《历史一层层地在身体里游荡》（《鸭绿江》2010 年上半月版第 2 期）也是作者用了很多心力写成的文章，此文真的就像他在文中所写的那样，“让情感缓慢，静下来，流成一条溪水”，“慢慢地恢复夏日里毒辣的热灼伤的身体，思绪快乐而自由”。

刘照进的《缓缓穿过（二题）》（《山花》2010 年第 12 期），

当作者面对一条“不动声色地流淌，宁静、飘逸、收敛，却又像血液默默地在我们的体内穿行”的河流时，看到了县城密挤的高楼，空阔的防洪堤广场，逐渐地深下去的夜色，贫困与富有、高贵与低贱、繁华与落寞、喧嚣与沉寂。这一组组尖锐对立的词，使作者自己都无法准确判别，因为所有的一切在穿过城市中心的繁华、富有、浮躁、喧嚷的时候，同时也穿过城市边缘的落寞、贫穷、肮脏、沉静。从初春到冬末，从潮涨到潮落，河流依旧只是缓缓穿行，一切皆是那么平静和自然，从中可见作者写作此文时的心绪是沉静的，没有任何思想的夸饰，但他分明是触摸到了一处不可触摸的城市神经。

沈风国的《被粉碎的目光》（《散文百家》2010 年第 4 期），作者通过卡夫卡的眼睛写出他无尽的胆小、忧郁和凄凉。正是复杂的犹太血统、敏感的神经特质、恶劣的身体状况以及与父亲的紧张关系，使卡夫卡只能向内，向灵魂底层的深处，挖掘隐藏自己生命的洞穴。“卡夫卡活着的时候在人间遭受了太多的冷遇和无奈，然而在他死后却成为人们竞相崇拜的偶像”，这是因为“卡夫卡简直就是为人类的困惑和痛苦言说的嗓子，是他第一次让现代人看见了自己和所处的这个时代！”卡夫卡被粉碎的目光，使人有了认清和摆脱现代社会带来的困境的宁静和解脱，给人们带来了救赎。

赵瑜的《个人史》（《山西文学》2010 年第 10 期）中《隐秘的成长》一文，用儿童化的视角，写出了一种别样的感觉，这是一般的视角所不能观察到的，充满孩子的智慧和黠邪。比如他用收音机很大的声音吓跑了一条狗；比如他听到收音机里那个女人的声音，想到了邻居的姐姐，或者在后街的电影布上看到的女特务的大腿；比如偷了别人家的红薯和花生，连自己“都感觉迷失方向，那种躲避掉世界的孤独感有时也会变成快乐，让人怀念”。《片断

的自己》中写自己踩到一颗钉子，刺穿了自己的脚。伤口肿胀得厉害，脚底部也流了浓浓的血水，于是自己想明白了一些事情，但又对以前很明白的事情迷糊起来，从中见到了自己成长的影子的。

雷达先生的《今天怎样看帝王之爱》（《海燕》2010 年第 5 期）从现实出发，从另外的角度来重新审视唐玄宗和杨玉环的爱情故事，以前被人们普遍认为的李杨之间的所谓爱情，在雷达先生看来是为帝王丑行的合理性进行逻辑论证和勉强辩解，作者认为要破除对爱情的迷信，这是一针见血、一语破的的。

傅菲的《感谢晚餐》（《海燕》2010 年第 8 期），写了与晚餐相关的内容，虽然晚餐一般是与殉道、临刑、赴义联系在一起的，但也有充满了温情和浪漫的，作者在写法上能够铺得开，收得拢，文章写得满地漫溢，却又很紧凑，是一篇可读的文章。另外傅菲创作了《天上没有多余的星星》（《青年文学》2010 年第 7 期），这篇文章是以景色的描写而出彩的，里面有秋日的暮色之气，日常生活的情景也呼之欲出。

另外林贤治的《基弗世界：土地、历史与神话》（《红岩》2010 年第 3 期）、蒋方舟的《审判童年：保姆和幼儿园》（《人民文学》2010 年第 2 期）、李美皆的《项羽的青春人格与行为艺术》（《山花》2010 年第 17 期）、南帆的《房价的豪赌》（《海燕》2010 年第 4 期）、谢宗玉的《读书·观影·赏画（随笔三则）》（《文学界·原创版》2010 年第 5 期）也是本年度散文的重要收获。

三　散文背靠着充盈的生活

散文要不断地向生活靠近，这是文体本身的要求，对于一个人的内心而言，生活是活生生的，本就不能掺杂任何的虚假，如果有

虚假，那也只是一种给别人展示的表象而已，所以对于生活的深入和文学性的展示成为本年度散文重要的特点之一。

青年作家闫文盛的《职业所累》（《山花》2010年第6期）分经济篇、哲学问题、世故和辩证法四个小节，其实归到一点就是一个生存问题。这对每个人都是很现实的问题，比如文中所写到的小区南边、空地、菜市场、一幢幢居民楼、小商贩、对于收入和支持算计的迷恋、生计问题、户口问题、职称问题、学历问题、购房问题等，都是切实的，但不知为何带给我们的却又几乎全是窘迫和茫然。文中所说的“哲学问题”，其实还是一个经济问题，是无奈的生活，也是无奈的文字，作者是站在高处和远处来看生活，而不是模糊在其中。《失踪者的旅行》（《青年文学》2010年第1期）也有类似的感受，作者似乎在不断地寻找，不断地失望，但生活似乎无法改变也不可改变，也许真的要在迷失好久之后才会重新找到归途。他的《思维练习册》（《延安文学》2010年第1期）中所透露出的思想信息是有很强的撞击力的，它冲撞着人的心灵，让人清醒。

指尖的《水上之书》（《青年文学》2010年第9期）是用非常细腻的笔触和近乎唯美的手法来写一个人的装有档案的牛皮纸袋的，“这些塑料夹子以及记录了许多人经历的表格”，是被封存起来的，“这是些简单、冰冷、毫无表情的文字和数字，没有具体的书写者，也没有具体的阅读者，它们蜷缩在时间的缝隙中，日益陈旧着。偶尔被翻开来，陌生的眼神和手指探望和触摸过，连温度都不曾留下，复被幽闭在漫漫的时光中央。而时光，不过是踮着脚尖在水面穿行的风，来来往往，了无痕迹”。仅仅从开头一段你就能感觉到作者要用的笔法，散文其实不能写得很实，缺乏了美感，散文是写不好的，因为散文肯定是一门艺术，是需要相关的技法的。

陈启文在本年度创作了很多作品，如《天命之地》（《广州文艺》2010 年第 6 期)、《黄的　蓝的　黑的》(《散文·海外版》2010 年第 5 期),文中写了生活在城市的密林中的人们,他们或者开出租车,或者在南方孤独而寂寞地走过,这些来自真实的生活,但每个人心中还是有祈愿的,买房子,追求幸福,好好生活。

邬霞在《作品》2010 年第 2 期发表了《慵懒的夏天》,她写道,对于一个在外流浪的人来说,“这个在许多人看来多么浪漫的生活方式在现实面前却显得多么无可奈何。也许这才是真实的生活,表象五光十色极具诱惑力,但当你真正走进去的时候才会知道它的残酷”。作者通过写借住在朋友家里找工作的经历,写出了在异域他乡时心力的疲惫。

石彦伟的《残花时节》(《散文百家》2010 年第 5 期)写得很抒情,对于景物描写具有传统的美感:“乡野的吠声隐隐浮动在苇塘深处,间或有秋虫羞怯地和着。白白的月光底下,一淀秋水茫茫沉沉地伸展到天边去了,看不清了。近处的波怀里,放养着簇簇群群、触手可取的星颗子,长在水中的菱角似的,饱满而老实,这会儿都楚楚地醒着,抖着眉眼,放着那洁净的光。”作者写出了白洋淀的美,这篇文章的特色在于景色描写的清淡与美好,而且其中的母子之情也是温和感人的,因为作者看到“那白亮亮地扑朔着的分明不是芦花,却是母亲的白发”。

塞壬是一名优秀的青年散文家,她的《匿名者》(《人民文学》2010 年第 7 期)写得颇具章法:“二〇〇九年,我结束了在广东九年的漂泊生涯,一个叫塞壬的写作者,她是这段匿名生活的终结者。”这是有技巧在其中的,所以生活经历是一方面,如何表现又是另一方面,这在散文写作中是同样重要的。

江飞的《纸上还乡》(《北京文学》2010 年第 4 期)也很有特色,就像作者所说的那样,“我的故事在偶数的段落里,而他们的

故事散落在奇数的往事里”，作者写了一个家族的变迁，虽然是用散文的写法，却写得一点也不单薄，叙述沉静，他用一种想象和现实的结合，完成这样一次艰难的纸上还乡的路程。

格致的《红花　白花》（《民族文学》2010 年第 9 期），文中对于红花白花的设计是精心的，红花白花背后的寓意也是明显的，色彩的对比给人较为强烈的感官波动。

田鑫的《跟在一条狗的后面（外一篇）》（《四川文学》2010 年第 4 期）、《抱紧草就抱紧了村庄》（《岁月 · 原创版》2010 年第 6 期）也是较好的文章，从中很明显地就感觉到了村庄的脉动，感觉到了村庄细小的声音。

四　散文：病症或者别样的事物

医院和疾病在 2010 年的散文创作中汇聚成了很大的一簇，这个特点同样是本年度区别于其他年度散文的重要特点之一。本年度散文家对于疾病的关注，说明他们更多地去关注生命本身了，唯有认识到了这一点，才能去感知生命存在的意义，这无疑给本年度的散文创作在精神层面做了很大的提升。

安然的《哲学课》（《北京文学》2010 年第 1 期）分四节来写，分别是“预习”、“上课”、“课后”、“毕业”。作者写出车祸的弟弟，奄奄一息，人事不省；写父亲表面强作镇定，却是心底软弱；写“母亲不一样，她只是哭，泪水流不止，虚弱娇怯哀怨，一句话也没有”；写其他人面对疾病生死的态度和表现；写弟弟的意外却成为姐姐真正的成人之仪；写生死大戏的上演；写在最后的时光里，每个人所有的怯弱、畏惧、疑惑、坦然或者勇敢。作者问道：“是不是注定了人们只能独自品尝所有的生命，注定了只能孤

寂地生和死。而且在这件事情上，所有的人是不是都没有作好准备。”似乎一切都是不确定的，只有一点是确定的，就是疾病让人尊严灭失，自卑顿生，它挫败了人素日的自信和从容，让人深知与健康者的不平等，读完此文如同自己真的患了一次病。

丹菲的《末路阑尾（外一章）》（《青年文学》2010 年第 9 期），写了身体内的阑尾，寓居于阴暗一角，就是这个似乎微不足道的角色，有时候却能要了一个人的命，所以活着善待身体和生命还是尤其重要的。作者的另一篇散文《羞涩》（《青年文学》2010 年第 1 期），写了初做护士的一个女孩的羞涩、惊慌与不安，这个女孩口罩上方的美丽的眼睛是水灵灵的，心灵也是水灵灵的，内心涌动着潮湿和温暖、怜惜和同情，而现在的人们呢，似乎羞涩的时候越来越少，那么现在仅仅是失去了羞涩吗？

马召平的《医院十日》（《黄河文学》2010 年第 5 期），写了医院拐角处有间医疗垃圾室，里面堆积着各种玻璃瓶子、塑料瓶子、棉球、输液管和针头等；写了里面那些面部扭曲的人、呼吸急促的人、血液受阻的人和支离破碎的人；写了蔓延在人身上的疼痛，以及由此而来的扭曲的面孔；写了人面对疾病时身体的无奈和经济的无奈。作者从中见到了人世间的世态炎凉，面对如此多的疾病，也许人们能够知道如何去看待还存活的生命了。

李美皆的《当乳房从身体上消失的时候》（《作家》2010 年第 1 期），作者写道，当那只乳房从自己身体上消失的时候，自己很快意识到，那只乳房不是自己的了，它成了被运出去的三卡车乳房之一，女人千娇百媚羞羞答答小心呵护的东西，以撕破一切的真实，让你无法旋避。在此，作者最真实的想法是“我站在没有阳光的阳光长廊里，望着外面矗立在灰蒙蒙半空里的楼房，突然感到害怕，原来我们都住在半空里”。所以作者认为，活完一生，身体还是完整的人是幸福的，那是生命在客观意义上的真正完满。这句话真是有点让人感伤了，因为也许几乎没有人最终是完满的。

本年度散文创作的特点还在于对别样事物的挖掘和解剖，这体现了散文家眼界开阔度的扩大，有了这种左突右冲的冲撞，也许在将来散文创作会开辟出另外的一番天地来。

杨绛的《魔鬼夜访杨绛》（2010 年 2 月 24 日《文汇报》）写得很有想象力，对于魔鬼的到来，作者先是觉得狰狞，吓了一大跳，但随即是鄙夷地冷笑，然后写两个的对话，对魔鬼的戏弄以及教训，作者认为深自警惕，什么时候也还不为迟，看来这魔鬼是在自己心中，是自己心中的魔啊！

四川作家蒋蓝一直是努力想走一种别样道路的散文家，他的《梼杌之书》（《延河》2010 年第 7 期）写梼杌“一直就横行在人性的天桥上，稍不留意，他就会冲垮天桥，只以血淋淋的断壁残垣来满足内心的嗜血——而不论结局是伤害对手，还是自伤”。有了这个前提，后面大篇幅的书写就能容易让人理解了，所以蒋蓝的特色也由此显现，他的散文总是力图掘进到深处，而又在日常的生活之间表达。蒋蓝在《四川文学》2010 年第 6 期上发表的《是什么在锯着我的灵魂?》写出了文中的人物赖雨以及她所背靠的孤独（这种孤独也恰恰是作家必须依赖的靠背），作者缓缓地叙述，用沉静的笔触展开了一幅短暂生命的辉煌与脆弱的画面。

茱萸的《帘箔：幽会的缠绵与阻隔》（《山花》2010 年第 17 期），这篇是围绕帘箔来写的，帘箔是一扇软性的门，它对应着半开的、暧昧的欲望和企图，作者的写法纵横捭阖，游弋在古代的文人与诗词之间，写出了帘箔在空间形态上的意义。

玄武的《牙齿·时间》（《山西文学》2010 年第 10 期）从各种角度写了那些具有非凡魔力的牙齿；陈元武的《青衣》（《厦门

文学》2010 年第 3 期）从越剧《白蛇传》里的小青蛇写起，写到了染坊里的青衣，还是有功底的。

五　散文的成长、希望和问题

就 2010 年的散文创作而言，有相当一部分优秀散文家尤其是青年散文家努力创作，左突右冲，精心创作出一些结实耐读的优秀作品，而这些作品正是支撑本年度散文整体骨架的重要力量，并由此显示出继续前行的力量，这点给今后的散文创作以很大的希望。比如沈念，他对于场景的选择是精心的；比如周晓枫，她选择题材、处理题材的能力是令人佩服的；周闻道，他一直力图将生活的场景和一种哲学背景结合起来，将生活的繁杂与哲学的缜密结合起来。当然，还有其他的一些散文家将自己的大多数精力投入到散文创作中去。当我们在这一批散文家创作的散文中穿梭，就很能感到他们的呼吸，他们的思索，他们思想行走的脉络，他们的歌唱、沉思、呼唤、顿悟，这对于当前的散文创作是极为重要的。

2010 年度有相当多的散文刊物和综合文学刊物，为散文的发展和繁荣，发现和推出了一批作家和精品力作，比如《边疆文学》上发表的一些文章，如段晓波的《缅北丛林二题》、海男的《红河流域漫记》、朱绍章的《温泉村活页》、刘平文的《笔记四章》都是优秀之作，这些都为当前的散文创作的繁荣，至少是一种局面的维持，起到了相当重要作用。

在 2010 年度出版的散文作品和散文理论中，也出现了一批可圈可点的著作。王彬的《旧时明月》（中国青年出版社）是作家多年散文写作的积淀，文风淡定从容，写出了生命的体悟和境界，是作家对诸多人物和事件观察之后，对于心灵真实有所要求之后写成的精品。祝勇的《散文的叛徒》（上海人民出版社）是作者多年对于散文创作思考的成果汇聚，里面有理论的阐释，也有感悟式的批评，是一本对于散文创作和研究都大有裨益的著作。中国散文学会举办的“第四届冰心散文奖”的评选和颁发也是2010年度的重要事件，它从整体上展示了两年来散文创作的成就，从某种程度上说，本届“冰心奖”所评选出的“单篇作品奖”、“散文集奖”、“散文理论奖”，应该代表了当前散文创作、散文批评、散文理论研究的成就和水平。

但是，当前对于散文的判断依旧是模糊和困难的，同样的，对于2010年散文创作的判断也相当困难，原因依然在于当今的散文家对于散文的理解和定义的不同，那么从这个原点出发的创作就会呈现迥然不同的面目。

这样说来，当今散文的创作虽然表面繁荣，但实际状况还是令人担忧，透过诸多散文家创作的作品，我们看到的不仅仅是散文作品数量的巨大，还会看到散文作品质量的大面积下滑；看到的不仅仅是题材面的扩大，更是这些作家选择题材的能力的丧失；看到的不仅仅是散文家在写作探索中的左突右冲，更是创作中方向感的迷失与混乱。虽然每个人都有自己的局限，不可能熟悉每一个领域，但关键问题是，作为一个作家，当他心灵的无限扩大的可能性在渐渐消失时，重复的题材加上重复的思想，再加上重复的感情和重复的写法，作品呈现出来的面貌是不言而喻的，所以，当前那些松松垮垮的写作态度和写作方式，是到了真正应该彻底清除的时候了，否则散文的前途何在？

（本章执笔　中国作家协会鲁迅文学院教师　王　冰）

B.7

诗歌：公共性与现实感

诗歌（或广义的文学）在当代社会文化和政治生活中的边缘化，已是被谈论了近 20 年的话题了。现如今，无论是悲叹诗歌和诗人的文化弱势地位，或是一些诗人自觉庆幸因此可以不受干扰而安静地写作，两种态度都不足以准确地呈现当代诗人在试图建立诗歌与现实相关性过程中的焦虑。面对在文化公共领域内话语权的危机或诗歌社会功能的削弱，诗歌（人）需要重新寻求其与世界的联系方式。在中国内地，据说存在着可见与不可见（也一度以“地上/地下”或“体制内/外”称之）的两个诗界。一个是由在国家文化体制内供职的作家诗人们构成，在流通领域这个诗界归属于正式和公开的出版渠道；另一个是由自觉疏离于前一种诗人群体的写作者们构成，在流通领域不再积极朝向诗歌开放的当下，这些写作者们通常以自印诗集、内部发行诗刊等方式进行内部交流。对于依然关心诗歌的读者而言，无论可见度如何，后一个诗界都是更活跃和深具创造力的场所。这在 2010 年度，表现得尤其明显。

一　可见或不可见的“当代诗界”

在 2010 年 7 月印行于四川绵阳的一本薄薄的小册子《诗·70P》（胡应鹏主编）的前言《不需要的答案》中，编者自称作了一次调查——

提及诗歌，99%的人茫然且漠然，茫然者认为都忙着挣钱了，这是个傻问题。漠然者认为关心那么多干啥？谈些生活的正经事。那么，这些人残存的记忆里，诗是什么东西呢？是“李白斗酒诗百篇”。提及诗歌，他们一般都会这样问诗人：“你是否喝了酒才写诗？”“写诗是不是都要喝酒？”“你们现在写的诗是不是：啊，生活？”

事实说明：1. 中国人的诗歌意识停留在唐朝，甚至停留在唐朝的浅诗歌状态，他们对诗歌在现代汉语中的典故和贡献知之甚少；2. 他们对现代诗几乎一无所知，更不知道世界上居然还有那些伟大的篇章。

调查后得出的两个推论显示了对中国的文化现状的不满，对诗歌“公共性”丧失的兴叹。在此基础之上，编者坦陈：“现在的中国人民不需要诗，诗是诗人自娱自乐的交流方式”，并寄希望于未来，认为本期作品“仅供诗人内部交流，虽然他们出生在缺乏营养的年代，但是，他们的作品，他们的努力，是为了让后代从贫瘠而缺养的深渊里，站起来”。可以说，这里所传达的诗人们对当代社会不信任的态度很有代表性。与现实的疏离感也反映在对于诗人工作的理解中：似乎只要写作，总有一天会自动证明其诗歌的有效性，而现代诗歌如何成为当代文化的一部分这个问题被搁置了。

对于关心诗歌的人来说，当代诗界虽然显示了它与市场社会的疏离，但仍是可见的，而它与现实的关系需要更加主动的批判意识和文学批评作为中介。在这一意义上，由诗人群体以及由诗歌作品所显示的群体认同所构成的空间，就是首先需要考察的对象。

中国内地诗人群体一般团结在民办刊物、网络论坛等媒介。1988 年 12 月在杭州由梁晓明、孟浪和刘翔等人创办的民刊《北回归线》2010 年以正式出版物的形式面世，由梁晓明、聂广友主编的《北回归线》第一辑《中国当代先锋诗歌》，鲜艳的红色竖腰封上写着“北回归线，先锋阵地！”“2009 年诗坛荣誉之作！”的字样，可见其约稿对象已不局限于杭州地区的诗人，而是在诗歌观念上同声相应、同气相求的一群人。在收入该书题为《北回归线：缘起、发展、影响以及精神追求》的文章中，作者认为：“北回归线诗群在坚守个体写作的同时，在创作上有一定的共同点，它倡导有难度的现代诗写作，作为一个有一定理想倾向的现代诗群体，它既开放，又内敛，它在当代丰富的诗歌创作中形成了自己的特色，并正在涌现出一些有代表性的诗人。它正在成为最有实绩的中国先锋诗歌流派诗群之一”①。

以民刊、网络论坛为平台聚集的诗人群体在诗歌观念和趣味上一般比较接近，2010 年度，以结集诗人群为功能的重要民间诗歌刊物还有《剃须刀》（哈尔滨）两期、《诗歌现场》（天津）两期、《大象诗志》（深圳）一卷、《南京评论·诗年刊》（南京）一卷、《首象山》（北京）一册、《外省》（河南）一卷、《阵地》（河南）一卷、《芙蓉锦江》（四川）两期等。另外有侧重推出诗人诗集的刊物，如诗人蒋浩主持的《新诗》2010 年印行了周伟驰专辑《微景和远象》、韩博专辑《第西天》。民刊《不是》第四卷推出绵阳当代诗人的专辑《雨田诗歌集》。《大象诗丛》（周公度主编）由太白文艺出版社出版了黄亚洲、王怀凌等九位诗人的作品。由单占生策划，耿占春、森子主编的《阵地诗丛》（10 本）由河南文艺出版社出版。本套诗丛收入邓万鹏的诗集《时光插图》、冯新伟的

① 梁晓明、聂广友主编《北回归线》第一辑，上海文艺出版社，2010，第 381 页。

诗集《混凝土或雪》、高春林的诗集《夜的狐步舞》、海因的诗集《在身体里流浪》、简单的诗集《小麻雀之歌》、蓝蓝的诗集《从这里，到这里》、罗羽的诗集《音乐手册》、森子的诗集《平顶山》、田桑的诗集《藏身于木箱的火》、张永伟的诗集《在树枝上睡觉》。臧棣主编新诗公社丛书由海南出版社出版，该丛书包括《亮光集》（陈均）、《旅游/诗》（胡续冬）、《缘木求鱼》（蒋浩）、《和弦分解》（明迪）、《鸟语林》（西渡）、《未名湖》（臧棣）。一些诗歌民刊还以流派或诗人群体专辑的方式编选并印行：道辉主编的大型诗丛《诗》有一个副标题——“新死亡诗派年刊”，2010 年出版了两卷，其主题分别是“2010 · 诗事论年”、“2010 · 组诗年”；《独立》（发星主编）诗刊 2010 年推出“中国边缘民族现代诗大展”；《星期三诗刊》（麦子主编）2010 年印行第 11 期，主要以回顾和刊发独立诗人的作品为主；《低岸》（回地、周云篷主编）推出“‘文革’后出生诗人专辑”，特约编辑陈东东。继创刊号推出“中国‘80 后’诗选长三角专号”之后，以辛酉为主编，胡桑为执行主编的《辋川》第二期推出“中国‘80 后’诗选实力派专号”，共刊发 34 位“80 后”新锐和老将的代表作品；同年，《辋川》第三期推出“中国‘80 后’诗选实力派专号（二）”，共刊发 112 位“80 后”新锐和老将的代表作品，其中包括 8 位台湾“80 后”诗人的作品，这是他们首度以集体的方式参加全国“80 后”诗歌大展。《存在诗刊》推出“新世纪十年川渝诗歌大展”专号。在正式出版的文学刊物日益凋敝的年代，2010 年度则不断有新的诗歌民刊诞生：前面提及的《诗 · 70P》创刊于 2010 年 1 月，2010 年印行两卷，另有《麻雀》诗刊在广西，《靠近》诗刊在厦门创刊。曾一度停刊，2010 年复刊的诗歌刊物有《先锋诗报》（1989 年 9 月创刊，至 1991 年底停刊。复刊号由晓川、阿翔主编）、《零点》（停刊 6

年，复刊号由梦亦非主编）以及网刊《诗生活月刊》等。

2010年度正式出版物中，重要的诗选还有：孙文波主编《当代诗·壹》（文化艺术出版社），阿翔、道辉编选《中国先锋诗歌档案》（作家出版社），燎原、白垩主编《二十一世纪十年：中国独立诗人诗选》，吴锦程主编《2009中国诗歌民刊年选》（新世纪出版有限公司），晓音、唐果主编《女子诗报年鉴2010年卷》（香港新译中文出版社），许强、罗德远、陈忠村主编《2009～2010中国打工诗歌精选》（上海文艺出版社），胡亮主编《乘以三 1999～2009第三条道路写作》（作家出版社）。由诗人潘洗尘主编的《诗歌EMS》周刊2010年共出版47种，其中收有41位当代诗人的新作，6位外国诗人诗集。2010年出版诗集的主要诗人还有：阿毛、沈浩波、杨典、梦亦非、舒羽、池沫树、吴乙一、丁燕等。

众多诗歌出版物所构成的是一个静态的文学场，而2010年的诗歌活动、诗歌奖和诗歌话题也相当多。4月18日，首届随园诗歌节在南京举行，诗歌节包括第四届“中国南京·现代汉诗论坛”。“1980年代的诗歌精神”成为论坛焦点，参与论坛的诗人、评论家围绕“1980年代诗歌精神的内涵与意义”以及“1980年代的诗歌生活”等议题各抒己见，生动、芜杂、多元的“1980年代诗歌图景”在热烈的对话与交锋中部分得到还原。4月15～18日，舒婷、唐晓渡、柏桦、东东等80余位诗人、学者齐聚江苏江阴，参加“2010泰和江南·江阴三月三·半农诗会”。除了保留传统活动之外，与前五届诗会有所不同的是，本次诗会还专门举行了一场名为“教我如何不想她”的诗歌音乐会。食指、扶桑、李少君三位诗人获得第六届“三月三”诗会奖。5月20日，由中国作协、广东省作协主办的“网络文学研讨会”在京召开。诗人、诗生活网站站长兼行政总监莱耳在会上作了题为《诗歌的沉静和网络的自由》的发言。发言认为10年网络出现的优秀诗人很多，并不比任何一个时代少。9月11日，首都师范大学中国诗歌研究中心举办了一场名为“当代诗的概念：范围、内涵与阐释”的诗歌研讨会。9月12日，适逢北京大学中文系建系100周年，“北京大学中国诗歌研究院”在北京大学正式揭牌成立。9月30日，中国人民大学“国际写作中心”成立，它将以多种方式促进中国文学的发展以及国内外文学的交流和对话。12月24~26日“中国先锋诗歌论坛”在佛山传媒集团及1506创意城（南风古灶）举行。此前，《佛山文艺》杂志社策划并编辑出版了《中国先锋诗歌二十年——谱系与典藏》一书，而参与研讨会的大部分学者和诗人都有作品收录到其中。

2010年重要诗歌奖包括：安琪获第二届张坚诗歌奖成就奖；潘洗尘获第十八届柔刚诗歌主奖；晴朗、李寒获得由闻一多基金会、卓尔控股有限公司联合主办的“第二届闻一多诗歌奖”；陈泉获第三届“在南方”诗歌奖大奖，羌人六和陈建平获评审团奖，杨庆祥获得最佳诗评人奖；叶舟、池凌云、姚江平三位诗人获得“2010年度《十月》诗歌奖”；郑玲、王家新、冯晏、臧棣、大解、卢卫平等六位诗人获得首届“苏曼殊诗歌奖”。2010年最具争议的诗歌奖是鲁迅文学奖中的诗歌奖，对此下文将详细论述。

在当代社会中讨论诗歌的公共性，必须发掘作为语言艺术的诗歌所包含的革命性的动力。这种力量既能够为观察社会现实提供带有个人性与差异性的不同视点，也能够在政治、经济和文化艺术之间建立起联系话语。这是诗人和批评家们共同面临的问题。

二 历史场景中的诗歌“关键词”

2010年有几个比较鲜明的诗歌话题，带着新诗发展过程中既有的历史问题，诸如“独立”、“70后”、“先锋”等关键词清晰地浮出话语的水面。

（一）“独立”写作与“独立诗人”

在当代诗史上，“独立”一词和“地下”、“民间”、“自由”、“边缘”是近义词，概指不依附于文艺体制，并带有反抗体制化的文学观念的一种写作。一本名为《独立》的诗歌刊物2010年推出两个专辑，一为“中国边缘民族现代诗大展”，另一为“21世纪自由精神史”专号，后者号称“旨在呈现自由精神者们的历史言说与印迹，为当下时代探索与成形黑铁思想作一定尝试与积累”。

2010年8月，中国戏剧出版社出版了《“21世纪十年”中国独立诗人诗选》，这本厚达540页的诗选由燎原、白垩主编，收录了64位诗人的作品，由“白垩、马累、姚辉出资”，封底印有陈寅恪1929年在王国维纪念碑铭中的话——“独立之精神，自由之思想”。燎原在序中称，21世纪的“当下诗歌正在摆脱类型复制期，进入了追求差异的品牌自主期”，编选本书是针对“上世纪90年代以来诗界的圈子化现象”而为，“面对圈子化的拒绝，正是独立诗人的重要标识之一”，而独立诗人概念的“核心”“应是一位诗人之于世界本质的‘大道’渴念和奔赴渴念”。显然，在这里，“独立”的含义发生了转移，不再是总体意义上的诗歌相对于政治、商业社会的“独立”，而变成了诗歌内部寻求差异的个体“独立”。寻求这种风格多样性的琐碎的独立性，使得诗歌总体精神强力的获得变得模糊。离开了具体的现实关注和批判精神，所谓的“世界本质的‘大道’”很可能是抽象的幻想吧。

翻开这本精心选编的独立诗人诗选，确能够看出很多“圈子”中的诗人都不在列，应该说，那些曾被认为圈子化的诗人们也在21世纪的10年中写下了不少有价值的诗作，但在相应的逻辑中，他们被排除在“圈子”外的这个新圈子中了。这不得不令人对本书命名为“独立”产生疑惑：到底是“独立”不够彻底，还是这个词本身已经被滥用得缺乏活力了呢？

（二）“70后”立于何处？

“70后”也是2010年度诗歌议题中的一个关键词，不仅有新创刊的《诗·70P》定位为1970年代出生的诗人的阵地，更有民办诗刊以专号的形式推广“‘70后’诗歌”的专题。前文提到的复刊号《零点》（第八期）即为“‘70后’诗歌专号”。除收录了梦亦非为“70后”诗歌正名的长文《艾丽丝漫游70后，返真的一代》之外，入选诗人还有黄礼孩、苏野、韩博、孙磊、阿翔、育邦、安石榴、谢湘南、赵卡、臧北、魏克、阎逸、凌越、黄漠沙、修远译唐、胡应鹏、西楚等。书后还介绍了“历届‘中国诗歌70后论坛’”，并附阿翔编《70后诗歌大事记》。编者梦亦非2010年还出版了他个人的诗集和评论集各一种，其中评论卷有57万字之多，也因此他被认为是“70后诗歌”的重要理论干将。号称“国内唯一诗学批评民刊”的《诗评人》杂志（浙江）2010年出版的第11、12期合刊中的第12期主题为“立，生于70年代”，侧重刊登“70后”出生的诗歌批评家的文章。

在诗歌公共性的理论视野中考察“‘70后’诗歌”这个概念，就会发现，它与“独立诗人”概念一样，早已丧失了沟通当代诗

与现实关系的活性。应该说，“‘70后’诗歌”的提法，不但延续了那种代际更新的进步逻辑，在诗歌内部寻求更新换代的能量，而且也暗合市场社会的消费逻辑，“70后”就是在诗歌流通渠道中创建的一个品牌，必须历经打磨，而2010年的“70后”诗歌群体的“立”正显示了这样一个打磨阶段。

梦亦非的《艾丽丝漫游70后，返真的一代》以刘易斯·卡罗尔的《艾丽丝漫游奇境记》为原本，将“70后”诗人的境遇置于童话中，指出“70后”诗人一直面临的身份危机，也是在诗歌内部的代际关系中呈现的。因此，梦亦非依然是从寻求“70后”诗人与前辈诗人的差异性中展开论述，并对有关“70后”诗歌的自我构造过程进行了相应的反思：“从文本的角度而言，‘70后’一代没有贡献出任何新的审美法则，新的写作方式，或新的文学视角，他们一直做的是消费着从朦胧诗到第三代所提供的写作可能性，努力将前辈的写作方式进行变形或发扬光大，青出于蓝而胜于蓝。”“这一代人便可以自由自在地在宽松的语境中写作，这不是一个最好的时代，但绝对是适合写作的时代，诗歌的功利可能性被抽干，诗人的幻觉被剥除，因此诗歌与诗人都返回到本真的语境中”，由此，梦亦非称“70后”诗人为“返真的一代”。“返回的是什么？正是事物的真相、生活的真实、诗歌的真诚”。至此，仿佛找到答案一般，“返真”之旅获得了合法性。但是到底存在着什么样的“事物的真相”，真诚的诗人诗歌或文学表现“生活的真实”在当代具有怎样的特别意义，这在“70后”的写作中如何特别，却无法以梦亦非文中的诗人和文本分析加以论证。

（三）“先锋诗歌”的历史化

“先锋”这个词经常出现在当代诗的表述语境中，2010年的诗歌界有以之命名的书刊，也有以之为名的诗歌活动。2010 年 12 月 24~26 日，在广东佛山举办了一个题为“中国先锋诗歌论坛”的研讨会，有 20 余位来自内地和港澳的诗人、学者及评论家参加。此前，《佛山文艺》杂志社策划并编辑出版了《中国先锋诗歌二十年——谱系与典藏》（系《佛山文艺》2009 年增刊）一书，而参与研讨会的大部分学者和诗人都有作品收录到其中，另有主编唐晓渡和张清华有关先锋诗歌的长篇对谈《关于先锋诗歌的对话》。关于先锋诗的尺度，唐晓渡认为：“本来指的是写作意识和方式具有实验性质，和年龄没有什么关系；即使在特定的历史语境中有关系，也不应该是一个尺度。”“先锋诗对当代诗歌来说是个新说法，其实也是个历史概念”，“‘先锋’相对于主流和保守，往往和某种激进的社会和艺术思潮相关联，并伴随着大规模的形式实验，其灵魂是开放的自主性和批判的实验精神。先锋意味着对既定秩序和相关成见的不断突破，同时通过自我批判呈现自身的成熟”。

在 1980 年代中期至 1990 年代中期，“先锋诗歌”有时候等同于“第三代诗歌”，它指的是朦胧诗之后的当代诗人们中独具实验性和反思精神的一群人。而在“二十年”中，对先锋诗歌进行梳理谱系的历史化努力多少有些为时尚早。在佛山的研讨会期间，有与会批评家从这种历史化努力中看出了“诗人成功人士的焦虑感”（梦亦非会议发言），并对此进行了批评。

唐晓渡也对“先锋诗”概念的历史化中存在的问题有所警惕，在与张清华的对谈中，论及先锋诗作为历史概念所关涉的“如何看待，如何呈现诗歌史的方法问题”时认为：“重要的或许是：放弃那种从一个只能是虚构的‘原点’或核心生发开去的一元的、线形的，或本质主义的眼光和思路，而尝试一种多元的、交叉重复的，从根本上反‘历时性’的眼光和思路，以把人为设定形成的

成见及其影响减至尽可能小。”按此标准，先锋诗歌或许只能是寥寥几个人的创造，而不可能是兼及不同时代与诗人群体的平衡筛选。

（四）“新红颜写作”，是命名还是消费？

诗生活网2010年度的“诗通社消息”栏内，时间从5月到8月，有五条关于“新红颜写作”的信息。其中有三条是征稿启事，一条新闻报道，一条为研讨会信息。短短三个月，“新红颜写作”已经从命名到包装到销售，实现了品牌生产和推广的一条龙。

8月在海口市美丽道画苑举行的“首届新红颜写作诗歌研讨会”报道称，“新红颜写作”是第一次对女性诗歌进行命名，概念的提出者李少君认为，这几年出现了许多诗歌个人博客，女性诗人的职业与身份也越来越多样化，她们大体都受过高等教育，具有一定文化素养，职业比较稳定，也有相应的社会地位，很多人在开博客写诗时，还很喜欢贴照片展示形象，真正地实现了“诗与人合一”。这种诗歌写作不妨称作“新红颜写作”，一种产生于网络时代的与以往女性诗歌写作有所不同的现象。经过参加研讨会的诗人和批评家们的总结，得出“新红颜写作”的两个特征：一是其女性的维度，女性在历史上尤其在中国传统中是弱势群体，“新红颜写作”堪称中国诗歌史上第一次对女性诗歌命名，即使在世界诗歌史上，也是少见的；二是其中国性的维度，因为，此前的现代中国女性诗歌，在某种意义上，可以说是对西方现代诗歌的亦步亦趋，基本上是模仿、借用、引进，当然，也有部分是转换性创造，但在世界范围内没有个性，缺乏独特性。

“新红颜写作”提出后在网络上引发了讨论，有尖锐的质疑的声音指出："以网络来划分写作的新与旧实在可笑；如果这与现代意识的发育真有直接的关联的话，等于又是把传播工具与主体混为一谈。"针对"新红颜写作"罗列的特征，作者继续道："什么'对西方现代诗歌的亦步亦趋'，'部位'的上和下，一会只有下半身，一会又反弹出上半身，五官清晰的中国式弱势，语焉不详的传统与现代。老天，还会说话吗？弄个'新红颜'的概念就可以令中国女性诗歌避免'在世界范围内没有个性，缺乏独特性'？什么逻辑？那中国的男性诗歌可否存在'新蓝颜'写作？以此在世界范围内就能有个性，有独特性了？"作者认为"新红颜写作"不过是由男性批评家兜售给女诗人的一只"廉价的饰物"① 而已。

三 "鲁迅文学奖"风波与"羊羔体"

2010 年 10 月 19 日晚，第五届鲁迅文学奖获奖名单公布，随后诗人陈维建在新浪微博发帖称："2010 年 10 月 19 日是鲁迅先生去世 74 周年。19 日晚九点整，第五届鲁迅文学奖出炉。我看了篇目，综合这些年对鲁奖的印象，窃以为鲁迅文学奖是反鲁迅的，像分猪肉。"当晚稍后，他又连发两帖，帖中引用本届鲁迅文学奖得主车延高的两首诗，并称之为"羊羔体"，一时间，转帖和评论迅速增多。"羊羔体"和鲁迅文学奖成为 2010 年末热议的话题。用搜索引擎搜索"羊羔体"一词，可以查到百度网有 789000 个条目，Google 有 2890000 条信息。

① 钟硕：《"新红颜"，一个灰常破烂的词儿》，"诗生活文库"，http://www.poemlife.com/Wenku/wenku.asp?vNewsId=2368。

由“羊羔体”引发的批评集中在以下几个议题：对获奖者诗作的评价；对获奖者身份的质疑；对鲁迅文学奖标准的质疑。网民的评论甚至涉及评奖过程的操控，有“贿选”与“买奖”之议。总之，获奖诗作质量平平，国家权威文学奖丧失公信力。

从互联网到纸媒，鲁奖风波引发了人们对当下中国人精神生活的思考。《南方周末》特约评论员刘洪波认为：“文学奖与人们的阅读，艺术奖与人们的观看，人文和社会科学奖与人们的精神现实，相距遥远，有时可能反道而行。评奖动机与标准，对作品的遴选，公众的阅读，可能对应着双向的否定机制。一个方向的否定，是评选对精神创造和精神现实的无视；与之相应的，是精神创造和精神现实对评选的无视。一个方向的否定，是评选体系的自我娱乐否定了公众与精神创造者的价值；与之相应的，是公众和精神创造者把评选体系变成了取乐的对象。”“颁授写作的‘最高荣誉’应被公众认可为给经典文库新增作品，获奖者的精神气质被公众认可为时代的风向标，评奖体系被公众认可为最有价值的文本的发现者，评奖结果被公众认可为标示了这个时代精神价值的正当走向。”“文学、艺术评奖活动，只是构造公共精神空间的一个环节。评奖问题，只是公共精神空间问题在一个环节上的显现。中国人的精神创造力何以壮大，这才是真实的问题；文学的品格、艺术的品格、人文社会科学的品格，这才是精神创造力的根基。显而易见的是，一切精神活动，发生在个体身上，整全为社会的精神活力。精神创造的生机，不在条例律则之中，不在宫禁库府的存货本上，而在自由个体和社会的无限创造之中。”①

---

① 刘洪波：《鲁迅奖风波折射公共精神空间问题》，2010 年 10 月 27 日《南方周末》。

四　拓展现实视域的诗歌批评

很大程度上，诗歌的传播和公共性的建设需要借助诗歌批评的力量。2010年度诗歌批评的实绩可谓相当突出，虽然其中不乏值得反思的问题。总体来说，民间诗歌刊物大多以刊发诗歌作品为主，上文提及的《诗评人》及《诗·2010诗事论年》所刊发的评论也基本为往年文章的结集。从互联网到平媒，能够引发大众注目的诗歌总是更多借助诗歌之外的新闻看点，比如上文提及的“新红颜写作”和“羊羔体”，从总体上深入触及诗歌写作问题的批评则更多集中在文学研究领域。

2010年度值得关注的当代诗研究出版物为北大新诗研究所出品的三种书刊：洪子诚主编、北京大学出版社出版的《汉园新诗批评文丛》7种，谢冕任总主编、人民文学出版社出版的《中国新诗总系》10卷，以及北京大学出版社出版的新诗研究刊物《新诗评论》。

《汉园新诗批评文丛》7种的作者都是活跃于新诗研究领域的诗人、批评家和研究者，他们是姜涛、洪子诚、孙文波、王家新、蔡天新、江弱水、张清华等。在《汉园新诗批评文丛·缘起》中，洪子诚写道：“定位于活泼与轻灵。它将容纳诗人、诗歌批评家、研究者不拘一格的文字。这一设计，基于这样的认识：在诗歌研究、批评领域，重视理论深度、论述系统性和资料丰富翔实固然十分重要，但更具个性色彩的思考、感受和更具个性的写作、阅读经验的表达，同样不可或缺。在力图揭示事物的某种规律性之外，诗歌批评也可以提供个别、零星、可变的体验——这些体验与个体的诗歌写作、阅读实践具有更紧密的关联。也就是说，为那些与普遍

的规范体系或黏结、或分离的智慧、灵感，提供一个表达的空间。”

《中国新诗总系》1～10卷由北京大学新诗研究所策划编辑，谢冕任总主编，以20世纪中10年为期分卷，前八卷为诗选卷，第九卷为理论卷，第十卷为史料卷。各卷编者分别为：姜涛、孙玉石、吴晓东、谢冕、洪子诚、程光炜、王光明、张桃洲、吴思敬、刘福春等。全书总字数约700万字。全书各卷有分卷主编撰写的长篇导言，入选诗歌、论文力求采取最初的版本，以正式发表的时间为准并注明原始出处，考虑到特殊情况，60年代卷和70年代卷可以按实际写作时间而不以出版时间为准。除个别卷之外，《总系》改变历来此类书按作者姓氏音序、笔画等排列的惯例，坚持按选诗的内容分类编目。选入诗作以艺术和审美水准为第一参照，兼顾其文学史价值，即坚持“好诗主义”和“时代意义”综合考量的原则。《总系》是迄今中国最完备、最丰富的新诗典藏。《总系》出版之前，各分卷导言单独结集，选在由洪子诚主编的《新诗研究丛书》中，由北京大学出版社出版。《新诗研究丛书》2010年还出版了新诗研究者、北京大学教授吴晓东的新诗论集《二十世纪的诗心》。

《新诗评论》2010年第一辑“观察与言论”栏刊发了诗人、批评家姜涛的论文《巴枯宁的手》，作者从肖开愚的《下雨——纪念克鲁泡特金》一诗的解读开始，引申至归纳20世纪中国知识分子的几种看风景的方式及其所蕴涵的诗学姿态与身份政治，认为中国诗人在把“历史风景化”以及“历史个人化”的同时，也意味着对现实利害关系的超越，意味着甩脱历史担当后的轻逸。对文本进一步的探讨使作者触及曾对中国现代知识分子影响很深的无政府主义传统，同时分析了肖开愚对传统儒家理念的偏爱，由此，作者考察到诗人对两极化政治模式加以区分的理想："一边是精英的政党和专业知识分子，一边是可以通过口号与传媒操纵的芸芸众生。他的理想不仅是反集权的，也是反抽象的形式民主和普遍性，他的自由主义是被传统经验过滤过的，他似乎更看中某种地方性中生发出的政治可能。"由此，作者观察到肖开愚所体现的"一种对于有限的公共生活的兴趣，一种对于与他人休戚与共的生活的可能性的思考，一种可以共同执守的信用价值的发明"[①]。接下去，作者回到当代诗所面临的具体现实之中，借肖开愚的写作所呈现的可贵的尝试，批评了当代中国诗人在告别历史后渐趋保守的困顿，同时探讨当代诗政治性的可能，"或许更为重要的，是怎样看待诗歌的位置，怎样重构它的社会场域，怎样置身于现代中国的历史当中思考语言的可能性，怎样在'成人'的仪式之后仍保持主体真实'触着'的问题"[②]。姜涛的论文更进一步地引向对于当代文化公共性的新的期待之中。在孙文波主编的《当代诗》第一期中，姜涛的另一篇论文《浪漫主义、波希米亚"诗教"兼及文学"嫩仔"和"大叔"们》，是从不久前《新诗评论》上刊发的诗人王敖与诗人西川之间的一场有关"浪漫主义"的论争所引申出的写作。与论争双方偏重于比较东西方浪漫主义传统，中国诗人对浪漫主义吸收特点及估计的讨论不同，姜涛的文章把西川文章中涉及而王敖的批评中忽略的问题——"浪漫主义与诗人形象的关系，以及作为一种文化现象的所谓'徐志摩的浪漫主义'、'文学青年的浪漫主义'，如何依旧制约、塑造着诗歌的自我想象及传播、接受模

① 姜涛：《巴枯宁的手》，《新诗评论》2010年第1辑，北京大学出版社，2010，第13页。

② 姜涛：《巴枯宁的手》，《新诗评论》2010年第1辑，北京大学出版社，2010，第16页。

式”——接过来，加以讨论，指出在20世纪的中国文学史上始终存在的“文学青年”这个群体及其特征流变。正是这个群体在五四时期吸收了欧洲的浪漫主义并借此发展出一种“波希米亚‘诗教’”：“这样的‘天才观’、‘想象观’、‘创造观’，产生于对近代社会机械原则的批判，由此引申的‘诗教’，则将注意力不断引向诗人自身，因为诗歌的价值在于创造上述完整有机的人格，它最大的奥秘也存在于主观想象力之中”。这种“诗教”在20世纪早期对于中国的社会现实和知识分子来讲有着积极的意义，但“总是缺少一种不断成熟、可以不断包容他者的能力”①。沿着这一视点，作者考察了20世纪八九十年代的诗歌状况，指出在“官方”呆板的诗坛之外活跃的诗人也“又与一个‘脱序’的、游荡的阶层相关”，他们是新的波希米亚诗人群落，而这些“诗人们一如既往地迷恋自身的‘特权化’的形象，当然也发明了新的伎俩”。与文学“嫩仔”相应的或已功成名就的文学“大叔”们，虽然努力对抗撒娇卖乖的波希米亚作风，坚守某种“行业”的自律，也代表了起码的工作伦理，但他们的“态度仍发生于自我辩护、自我推崇的‘诗教’传统之中：诗人的自我虽没有神秘化、特权化，但诗人的工作却被神秘化、特权化了”，因此，效忠于行规和自己在纸上建筑的形象，“被掩饰的则是一种无边的犬儒主义”②。这种波希米亚“诗教”是文学“嫩仔”和“大叔”共享的现代“诗教”。作者提醒“大叔”们，应“如何将诗歌不仅理解为一种自视高明、自我标榜的艺术，而且也看作是一种能参与当下思想生活、价值生活的实践”。在此，与前一篇论文相近的是，诗人、批评家姜涛关注的

① 《当代诗》第一期，文化艺术出版社，2010，第192、193页。

② 《当代诗》第一期，文化艺术出版社，2010，第194、195页。

是诗歌如何“触着”现实的问题。姜涛的两篇论文不仅针对当代诗歌写作的具体问题，而且文章皆从一点出发，同时展开历史与现实的双向考察，深具论辩的说服力和启示。

此外，值得关注的诗歌批评文章还有刊发在新近改版的《上海文化》2010 年第 6 期上“诗与思”栏目中的几位诗人的文章。陈舸、二十月、舶良指玄、照朗、韩博、冷霜、李兵、李晴、张哮、马雁等，这些名字有的熟悉有的陌生，他们是值得期待的新一代诗人和批评家，他们以自己的写作努力拓展现实和政治的视域。

（本章执笔　中国社会科学院文学研究所
副研究员　周　瓒）

B.8

戏剧：整体的失衡与创作的进取

2010 年的戏剧，在戏剧市场的建设以及戏剧美学发展方向上，并没有呈现出特别明显的质变，只是按照自己的节奏缓慢推进。从戏剧市场的建设来看，在 2005 年以来戏剧市场迅速扩展的整体格局中，2010 年的戏剧生产相对放慢了脚步，戏剧市场的总量也不再是一味地增长，与之相适应的是新的有影响的面向市场的新剧目的增长有所放缓；但剧场建设，作为戏剧市场发展的基础建设部分，在这一年却呈现了更快速发展的局面。从戏剧美学发展来说，一方面，戏剧美学发展不再是孤立于戏剧市场的独立领域，它也不得不面临着戏剧市场的巨大挑战，并在市场的挑战中尝试着更适合现代人观赏又能与中国人美学传统相融洽的现代戏剧表达；另一方面，在戏剧市场整体上依然处于比较低端的产业链的格局下，戏剧界也力图通过戏剧节、戏剧展演等多种平台，引进、介绍国外最新的优秀演出，组织国内的各类实验性演出，推进国内戏剧美学走向新的局面。在这两种力量的推动下，2010 年戏剧生产虽然并没有改变整体不平衡的局面，但在戏剧创作上也呈现出某些新鲜的要素。

一　剧场的激增

2010 年，在戏剧演出比较发达、戏剧市场较为繁荣的北京等大城市，戏剧市场出现的一个比较明显的变化是剧场数量的增加。

以北京为例，戏剧在北京呈现出的一个比较集中的现象是不同类型、不同形式的小剧场纷纷涌现。剧场数量的增加，当然并不是2010年这一年的特殊现象，而是自2000年以来出现的新变化；只不过在2010年，小剧场数量的陡然“跃进”，还是构成了这一年戏剧界最为突出的现象之一，而且，这一年剧场的建设往类型多元化的方向发展，也是这些年剧场建设中的特殊现象。我们可以通过表1观察2000年以来北京地区小剧场数量的变化情况。

表1　2000年以来北京地区小剧场情况

剧　场	开业时间
北剧场	2003年
北京人艺实验小剧场	2003年
9剧场	2004年
东方先锋剧场	2005年
八一剧场小剧场	2007年
北青盈之宝剧场	2007年
蜂巢剧场	2008年
蓬蒿剧场	2008年
魔山剧场(海淀文化宫)	2008年
北演东图剧场(东城区图书馆)	2008年
国家大剧院小剧场	2009年
繁星戏剧村	2009年
国话小剧场	2009年
方家胡同46号红方剧场、黑方剧场	2009年
风尚剧场(东城区文化馆)	2009年
雷剧场(瑞士公寓)	2010年
枫蓝国际小剧场	2010年
9剧场玫瑰之名艺术中心	2010年
东联艺术工社	2010年
麻雀瓦舍	2010年
大隐剧场	2010年
木马剧场	2010年
朝阳1919剧场	2010年

从表1可以看到，自2000年以来，北京地区的小剧场（包含比较灵活的艺术空间）在10年内增加了23个，2009~2010年是剧场集中“跃进”的两年。其中2009年开业的有5个，2010年正式开业的有8个；而且2009年开业的繁星戏剧村，开始比较稳定地投入使用也是在2010年。

剧场突然增多，并不是空穴来风。在戏剧市场紧锣密鼓推进的号角中，剧场的增多，首先是因为在演出总数量上升的大背景下原有的剧场已经承载不了相应的演出量，成为戏剧市场发展中的一个瓶颈。因此，剧场建设是建立在自2005年以来戏剧演出数量激增的事实上：2008年，北京演出的小剧场剧目接近2000场，而到了2009年，在一年的时间内北京小剧场演出剧目迅速上涨了1000场；2010年的演出数量也保持着这个上涨速度。正是因为戏剧演出数量的快速增加，对于剧场的需求也成为一个刚性指标。

2010年新增的8个剧场有两个方向。一个方向，延续着2009年以来小剧场商业戏剧的方向，这是2005年以来低成本商业戏剧快速发展的自然结果。这其中最具代表性也最具象征性的是雷剧场和枫蓝国际小剧场。这两个剧场有两个共同点。一是地理位置非常良好，雷剧场的位置是在朝阳区工体北路瑞士公寓，位于保利剧场的对面；枫蓝国际小剧场则位于西直门的枫蓝国际购物中心。这两个剧场都位于北京城的繁华商业地段，交通也都极其便利。第二个共同点是这两个剧场都是由前些年在市场上持续演出不断的两个团体——戏逍堂、雷子乐创办的。创办小剧场，是这两个团体这些年来经营商业戏剧取得良性发展的一个自然延伸。这两个团体随着演出数量的增加，创办自己的剧场自然成为他们的需求。繁星剧场群也试图延续商业戏剧发展的脉络，或者试图为商业戏剧的发展助一臂之力，在它投入使用的3个剧场，演出的剧目如《高朋满座》、

《请你保密》、《曾经》等，都是以都市青年的情感生活为主题的低成本的商业戏剧。大隐剧场是由贯辰文化公司自己投资的一个剧场，它位于世贸天阶的繁华地带，剧场的硬件设施也是这些商业剧场中最好的。很可惜的是，在现在的商业戏剧创作水平仍然低下的情况下，大隐剧场也就只能依靠引进《我不是李白》、《江湖学院》、《红玫瑰与白玫瑰》以及自己创作的《54188》等几部戏维持2010年的延续运行，看上去也真的是“大隐隐于市”了。

2010年新建剧场的另外一个方向与小型商业戏剧并不同步，在小型商业戏剧仍然占据戏剧演出主流的情况下，当代“艺术空间”的概念也在2010年逐渐渗透到剧场建设中。2010年的9剧场玫瑰之名、木马剧场、朝阳1919剧场、东联艺术工社等都是和一些新的、老的艺术区有着密切的关联。9剧场玫瑰之名是在北京798艺术区内，改造了其中的一个大厂房，成为占地1800平方米的一个艺术空间。木马剧场是在新兴的22院街艺术园区，与画廊、展厅为邻。朝阳1919剧场则位于定福庄传媒走廊，这是由朝阳区大力支持的一个文化创意产业基地。东联艺术工社是由原来的动漫剧场改装而来。麻雀瓦舍位于广渠路36号院东院红点艺术工厂，这也是个新兴的艺术区，麻雀瓦舍是由北京吉普汽车有限公司的厂房改造而成，包含了“麻雀”和“瓦舍”两个面积不等的小剧场。这5个剧场在2010年的出现，延续的是2009年开业的方家胡同剧场的思路。方家胡同剧场是以北京现代舞团为创作主体，将现代舞、古典音乐等艺术形式与剧场艺术更紧密地结合，在某种意义上探索着戏剧表达的多种方式，比如说方家胡同剧场推出的“古琴剧场”就非常具有创意性。这5个剧场在2010年同时出现，曲折地显现出戏剧创作在商业的整体氛围内，戏剧也以各种方式尝试着在商业氛围内突围的可能性。比如说9剧场玫瑰之名，其开阔的

空间为戏剧表达创造了更多的可能性，2010年推出的行为装置戏剧展演《迷巷》，将戏剧的演出区和观看区合二为一，剧场被打造成一个巨大的迷巷。观众在寻找出路的过程中会发现多个“景观”，涉入不同的演出区，可任意逗留，还可被剧中人拦住去路，问长问短，在不知不觉中零距离观剧，参与互动……自2003年开业以来，9剧场一直是商业戏剧演出比较集中的区域，但其作为由文化馆主办的剧场，也一直承担着文化公益的责任，比如举办大学生戏剧节和非职业、非专业戏剧演出展演等活动，而其创办的玫瑰之名剧场，则说明基层政府对于艺术创意的支持、对于文化艺术发展的支持的空间非常大。朝阳1919剧场定位也与此类似。作为朝阳区文化创意产业基地，与定福庄的其他文化项目一起得到朝阳区的支持。东联艺术工社的情况与之类似。而木马剧场、麻雀瓦舍的建设，则更多来自社会资本。木马剧场依托的22街艺术园区，是房地产商在开发苹果社区时的一个附带项目。最近几年，随着位于22街艺术园区的今日美术馆越来越活跃，许多艺术家在这里成立自己的工作室，木马剧场就是其中的一个。而麻雀瓦舍以咖啡厅、酒吧经营为主，此外，因为其投资人之一本身也是曲艺票友，所以也将酒吧兼作剧场经营。相信随着今后演出管理条例对于演艺经营权的放宽，会有越来越多此类的剧场在北京等大城市出现。

2010年剧场建设的两个方向，也许说明在经历了自2005年以来低端商业化的快速发展，逐渐走向商业化平稳运行阶段之后，戏剧也在艺术方向上慢慢起步。尤其是剧场建设的第二种方向，从剧场的扩张、功能的变化以及资金来源等情况来看，或许戏剧文化产业的扩展在经历了初级的快速商业化之后，戏剧艺术本身的发展，戏剧艺术在社会领域本应占据的位置及其在美学领域应该探索的

领域，正在悄悄地展开。当然，这5个新类型剧场的出现可能并不能彻底地扭转戏剧商业化的方向，但剧场建设体现出的这一方向，体现了社会资源不仅注入低端的商业戏剧，也开始往戏剧艺术的发展方向倾斜，同时，剧场建设的新动向，也体现了戏剧人自身的努力。这些努力，一定会在将来的戏剧生产中逐渐体现出来。

二　不平衡的戏剧产业

从戏剧产业的角度来考察，剧场的建设是2005年戏剧市场发展的必然结果，但戏剧市场的整体态势，却没有因为剧场的增多而水涨船高。从总体上来说，2010年的戏剧市场呈现出两个特点。

第一个特点，支撑着2010年戏剧市场主流的，大多是在前些年就已经取得很好市场成绩的老戏剧作品，新作抢占戏剧市场显眼位置的并不多。

在剧场快速铺开的2010年，戏剧演出的新剧目并没有随着剧场增多而产生更大的影响。在2010年戏剧演出市场中能够长期演出的，仍然是前些年有比较好的市场成果的作品。在小剧场戏剧演出中，无论是品质比较高还是品质比较低的团队和作品，都以老作品巩固或者维持现有的戏剧市场为主。品质高的比如说孟京辉工作室，2010年唱主角的仍然是《恋爱的犀牛》、《两只狗的生活意见》以及2009年的作品《空中花园谋杀案》。2010年孟京辉工作室推出的新作《三只橘子的爱情》，在2010年度只演出一轮10场。孟京辉工作室在2010年的工作重点，侧重面向全国范围内的戏剧营销。这种戏剧营销的高峰体现在2010年11月孟京辉在杭州挂牌成立了自己的戏剧工作室。品质较低的如戏逍堂与雷子乐，作为北京商业小剧场戏剧的两个代表性团队，这两个团队在2010年分别

开办了枫蓝国际小剧场和雷剧场，但戏逍堂在2010年演出比较多的仍然是《李晓红》、《有多少爱可以胡来》这些老剧目，雷子乐剧团最多的也仍然是《天生我Song我忍了》、《麻辣男女诱惑你》、《哪个木乃是我姨》、《青鸟那是必须的》。戏逍堂和雷子乐这两个团队，在2010年也创作了不少新剧目，比如《乙方甲方——活该你跳楼》（戏逍堂）、《我的老婆你别动》（戏逍堂）、《东直门天天向上》（雷子乐）、《爱上潮人女主播》（雷子乐）等，但新剧目并不如老剧目有市场号召力。此外如盟邦戏剧，在2010年的新戏《遇见未知的自己》也不如前些年的《我不是李白》、《如果我不是我》有影响力，在2010年也就演出了两轮30场而草草收场。这里的原因一方面是新剧需要一段时间的被市场承认的过程，另一方面，剧场的快速增长，也使戏剧创作力不足的问题凸显。所以，在演出场地迅速增多、演出场地随之分散以及创作力并不充足的情况下，2010年的小剧场演出市场可以说仍然在原地徘徊。

2010年比较成功的小剧场新剧目是田沁鑫改编的《红玫瑰与白玫瑰》。《红玫瑰与白玫瑰》是2008年投入戏剧市场的一部作品。2010年，导演田沁鑫将这部作品重新打造，不仅彻底地改变了张爱龄原来的小说的结构，而且更进一步改变了原作中的情境设定，将剧中的角色变成了现代职场中的普通人。而且，作为一名女性导演，田沁鑫彻底地改变了这部作品中的性别结构。原作中在红玫瑰与白玫瑰之间游移的佟振保变成了一位女性。这一大胆的改造，再加上原来版本《红玫瑰与白玫瑰》为佟振保设计的两个人演一个角色的构思，并没有增加这部戏理解上的难度，相反，这样设置为这部戏带来的带有挑战性的表演赢得了观众的聚精会神的关注。田沁鑫对于张爱玲的挑战，不仅仅在于把佟振保变成了一位女性，经由田沁鑫对《红玫瑰与白玫瑰》的细密的重新组接，再经

由年轻演员灵活、诚恳的演出，在热闹的舞台动作之下，号称“时尚版”的《红玫瑰与白玫瑰》在洞穿张爱玲情感世界中的世俗、冷酷之外，仍然保存着对情感的炽热温度。这部新改编的小剧场作品，精巧的舞台构思与当代人关心的话题借助《红玫瑰与白玫瑰》的情节构思，在2010年的戏剧舞台上显得精巧别致。或许也因为此，2010年也就只有这一部作品演出接近100场。还有一部由沈林改编自布莱希特《四川好人》的作品。沈林的改编几乎彻底地将这部德国作品《四川好人》变成了一部土生的中国作品。这是一部一反现有商业戏剧基本格局的戏剧创作。无论是作品的内容还是作品的表现形式，都洋溢着“土里土气”的中国特色；而它对现有社会格局的批判以及所尝试使用的实验性的戏剧手法，在这些年的戏剧创作中也是比较少见的。

2010年戏剧演出的第二个特点，是戏剧的高产量仍然集中在小剧场的低端产品上，中高端的戏剧产品仍然属于比较稀缺的资源。中高端的演出，仍然集中在个别的创作者、创作团队，而这些团队的作品，也往往依靠明星演出。明星演出对于戏剧来说虽然可以提高影响力，但有一个负面因素就是演出基本上都是短线演出，因为明星的档期限制，演出场次也会受到很严格的限制。不过，2010年的戏剧高端演出，相比起前些年，数量上虽然没有质的变化，但无论是作品的质量还是作品的特色，都有些新的面貌。

2010年中高端戏剧演出既有院团的戏剧作品，也有公司运营的剧目。北京人艺2010年演出的保留剧目，诸如《茶馆》、《窝头会馆》以及为纪念曹禺排演的曹禺戏剧系列作品（尤其是有胡军参演的《原野》），在2010年都取得了不错的成绩。公司运营方面比如说林奕华的《命运建筑师之远大前程》，这部作品延续着几年来一贯的时尚气质，由于有张艾嘉的加盟，他的作品一直是演出市

场上的优质商品。但是，除去北京人艺由于有良好的剧场资源，可以保证作品的长期演出之外，大部分的高端戏剧产品都是“一次性”消费（比如《命运建筑师之远大前程》也就在保利剧场演出了3场）。一方面，在整体戏剧演出水准比较低的情况下这些作品具有很高的市场号召力，但另一方面，这种一次性消费也提升了整体的演出票价。这种情况，显然并不是戏剧市场良性建设的道路。

2010年一个较为有趣的戏剧现象是一些写实主义的作品在戏剧市场中得到了不同程度的认可。除去人艺的保留剧目之外，由著名作家霍达编剧的《海棠胡同》是一部由民间投资的作品。由于有郭冬临、宋春丽等实力派演员担任主角，这部作品也算是2010年的“大制作”了。只是与往常大制作基本定位在“喜剧”范畴，以轻松幽默的戏剧语言以及精巧搞笑的戏剧结构为主要方向不同，这部作品洋溢着朴素的写实风情。作品以海棠胡同为落脚点，以老北京城的拆迁为背景，以房价的居高不下、拆迁背后的利益勾结为直接描述对象，在这样的氛围之下，绘声绘色地演绎了形形色色的人：有曾经世代在此居住的“老北京”；有已经功成名就，要来“天子脚下”一展宏图的“成功者”；有抱着梦想来到大城市，来看看城里的月亮是否更圆的“蚁族”……借助于霍达对人物内心冷静的勾勒以及对人物语言细腻的揣摩，《海棠胡同》在一片喧嚣的戏剧市场氛围中以细腻的人物以及现实的情怀赢得了它本应得到的尊重。此外，与《海棠胡同》的方向相近的，是由林兆华导演改编自老舍5部短篇小说的《老舍五则》。《老舍五则》由著名演员刘佩琦主演，其他的演员大多来自北京曲剧团。《老舍五则》不同于这些年来热闹的“喜剧”，在老舍独特的幽默语言之下、笑声之下藏着的不是喜剧，而是有些黑色的冷静。《老舍五则》的舞台事实上是非常静态的，或许是和改编自小说有关吧，作品提供

给演员的动作空间并不大。但这些曲剧演员们，就是以他们的醇厚的京腔京韵以及对于语言的准确拿捏，使得一部有些清冷的舞台剧静悄悄地打动着人心。

此外，国家话剧院2010年的新作《问苍茫》以及在2009年推出、2010年得到社会各界肯定的《这是最后的斗争》，也充分体现了写实的魅力。尤其是《这是最后的斗争》。这部作品在某种意义上呼应了20世纪盛极一时的“社会问题剧”（编剧孟冰也是20世纪80年代的著名编剧），但却及时、准确地呼应了当代社会的普遍情绪。《这是最后的斗争》直面的是“反腐”的社会问题，将横行在社会上的赤裸裸的利益交换以及赤裸裸的利益原则暴露在舞台上。它以传统的家庭伦理剧为依托，直面的是高级干部家庭中子女的蜕变。这种立足点，使得它与当前社会对于高干以及官员的普遍不满相呼应。让人更为震惊的是，在《这是最后的斗争》中，那些要揭发腐败阴谋的，也不是以往意义上的“正面形象”；揭发腐败的“高尚”用意，并不是社会正义的“自然”流露，也是与个人的理性算计交织在一起的。这种对于社会普遍心态的大胆素描，一点也不亚于剧本中对腐败的揭示。或许正因为这一批判的普遍性，2009年演出的《这是最后的斗争》犹犹豫豫地改了个名字叫《大过年》。但在2010年，这样一部直面腐败、直面当下价值观扭曲的作品，却得到中宣部的高度肯定，成为“三贴近”的作品。《这是最后的斗争》在2010年取得的成功，也的确值得我们思考：话剧在起始时就是以参与社会事件为其特色的，但在今天，关于戏剧艺术的探讨很多时候是把“社会问题剧”放入负面因素加以考量的；而类似于《这是最后的斗争》这样的作品获得的方向，是不是使得我们在探讨戏剧的“艺术本质”这类话题的时候，的确要注意特殊的中国语境呢？

在2010年的戏剧舞台上将戏剧写实的表达方式往前推进了一大步的，或许是国家话剧院出品、田沁鑫导演的《四世同堂》。这部汇集了诸如陶虹、秦海璐、朱媛媛、辛柏青等众明星的作品，从项目一立项就受到各方的普遍关注。2010年，这部作品首先在台北演出，以其混合着老北京风韵和现代舞台能量的独特魅力在台北广受好评。2010年底，《四世同堂》完成了在南方的巡演，也创造性地改变了戏剧市场往往以北京作为出发点然后在全国巡演的惯例。这对于全国的戏剧市场建设来说，不能不说是一种高度实验性的建设。

三　赖声川和他的表演工作坊

2010年最为成功的高端戏剧创作团队应该说是赖声川和他的表演工作坊。不同于林奕华以每年一部戏的频率在大陆戏剧市场“玩票”，不同于孟京辉依靠本土资源、立足北京蜂巢剧场辐射全国的市场战略，赖声川及其表演工作坊的重心仍然在台湾，但是，新世纪以来，表演工作坊也一直努力开创、建设以北京为核心，辐射整个大陆的戏剧市场。2010年，赖声川的表演工作坊先后有五部作品在北京演出。2010年初，赖声川的表演工作坊有三部作品登陆北京。它们是既以大陆改革开放30多年人心变化为背景因而饱受争议又因为央视大火而颇具传奇性的《陪我看电视》，摹写台湾眷村几十年人情故事的《宝岛一村》，以及改自欧洲喜剧、强调表演节奏和喜剧结构的《他和他的两个老婆》。《陪我看电视》原本是为央视大楼所属的央华剧院的开幕式量身定做的作品。因为有着为庆祝中央电视台成立、央视新大楼建成的“贺礼”身份，《陪我看电视》也为这份“献礼”选择了一个先验的主角—— 一台9英

寸牡丹牌黑白电视机,但赖声川的舞台掌控力以及舞台想象力使得这样一部“献礼”作品完全独立于它的定制方。赖声川以他独特的构思，将《陪我看电视》的视角放在这一台9英寸黑白电视机上，以这一台电视机在30多年中国社会中的“旅行”，串联起30多年的人情世故。这台9英寸黑白电视机在舞台上穿越了不同的时代，也穿越了不同的人群。它走过了正在经历“走穴”震荡的文工团，走过了它被人热情围观的80年代初期，走过了改革开放之初理想主义与物质主义的纠葛，走过了被改革激活的乡土社群……它也曾被丢弃在垃圾堆中，与同样在发展过程中茫然失措的心理学教授交换心情；后来，它又来到了南方打工妹的床头，见证了为中国发展付出血汗的打工妹们的悲欢离合；再后来，它成为新富起来的房地产商的青春记忆，成为装点怀旧酒吧的“古董”家具……人群的变化勾勒出了社会的变迁，而赖声川所擅长的，正是在这社会的变迁中，以敏锐、精确的笔法，勾勒出这些人在历史纵深处的喜怒悲欢。30多年的道路，是条不断“进步”、不断“前行”的道路，人们随着这条路，一路奔向成功，却在奔忙的道路上，不断地在遗失些什么。在舞台上，我们目睹着小李和小芬一家遗失掉温暖的亲情，目睹着老张和张婶遗失掉朴拙的生活，目睹着女工小美遗失掉对感情的执著，目睹着查理遗失掉生活的意义……人们在前行的道路上，最爱将自己打造成“成功者”，而“成功者”们要刻意遗忘掉的，其实是被自己丢掉的东西。如同文工团的小李，他在生意场中翻云覆雨，不过是刻意地想忘掉自己的老婆小芬还在医院，刻意地要忘掉生活中最痛的那一部分。时代的步伐催迫着我们快速前行，社会的全面发展也带来了越来越优越的物质生活，同时，它也在模糊着我们的价值观，模糊着原本清晰的善与恶、是与非的界限。在这时，恐怕只有每个人心里最清楚自己的所得所失，

最清楚在优越的物质生活之下自己失落了什么，最清楚这些失落对自己究竟又意味着什么。《陪我看电视》，正是以它有些古怪的电视机的视角，检视我们在快速奔走的道路上的失落，体察那失落留在内心的痛的感觉。作为台湾导演，赖声川以《陪我看电视》切入改革开放30多年社会变迁的努力的确有些吃力，但不可否认，赖声川以他精湛的舞台想象，蜻蜓点水般掠过30多年世事变迁却敏锐地捕捉到了30多年世态人心中的失落。

如果说2010年演出的《陪我看电视》显示出为了更深入大陆戏剧市场赖声川作出的某种深入的冒险，那么《宝岛一村》这个题材却是赖声川所驾轻就熟的。以台湾综艺界"大哥大"王伟忠的生活经历为蓝本的眷村故事，其实也是很多台湾外省人共同的生活经历。这些浓厚的经验经由赖声川的细密的编织，成就了一部史诗般的风情画卷。赖声川在《宝岛一村》中所显示出的对于舞台时间和空间的精准控制力，也的确是让"写实"有了其明确的舞台含义。2010年，赖声川还重新改造了在国内演出已经超过100场的《暗恋桃花源》。在改版后的《暗恋桃花源》中，著名越剧演员赵志刚与谢群英分别扮演"桃花源"中的老陶和春花。改版后的《暗恋桃花源》因为有"越剧王子"赵志刚的加入，一方面扩展了观众群，另一方面也为这部作品增加了很多的新鲜要素。《暗恋桃花源》本来就是有着古典韵味的作品，赵志刚以其越剧演员的风范，丰富了这部作品的美学表达。对于一直在传统艺术与现代舞台之间探索的赖声川来说，这无疑又是一次成功的尝试。2010年底，《宝岛一村》应邀参加北京国际戏剧演出季，同时，表演工作坊作品、丁乃筝导演的《弹琴说爱》在圣诞节公演。相比于大陆同行的作品来说，《弹琴说爱》充分显示了台湾导演对于与观众互动的聪明的理解。《弹琴说爱》并没有什么情节，它只是以一位盲人钢琴家和一位国外钢琴家弹奏的一段段不同类型的钢琴曲为主要内容。但就是这样一个本来没有“故事”的作品，经由导演的精巧布局以及将观众熟悉的钢琴曲重新阐发，营造出了温暖的剧场氛围。这两部作品既为表演工作坊2010年的大陆之行画上了圆满的句号，也可以说为赖声川及表演工作坊在今后大陆戏剧市场的发展，奠定了一个新的基础。两岸的戏剧交流也将随着这些更为深入的合作，共同开创戏剧创作更好的前景。

四　多种戏剧节与戏剧展演

在2010年的戏剧领域，在商业小剧场戏剧的演出仍然占据主流的大背景下，还有一个有趣的现象是与商业戏剧不那么合拍的各类戏剧节与戏剧展演以其各种方式、各种名目出现。除去相对传统、相对有些固定的北京国际戏剧舞蹈演出季之外，在2010年，比较有规模的戏剧展演此起彼伏，极大丰富了戏剧演出的类型，也让戏剧从“商业小戏剧”的整体氛围中逐渐凝聚更为多元的元素。

2010年比较有影响的戏剧展演项目包括北京大学“新文化”演出季、北京大学生戏剧节、北京青年戏剧节、法国戏剧荟萃、即兴表演艺术节、小青藤蓬蒿联合戏剧周、北京东城青年戏剧演出季、英国新潮剧展、林兆华戏剧邀请展、国家话剧院国际戏剧季等。这种多元的戏剧展演，在前些年过度膨胀的商业氛围下一度极为萎缩，只有北京大学生戏剧节和北京青年戏剧节能一直坚持下来。在2010年，各类戏剧节再度如雨后春笋般涌现。值得注意的是，这些戏剧展演和戏剧节的主办方类型多元。比如即兴表演艺术节、小青藤蓬蒿联合戏剧周、北京东城青年戏剧演出季都是由蓬蒿剧场主办，蓬蒿剧场再根据每个项目的不同，或者申请政府补贴，或者自筹资金运作；英国新潮剧展是由云汉公司承办，汇聚了刚在英国爱丁堡戏剧节中获得好评的最新、最独特的剧目；法国戏剧荟萃由朝阳区文化馆主办；林兆华戏剧邀请展由林兆华戏剧工作室、北京人艺演出中心联合主办；国家话剧院国际戏剧季则是由国家话剧院主办的国际交流项目，在这其中是比较官方的演出展。

这些戏剧展演的艺术方向、作品特质都非常不同。比如说蓬蒿剧场主办的北京东城青年戏剧演出季，演出项目都是些非常小型的剧目，包括《玛莎小姐和她的影子剧团》、《收信快乐》、《主义横行》、《陌生人》、《爱不过夜》、《面试惊魂》、《那里》以及短剧《蓝色生日》（韩国）、《倩女幽魂》（日本）、《无底的棋盘》、《祭祀日》等11个实验性的小型剧目。这些剧目与商业性小剧场的区别是比较细腻，也比较安静。像《收信快乐》这样的作品，就是以两个人几十年的几百封信件为主体，整场演出也没有剧烈的剧场动作，集中在两个演员在不同空间的读信。这是一部很安静、很需要人认真投入的作品，蓬蒿剧场100个座位之内的亲切的剧场环境，显然很适合这种类型的演出。而国家话剧院主办的国家话剧院国际戏剧季包含的剧目在风格上截然不同。国际戏剧季的剧目包含新加坡TOY剧团《咏蟹花》，韩国美丑剧团《墙壁里的妖精》，中国国家话剧院《霸王歌行》、《肖邦》，越南青少年歌舞剧团《玩偶之家》，香港中英剧团《相约星期二》6个剧目。比较起来，这6个剧目就比较传统一些。比如说越南青少年歌舞剧团的《玩偶之家》就基本上忠于写实的艺术手法，演员的表演也很是认真的传统写实手法。中国国家话剧院的《霸王歌行》虽然已经打破了完整的写实叙述，多了些抒情写意的内容，但其风格仍然是以写实为主体的。

总的来说，同前些年的戏剧环境相比，商业的因素虽然仍然是

这些戏剧展演的大背景，在整体商业环境下，这些戏剧展演也许未必能引起多大的关注，但无可否认的是，这些展演体现了戏剧界对于推进戏剧发展的态度是相对积极的。无论如何，在戏剧产业仍然处于非常不发达的情况下，在戏剧作品还未能取得新的美学突破的情况下，以不同类型、不同风格的新作来刺激、活跃当下的戏剧氛围都是必要的，而以组织国内外新鲜的戏剧演出为基本目标的戏剧展演活动，也正是促进戏剧发展的良性手段。比如说由云汉公司主办的英国新潮剧展汇聚了来自爱丁堡戏剧节的三部作品《如此而已》（*If That's All There Is*）、《登月》（*One Small Step*）、《孑孓之家》（*Home of the Wriggler*），这三部作品的表现方式都大不相同，但都是新鲜十足。《孑孓之家》非常敏锐地捕捉住金融危机对英国小镇工业的冲击。创作者用极为简单的道具，经由演员们带有个人风格化的表演，将叙事、抒情与自己的批判融为一体。作品规模不大，但新颖别致。再比如说林兆华戏剧邀请展中德国导演 Luk Perceval 带来的《哈姆雷特》，一开场就极其震撼：国王克劳蒂斯与王后乔特鲁德跳着别扭的探戈从舞台后方滑入前台，王子哈姆雷特不再是忧郁的青年，而是一个半老、半秃、说话含混不清的怪人。更为震撼的是在这个哈姆雷特含糊不清的叙说过程中，另一个声音不断地从他的怀中冒出来。很快，一个年轻、苍白的但愤怒的哈姆雷特从那个含混的哈姆雷特的“身体”中冒出头来。于是，这一版的《哈姆雷特》就变成了一个愤怒的哈姆雷特从他那软弱的躯壳里挣扎着要独立的叙述。如何阐释《哈姆雷特》在这里显得并不是最重要的，重要的是德国戏剧家为自己的阐释寻找到如此震撼的方法。

这些戏剧展演不仅带来了新鲜的、让人震撼的戏剧表达，而且主办方式也越来越多元——这种多元的主办方式对戏剧发展来说或

许将会具有更重要的影响。比起之前的戏剧节主要由文化部（或者文化部直属的中演公司）、文化局主办的情况来说，这种以更丰富的手段、更多元的剧目举办的戏剧展演，无疑更符合“戏剧展演”的本来意图。多种模式的戏剧展演，一方面扩展了资金的来源，丰富了演出市场；另一方面，它也不用像大型的戏剧展演，比如国际戏剧舞蹈演出季那样带着这样那样的包袱，更适于灵活操作。相比国际戏剧舞蹈演出季来说，这些多种资金来源的戏剧展演，无疑要更在乎市场的反馈，因而无论是在剧目的选择还是在市场操作上都更贴近当下戏剧观众的需求。

但是，这些戏剧展演暴露出的问题也相当明显。在这些戏剧展演中，国内作品创作风格的单一、创作者自身的不成熟仍然是让人遗憾的一面。与国际上的新作相比，国内年轻人的作品大多显得不够成熟。舞台语汇的混乱、内涵的含混仍然是艺术创作上难以克服的问题。这种情况在青年戏剧节上最为明显。而对于那些相对成熟的戏剧创作者来说，在戏剧表现手法多元的表面下，却也难以隐藏创作风格实际上的单一。比如说在2010年戏剧界重头戏林兆华戏剧邀请展中，除去德国导演 Luk Perceval 带来的《哈姆雷特》之外，其他的6场演出都是林兆华及其长年合作的舞台设计易立明的作品。其中林兆华导演的作品有《建筑大师》、《哈姆雷特 1990》、《回家》、《门客》，易立明导演的作品有《阅读〈雷雨〉》、《说客》。这其中除去《建筑大师》、《哈姆雷特 1990》两部名作之外，也就只有两位中国剧作家过士行和徐瑛的作品。看上去林兆华自身作品坚持着“一戏一格”的方式，比如说在《回家》中以年轻的非职业演员为主体演出，强调的也是演员身上相对自由的表演状态；而《哈姆雷特 1990》因强调的是“人人都是哈姆雷特”，所以用了三位演员扮演哈姆雷特。其实，在这些让人眼花缭乱的导演手

法的背后，所贯穿的美学原则都非常一致：在表演上，强调打破写实主义创造人物的表演风格，转而强调演员对于人物的控制；在舞台调度上也是打破写实主义的原则，借用传统戏曲的舞台美学，只不过更讲究舞台呈现自身的造型感。易立明的作品总体上来说受林兆华影响比较深，精于舞台造型，弱在舞台叙述能力的掌控。只不过从这两位导演身上，我们都可以清晰地看到，将中国戏曲的美学元素融入舞台的方向越来越坚定。

总的来说，2010 年戏剧节与戏剧展演呈现了戏剧艺术探索的一面。比起前些年北京戏剧艺术的探索主要集中在青年戏剧节等比较少的平台上，2010 年戏剧节与戏剧展演的增多，或许也意味着在戏剧经历了 2005 年以来迅速扩张的产业化布局以来，戏剧自身的艺术建设与美学发展虽然在仓促中但也终于以较为集中的面貌慢慢展开。

（本章执笔　中国社会科学院文学研究所
副研究员　陶庆梅）

B.9

网络文学：理性的探索与平稳的发展

2010年，网络文学进入平稳发展期，呈现理性化、多元化与精细化趋势，总体创作水准有所提高。早期网络写作的叛逆姿态有所回转，点击率等网络化特征不再是“标志”性话语；网络作家告别“隐身”写作历史，频繁露面参加各种形式的文学活动；类型化写作深入发展，作品形式互有借鉴。作者队伍结构更趋多元，女性创作进一步繁荣。商业网站与非商业网站之间的差别继续扩大：前者在作品类型的划分上越来越细致，网络特点比较明显，传统作家几乎无人加入；后者在作品形式上丰富多彩，参与人群更加广阔，年龄跨度拉大，不同水准、不同写作方式的作者组成了庞大的自由写作群体。

这一年，网络文学的发展得到多方关注，中国作协首次举办“网络文学研讨会”。鲁迅文学奖首次向网络文学敞开大门，中篇小说《网逝》入围具有破冰意义。新闻出版总署将网络文学纳入中国出版政府奖评选范围，网络出版物的国家级奖项即将产生。三家网站的三部网络长篇小说获得中国作协重点作品扶持。网络文学的专门奖项——“网络类型文学奖”正在积极筹备之中。出版机构对网络文学作品的认识逐步加深，出版理性化，但总量不减。文学网站开始注重编辑素质的培育和提升；网络文学成长途径更加开阔：新华网成立副刊频道，榕树下重点培育网络文学评论作者……

无论是外部环境还是内部环境，都助推网络文学向主流汇合和靠拢。如上所述，在保持其自身特性的同时，网络文学的理性发展成为必然。

尽管网络文学版权保护至今尚未找到有效途径，但网络文学产业化探索的脚步却从没有停止。2010 年，包括在线付费阅读、手机付费阅读、手持阅读器销售、下线出版、影视改编和动漫、游戏改编等的产业化探索取得重大进展，整个行业的产业总量已近百亿元人民币，其中手机阅读飞速增长是最大的亮点。可以说，网络文学已经告别单一的“在线付费阅读”模式，进入赢利多渠道阶段。

一 “网络文学研讨会”正视网络文学创作

号称全民写作的网络文学现场，一方面创作丰沛，藏龙卧虎，另一方面泥沙俱下，良莠不齐。这个状况并非一日所形成，本在预料当中，属于正常现象。问题在于，我们如何正视这一现实，是否有能力对此作出全面、客观、公允的评价？就现状而言，网络写作处在一种自发状态，理论研究严重滞后于创作，这就使得创作生态缺乏反思与自我修补功能。由于堆积的问题得不到释放，人们对于网络文学的普遍焦虑以及误读仍在持续蔓延。问题的产生有一个过程，解决问题自然需要步骤，相对标准的建立，已成为推动网络文学发展的当务之急。

在文学现场，网络文学的理论批评一直处在雷声大雨点小的状态当中，即便有所论及，也存在不同程度的表述“无力”，究其根本，还是对网络文学本身缺乏深刻和全面的把握，话语系统的弥散，造成了批评与创作的脱节。正如杨利景先生在《网络文学批评的发展瓶颈》一文中阐述的那样：理论资源的匮乏，导致目前的大多数网络文学批评只能是无源之水、无本之木，难以向纵深发展，自然也就难以有效而精准地对网络文学创作提出有力的批评。

中国作协显然注意到了这个问题，2010 年 5 月 20 日，他们与广东省作协在京联合召开“网络文学研讨会”，传统作家、评论家、网络作家、文学网站编辑，共 60 余人应邀出席会议。作为文学大家庭中的一员，网络文学的大计本当由文学界来共同承担，“跨界”研讨或许是正视网络文学，并为其“症疗”的最好方法。如此规模的研讨会，应该说是 2010 年度“网络文学”的标志性事件。中国作协党组书记、副主席李冰在会上的讲话态度十分明确，他首先简要分析了网络文学现状，论述了传统文学与网络文学的关系。对于网络文学今后的发展，李冰认为应从以下几个方面出发开展工作：一是大力倡导行业自律。增强文学网站的社会责任意识，积极推动文学网站的思想建设和制度建设，为网络文学创造良好的平台和环境。二是加强网络文学作者、编辑队伍的培训，提高网络文学作家、编辑和其他从业人员的综合素质。三是开展网络文学的评论和评奖。采取有力措施，尽快形成网络文学评论家队伍，逐步建立起符合网络文学发展规律的理论评论体系，把网络文学纳入各类文学评奖、重点作品扶持、作品研讨中。四是旗帜鲜明地反对网络盗版侵权行为。中国作协副主席张抗抗，广东省作协主席、党组书记廖红球分别对网络文学的历史与现状，以及广东地区网络文学的发展情况进行解读和分析。盛大文学首席执行官侯小强，新浪副总编辑孟波，中文在线总裁童之磊，新华网副刊频道负责人俞胜，湖南作家网主编余艳，红袖添香总编毕建伟，17K 文学网总编刘英，诗生活网总编莱耳，评论家白烨、谢有顺、王祥，作家代表盛可以、步非烟、唐家三少在会上发言。

会议产生了一些值得关注的重要观点，也提出了很多积极建

议。其一，网络文学用新鲜的想象力缔造了一个崭新的文学世界，它正在不断接近世界文学的创作潮流。其二，在以内容为王的时代，面对“巨量读者群”，对作品的审核和把关，网络编辑的职责尤为重要。其三，网络文学并未分割传统文学的市场份额，而是开创了全新的阅读领域。其四，在国际金融危机中寻找新投资方向和新经济增长点的投资者，对文化创意产业逆势而上的特点产生了极大兴趣，网络文学的产业化发展应当抓住这个难得的机遇。其五，最初创作是出于对文学的理想，到了后期，如果没有良好的落地和回报，很多作者将无法坚持创作，大部分网络作家的艺术生命并不长久。其六，一些优秀的网络小说，带有渲染暴力色情、极端民族主义、艺术水准不均衡等毛病，政府应从国家文化战略高度出发，帮助作者对作品进行系统全面的修改，组织改稿会、研讨会，最终形成修正版，推出网络文学精品力作。

2010 年度网络文学研讨活动的特点是形式多样、因地制宜，既有务虚的宏观研讨，也有针对性很强的创作研讨；既有专业性较强的专题研讨，也有网络创作领域的交流大会。

4 月 9 日下午，上海市作家协会举行上海网络文学青年论坛。论坛由被称为网络文学“教父”的上海作协副主席陈村主持，盛大文学旗下网站的涅槃灰、雪篱笆、三月暮雪、安知晓、叶紫、安宁、楚惜刀、君天、格子、骷髅精灵，以及路金波、蔡骏、小饭、孙未、张其翼、哥舒意、潘海天等众多网络文学青年作家参加了会议。陈村认为，网络文学最大的贡献就是让更多的人参与到写作中来，每个人都可以利用互联网的平台自由地展现自己。但是，如果要说它从内容到形式给文学带来了什么，答案是，很少。因为网络文学发表容易，不会被否定，本来以为最能出现大量新东西的网络文学，恰恰让他一度失望。网络作家格子认为，随着网络文学的发

展，读者也在成长，阅读水平在提升，必须拿出新的、有创意的东西，才能得到读者的认可和接受。骷髅精灵提出，现在商业化太严重，导致网上没创意、跟风作品泛滥。网络文学看似繁荣，其实崩溃可能就在刹那。网络的自由表达本来就是要写没有的东西，但是，创新是有风险的，谁也不敢轻易去尝试。现在网络写作不是"我想写什么"，而是"流行什么"，事实上网上点击率高的东西未必是读者真正喜欢和需要的。

11月10日下午，第五届鲁迅文学奖刚刚落幕，浙江省作协抓住机会顺势在在绍兴咸亨酒店举行"中国网络类型文学高峰论坛"，论坛主要讨论"是否需要设立，及如何设立网络类型文学奖项"。

与会评论家结合文学传统分析了网络文学现状。王干认为，网络文学的最大特点就是类型化，在这一意义上，网络类型文学承接了五四新文化运动前的传统，重新回到日常生活的文学，可以说是一个新的开端。邵燕君也认为，新文学更具启蒙意义，而当前类型文学的兴起则要使读者作为消费终端解决一切。如果用传统纯文学评奖标准来评判网络文学，有些优秀的网络文学作品的光芒可能会被掩盖；而完全按照网络文学的定位和规则来进行评选，也可能会冲击传统文学评奖的一贯标准。面对网络文学与传统文学"分庭抗礼"的场面，马季认为，当代文学在发展过程中必然要经过这样一个"多元化"时期。网络文学使得中国的文学现场很丰富，同时对青年作家们的要求也更高。何平则呼吁，网络作家与传统作家之间应该多一点宽容和理解。但他同时也指出，应该承认文学是分层的。目前的网络类型文学是"有类无形"，作品结构是中国网络文学面临的最大问题，网络文学要想走得更远更好，从文学观念上要有所变化。李国平对网络文学的定位相对宽泛，认为网络文学

与传统文学、纸媒的联系是无法割断的，没有必要绝对划清二者的界限。夏烈提出了类型文学理论批评的缺失问题。类型文学有一定代表的批评者在哪里？有一定代表的研究者在哪里？这些现在都只是问号。

网络作家也有自己的独到见解。那多认为，“类型”的划分是由人的情感需求决定的，某种情感需求相对应地呼唤某种类型小说创作，而类型小说的模式化则使得它容易为人所诟病。畅销书作家陆琪的观点相对尖锐，他认为网络作家的作品更受大众欢迎，纯文学作家应该走出“象牙塔”，使自己的作品“接接地气儿”。凭借《后宫·甄嬛传》成名的网络文学作家流潋紫说，网络给了文学爱好者一个较低的门槛，任何愿意写作的人都可以通过网络开始自己的文学之路。除了批评之声，流潋紫希望听到更多对网络文学作者的宽容之声，以鼓励那些热爱写作、愿意写作的人继续走下去。

其实，文学的雅俗之争由来已久，新文化运动以来，精英化的雅文学成为文学主流，但在网络兴起之后，俗文学借助读者的声势重新崛起。如今，雅俗文学实际上在不断彼此靠近，文学标准宽泛化的背后，隐藏的是市场引发的话语权的更迭，在雅文学逐渐失去“文化领导权”的情况下，表现出俗文学希望借助读者的力量正名，借助雅文学的标准提升自身的冲动。

在官方机构开展网络文学创作研讨活动的同时，民间机构也积极响应。

4 月 22 日，世界读书日前夕，盛大文学和《文艺报》在北京国际版权交易中心联合主办“中国网络文学女作家研讨会”。参加这次研讨会的 12 位女作家分别为来自起点中文网女生频道的云之锦、雁九，晋江文学城的吴小雾、余姗姗，红袖添香网的唐欣恬、携爱再漂流，小说阅读网的三月暮雪、魔女恩恩，潇湘书院的风行

烈、苹果儿以及榕树下的刘小备、米米七月。她们和著名文学评论家阎晶明、王必胜、白烨、张颐武、陈福民、王干、马季等人就各自代表作品以及女性写作与城市生活等多个话题进行了深入研讨。这场国内首次针对网络女性写作召开的大规模研讨会，更多地向我们展示了现代女作家的社会责任与人文情怀。

研讨会还传递出网络时代女性写作几个层面的信息：网络女性写作绽放出不同于过往时期女性写作的自由与活力；诞生于网络的新一代女性作家，她们用细腻的笔触，在营造一片充满想象力的文学天地的同时，也对社会生活产生着微妙的影响。盛大文学首席版权主管周洪立在研讨会上说，盛大文学 93 万名作者队伍中，大概有一半是女性作者。她们的辛勤创作，缔造了网络文学的繁荣，也推动了女性写作进入一个全新的境界。

二　年度最具影响力网络作品

连续数年称霸网络的玄幻、仙侠类作品，2010 年相对平稳，以我吃西红柿的《九鼎记》和唐家三少的《阴阳冕》较有影响。而女性写作出现曙光，言情、职场类作品继续红火，悬疑、玄幻、传奇等诸多元素开始介入女性作品，比如王雁的《大悬疑》、风行烈的《傲风》和施定柔的《结爱·异客逢欢》等，说明女性网络写作进入空前活跃期。2009 年在网络产生重要影响的超级长篇小说《盘龙》和《斗罗大陆》，前者 2009 年上半年完稿，后者 2010 年春天结局，两部作品 2010 年的人气依然旺盛。其他如《陈二狗的妖孽人生》、《阳神》、《凡人修仙传》、《贼胆》、《近身保镖》、《破灭时空》、《龙蛇演义》、《猎国》、《酒神》、《武神》、《仕途风流》、《异界全职业大师》、《间客》、《逍行记》、《诡刺》、《铁骨》、

《篡清》等作品也都拥有大量读者。

玄幻类小说《斗破苍穹》（天蚕土豆）：2009 年下半年及 2010 年最有影响力的作品。这部作品在百度搜索破亿，创网络小说之最，并已成功改编成网络游戏。当初的少年，自信而且潜力无可估量，不知让多少少女对其春心荡漾，当然，这也包括以前的萧媚。然而天才的道路往往曲折泥泞，三年之前，这名声望达到巅峰的天才少年，却是突兀地接受到了有生以来最残酷的打击，不仅辛辛苦苦修炼十数载方才凝聚的斗之气旋一夜之间化为乌有，而且体内的斗之气，也是随着时间的流逝，变得越来越少。斗之气消失的直接结果，便是导致其实力不断地后退。从天才的神坛，一夜跌落到了连普通人都不如的地步，这种打击，使少年从此失魂落魄，天才之名，也是逐渐地被不屑与嘲讽所替代。站得越高，摔得越狠，这次的跌落，或许就再也没有爬起来的机会。这部小说没有花俏艳丽的魔法，有的仅仅是繁衍到巅峰的斗气！除了创新与创造，作品洋溢着年轻与力度、幻想与激情，呼唤着我们的一腔热血。

悬疑类小说《大悬疑》（王雁）：蒙古帝国萨满神巫和成吉思汗发生神权和王权之争后，留下了一卷神秘的驼皮书，为几百年后收藏家、考古学者、倒手、炒家、盗掘者、法医、刑警千方百计寻觅追踪……作品以刑侦推理、智力解谜和考古探险三位一体的叙事方式，在诡异离奇的故事推进中，把读者引入悬疑恐怖又凶险的阅读历程。大量的有关收藏、历史、宗教、地质、考古、风水命理等领域知识的融入，使得作品在好读的同时，深蕴了一种内涵上的丰富性。这部小说已由大众文艺出版社于 2010 年 5 月正式出版。

励志类小说《橙红年代》（骁骑校）：八年前，他是畏罪逃亡的烤肠小贩，八年后，他带着一身沧桑和硝烟征尘从历史中走来，面对的依然是家徒四壁、父母下岗的凄凉景象，空有一身过人本领，他也只能从最底层的物业保安做起，凭着一腔热血与铮铮铁骨，奋战在这轰轰烈烈的橙红色的年代。本书为青春励志类小说，风格硬朗，情节紧凑，以主人公为视角和主线，描述了一个个社会底层弱势群体的生活态势和矛盾冲突，以及边缘青年的彷徨迷茫，自强不息，最终成为社会栋梁的故事，具有现实批判意义和催人奋进的作用，被广大读者誉为“男人的童话”。

历史小说《步步生莲》（月关）：作品讲述的是社区工作者杨得成因为尽职尽责地工作而意外回到古代，成为丁家最不受待见的私生子丁浩，及其如何改变自己人生命运的故事。丁浩无权无财，为同父异母弟弟当车夫。但丁浩也有梦想，就是在这万恶的社会成为一个阔少，遛狗取乐，游手好闲。梦想虽然有些遥远，但是丁浩却不放弃，凭借着自己做社区工作积累下来的社会经验，他应对世人、世事八面玲珑，聪明地抓住身边每一个机会，脱出樊笼，去争取自己想要拥有的一切。宋廷的明争暗战，南唐李煜的悲欢离合，北国萧绰的抱负，金匮之盟的秘密，烛影斧声的迷踪，陈抟一局玲珑取华山，高梁河千古憾事……江山如画，美人如诗，娑婆世界，步步生莲。

科幻小说《冒牌大英雄》（七十二编）：一个机械修理兵能做什么，研究、改装、奇思妙想？一个机甲战士能做什么，机甲战斗、精妙操作、奇拳怪招？一个特种侦察兵能做什么，深入敌后、徒手技击、一招制敌、伪装、潜行、狙击？一个军事参谋能做什么，战局推演、行动计划、出奇制胜？能把四种职业合而为一，甚至还精通心理学、骗术、刺客伪装术的天才，却是一个胆小怕事、猥琐卑劣的胖子。这个奇怪的家伙被迫卷入一场战争中，从开始的贪生怕死，一场场逃跑，到后来男人的责任感与民族危机感被激发，挺身而出，成为一场场奇迹胜利的创造者。

玄幻类小说《永生》（梦入神机）：无穷无尽的新奇法宝，崭新世界，仙道门派，人，妖，神，仙，魔，王，皇，帝，人间的爱恨情仇，恩怨纠葛，仙道的争斗法力，《永生》是梦入神机继《佛本是道》、《黑山老妖》、《龙蛇演义》、《阳神》之后，又一震撼力作。肉身，神通，长生，成仙，永生。五重境界，一步一步，展示在读者的面前。一个卑微的生灵，怎么样一步步打开永生之门？天地之间，肉身的结构、神通的奥秘、长生的逍遥、成仙的力量、永生的希望，尽在其中。

仙侠类小说《罗浮》（无罪）：无罪首次尝试古典仙侠题材，撰写了一个人、妖、魔相争天下气运的世界——看似平静的修道界中，却隐藏着数百年气运转化的危机。一名懵懂的山野少年，遭遇了一个代代一脉相传的神秘门派，无意中却卷动了天下风云。

言情类小说《步上云梯呼吸你》（涅槃灰）：苏懿贝，是网络写手也是一个孤儿，她的所有行李只有一台电脑和那片从来舍不掉的回忆！笔下出现一个个让人哭死爱死的爱情故事，结局或者悲情，每一个都动情，让人觉得她是一个懂得爱的女孩。但现实中的苏苏却不再愿意相信爱情，她写爱情故事只是相信这个世界上还有很多和她一样永远再不信爱情的女人，会需要读一些爱情外敷内用，避免早更早衰。天意总是爱折磨无辜的人类，苏苏这个平凡无奇的早老痴呆竟然又被爱情看上，还炫目到偶像剧级别，一如6年前的那场原该擦肩的初恋，浓情诱人。

言情类小说《我不是精英》（金子）：韦晶是个北京女孩儿，长相普通，性格开朗，父母是钢铁公司的，本身是中专毕业，而后因为社会进步及生存的必要，她参加了成人高考。她一直在一家小国企工作，后来那家公司因为经营不善濒临倒闭，一个偶然的机会，一个朋友给了她一个面试机会，BM公司，一家财富五百强的公司，并得到了一个临时职位。在此期间她经历了一系列语言、工作风格、能力、人际关系的考验，精明厉害又有点刻薄的老板，各式各样的同事。韦晶出过丑，耍过小聪明，学着装腔作势，也曾为自己伪精英的身份洋洋自得过，但更多的是一个学习成长的过程，如何做事，如何做人。片儿警米阳，公安大学刑侦专业毕业，父亲是钢铁公司一个中层领导，他跟韦晶从小就认识，两人基本处于一个有事肯定互相帮助，没事儿就掐的状态，算得上铁哥们儿。米阳毕业之后因为成绩优秀被当作精英分配到了某刑警大队，他自己也是雄心壮志，准备大展宏图，却没想到在第一次行动中就犯了大错。

都市传奇类小说《结爱·异客逢欢》（施定柔）：21 岁的关皮皮成绩一直不好，高考失利，只好入读于某大学专科的行政管理系。她的梦想是做一名记者，在大学期间她以优异的成绩被分配到晚报当了一名秘书。偶然中她得到一个人物专访机会，采访对象是古怪的古玉专家和收藏家贺兰静霆，对方心跳每分钟只有三次。她终于知道贺兰静霆不是人，而是一只有 900 年修行的雄狐。青梅竹马的男朋友陶家麟为了申请国外大学放弃和皮皮的爱情，她想到自杀，却被贺兰静霆救回来。其实，早在她的 N 个前世，贺兰静霆第一次猎取修炼用的人肝时，就爱上了她，起初只是为了吃掉她，却从来没有得逞。整整 900 年，皮皮换过无数次身份，他都苦苦地寻找她、追踪她，等待她死亡，再寻找她的下一个来生。听到这个故事，皮皮开始喜欢贺兰静霆。

三　创新、竞争机制下的产业生态

网络文学自诞生以来一直在寻找行之有效的产业化发展途径，

经过文学网站经营者十多年的摸索和努力，借助并购融资等商业手段，目前已初步建立起包括在线付费阅读、版权运营、影视改编、网游改编、海外建站等商业模式。以手机付费阅读为代表的创新型模式，作为近年来网络文学产业化发展新的增长点，正在成为行业关注的焦点。

（一）手机阅读走俏，阅读器市场竞争激烈

手机阅读是中国移动通过多样化的阅读形式向用户提供各类电子书内容，以在线和下载为主要阅读方式的自有增值业务。2000年12月中国移动正式推出了移动互联网业务品牌——“移动梦网Monternet”，就此开始了手机阅读的旅程。但最初的业务情况不尽如人意，经过几番起落，直到2007年才进入高速发展阶段，2009年移动梦网月达到用户9000万户。

目前中国移动、中国电信、中国联通三大运营商均设立了手机阅读业务基地，来负责各自无线阅读业务的运营和推广。其中中国移动的手机阅读基地在用户数、收入、内容上均独占鳌头。中国移动手机阅读基地2010年正式商用，截至年底累计访问过阅读业务的移动用户数为1.17亿户，12月份以来日均PV在2亿人次左右。单月访问用户数已突破2500万户，单月付费用户数已突破1800万户。在阅读内容上，玄幻、都市、言情、仙侠、历史等类别最受手机用户喜爱。

2010年，手机阅读成为互联网阅读的龙头，由于无线阅读具有国家垄断特性，网络文学的赢利模式终于寻觅到了一处版权避风港。据《中国手机阅读市场用户调研报告2010》称，手机阅读已经成为移动互联网用户使用频率较高的应用之一，每天阅读一次及以上的用户占比达到45%，2010年的收入已突破30亿元人民币。

主流媒体也与地方移动合作纷纷创办了手机报，在全国最有影响的是广东手机报、江苏手机报和湖南手机报。数据显示，2010 年第 3 季度中国移动互联网用户规模达 2.43 亿户。《中国移动互联网市场与网民行为调查报告》显示，中国手机网民上网以阅读小说为主要目的的有 51.7%，而在同时根据“手机网民无线产品购买意向”中的统计，尽管有超过 39% 的中国手机网民表示不接受任何无线付费产品，手机读书项目却以 37.5% 的比例排在愿意购买的无线产品之首，遥遥领先于其他服务。

2010 年，手机阅读最受读者欢迎的网络文学作品是玄幻小说《斗破苍穹》，其单日信息费最高收入突破 6 万元；都市小说《很纯很暧昧》为最高点击量作品和最高收益作品；纪实小说《我是一朵飘零的花——东莞打工妹生存实录（一）》区域推广效果最佳，单日信息费最高收入突破 5 万元。

电纸书阅读器是技术创新的代表，它的出现给网络文学添加了新的阅读终端。国内最大的电纸书阅读器厂商汉王科技一马当先，2009 年以来，采用电子墨水技术，依托汉王科技全球领先的手写辨识技术，汉王电纸书以势如破竹之势，在电子阅读器领域跃入了世界前三，并稳居国内市场龙头地位。在汉王的强势刺激下，国内市场上迅速冒出了几十家大大小小的电子阅读器生产商。除去最早一批的方正、翰林、易博士，又陆续出现了 OPPO、纽曼、台电、爱国者、蓝魔等“MP3 军团”，以及大唐、华为、中国移动等“电信业军团”。连联想、毕升、博朗甚至盛大文学等相关企业也进入了这一市场。

但进入 2010 年后，一度被看好的电纸书阅读器类产品市场却相对冷淡，其前景预期正在转为谨慎。电纸书阅读器市场的国际化竞争直接影响到了国内市场，以苹果 iPad 为代表的平板电脑产品正在迎来井喷——自2010年4月份上市以来，苹果iPad的全球销量已经超过300万台，在电纸书内容销售上也正在逼近Kindle，这使得亚马逊Barnes & Noble相继调降了旗下电纸书阅读器的价格。一家名为Interead的英国电纸书阅读器厂商，2009年才进军电纸书阅读器领域，投产不到一年即宣告破产，可见此行业生存之艰难。

为了应对复杂的市场局面，汉王科技从2009年就开始运作汉王书城，搭建电子内容平台，希望未来转型为数字内容渠道商。不过易观国际的分析报告指出，目前汉王书城的下载仍以免费下载为主，用户付费下载意愿不强导致资金回收面临压力，在汉王的整体营收中仍以终端赢利为主，内容平台赢利不足，未来发展存在瓶颈。

由于网络盗版猖獗，传统的在线付费阅读模式一直处在“风险”状态。2010年，在手机付费阅读强大力量的支撑下，中文在线、17K文学网率先放弃了在线付费阅读模式，依靠免费阅读吸引读者群体，再将其中部分人群引入手机付费阅读领域，辗转达到赢利目的。同时，纵横中文网也有新的举措，他们采用业内首创非独家试用签约方式吸引作者，不仅保证作者在纵横码的每一个字都有回报，而且作者还有自由选择平台的权利，期待网站和作者的双赢。总之，创新和竞争是网络文学产业化今后发展的必然之路，大势所趋。

（二）多样化发展为创新提供机遇

网络文学本身是一个全新的事业，到目前为止，它的发展仍然具有多种可能性。回望十多年的发展历程，几乎每年都有新的概念进入这一领域，这说明网络文学完全契合这个时代的节奏，充满了活力，在给人们带来震撼和惊喜的同时，也引发人们思考。早期网

络文学作者玄雨（代表作《小兵传奇》）、萧潜（代表作《飘邈之旅》）等一批网络作家重新回归网络创作，证明网络仍然具有强大的吸引力和成长空间。

2010年，网络文学吸引了著名门户网站新华网的目光，4月23日新华网推出副刊频道——新华副刊，用这种方式表示对网络写作的关注。新华副刊创办以来，坚持打造高雅品牌，在很短时间里已形成一支稳定的作家队伍和读者群，并有160余位作者开通了博客。新华副刊的原创文学作品质量较高，山西作家哲夫、深圳作家张夏、宁夏作家董永红、辽宁作家孙守仁等，纷纷选择在新华副刊首发自己的长篇新作。另有多篇散文、小说、诗歌被其他媒体转载。

2010年6月，盛大文学新加坡站点上线运行，作为中国文学网站第一个海外站点，站点一上线就立即进入角色——承办榕树下文学网主办的“《英语世界》杯”征文及翻译大赛。这次英汉翻译比赛是一次跨文化交流：中国人写英文，外国人写中文，体裁不限，题目自拟。活动有助于中国文化的传播，也为网络文学向海外输出提供了可能。

6月17日，红袖添香“九分钟原创电影大赛”开机仪式新闻发布会在京举行。大赛通过剧本征集、团队组建、实地拍摄、作品展映、颁奖典礼等五个阶段进行。当月内即接收到来自全国各地网友提供的九分钟故事梗概2528个，改编剧本2578篇。大赛组委会从中遴选出优秀故事梗概50个，优秀改编剧本20篇，计划将其拍成九分钟电影。

10月26日召开的首届中国写作者大会，除了“网络文学与传统出版”论坛外，还设立了“网络小说与影视、游戏的关系”论坛。著名音乐制作人赵雨润担任论坛主持人，北京电视台副总编

辑、北京紫禁城影业有限责任公司董事长张强，红杉资本中国基金创始人张帆，著名编剧王宛平、陈彤与18基金合伙人兼游戏制作人陈浩健等人应邀为论坛嘉宾。论坛探讨了网络小说对于影视和游戏的吸引力，以及网络小说的现实意义等问题。值得一提的是，中国主流影视目前还不太重视网络小说，购买网络小说影视版权的大多是中小制作公司，这也是网络小说不能通过影视渠道扩大影响力的主要原因。因此，虽然网络文学诞生10年来已经取得非凡成就，但真正要走向产业多元化还需假以时日。

不同形式的尝试，不同方式的交流，不同文化的碰撞，正是时代赋予新型文化产业的使命。在摸索中进取、壮大，通过不断努力实现自身价值，网络文学吸引当代青年的魅力或许正在于此。

四　网络文学版权维护任重道远

2010年，在线阅读遭遇严重盗版的态势仍在加剧，12月9日，中国文字著作权协会、盛大文学、磨铁图书发表联合声明，表示将与百度文库的侵权盗版行为斗争到底，不惜将诉讼进一步上升到行政和刑事层面。

2010年，在中国作协主持下，由中国作家网等多家文学网站组成联合调研组，自6月下旬以来，分别走访或函询了国家版权局、工业和信息化部、上海市作协、广东省作协、深圳市文联、盛大文学总部、中文在线总部、腾讯网读书频道以及鲁迅文学院网络文学编辑培训班，就网络文学版权现状、网络文学盗版形式和手段、网络文学维权的措施和方法等展开了调研。最终形成的《网络文学维权问题专题调研报告》指出：根据各网站情况汇总，所有原创文学网站均遭到不同程度盗版，实行付费阅读模式的文学网站（如起点中文网、17K 文学网、晋江原创文学网、纵横文学网、小说阅读网等）受到的冲击尤为严重，VIP 作品几乎全部被盗。每家盗版网站盗版的数量少则几十部，多则几百部、数千部，甚至还有数量不少的盗版网站几乎和正版网站保持同步更新，一些当红作品更是每家盗版网站都有转帖。

《报告》还列举了网络文学盗版常用的五种手段。其一是网络爬虫。一种自动提取网页的程序，是搜索引擎从互联网上下载网页的技术手段，可以对正版网站进行实时监控，在发现新增作者或章节后进行自动抓取，存入自己的数据库系统并发布到页面，文字和图片内容均可抓取。其二是图片下载。一些正版网站把自己发布的作品制成图片格式，而盗版网站利用图片批量下载进行盗版。其三是拍照或截屏。使用屏幕照相机或屏幕抓取程序生成图片进行盗版。其四是手打。这是最直接、最原始也是最难防范的盗版形式。盗版网站组织“手打团”，有些盗版网站甚至公然宣称，在正版网站图书发布 3 分钟之内就可以把盗版内容添加到自己的网站上。其五是网友自主上传。这种形式是利用法律漏洞的一种变相盗版模式，争议最大，也最难解决。从技术层面来说，目前最难遏制的是采用截屏和手打方式的盗版。此外，随着传播介质发生变化，有线互联网、无线互联网以及客户端等发展势头迅猛，手机、手持阅读器也成为网络文学盗版的新方式。

显然，网络文学盗版不仅严重扰乱了正常的市场秩序，侵害了原创文学网站和作家的合法权益，而且阻碍了网络文学健康有序地发展。但目前解决这个问题还有很大难度，只有在相关法规制度的逐步建立中，逐渐加大维权力度和范围，尽可能减少盗版给网络文学发展造成的损失。

网络盗版问题越来越引起相关部门的重视，新闻出版总署已将

包括网络文学在内的网络读物列为版权保护对象。2010年打击网络侵权盗版专项治理的“剑网行动”于7月21日在全国正式启动，这是继2005年开展以来的第六次网络专项行动。剑网行动将加强对音频视频和文学网站、网游动漫网站以及网络电子商务平台的监控力度，重点围绕热播影视剧、新近出版的图书、网游动漫、音乐作品、软件等，严厉打击未经许可非法上载、传播他人作品以及通过电子商务平台兜售盗版音像、软件制品等的违法犯罪活动；严厉打击非法传播上海世博会、广州亚运会相关音乐、电影、软件、图书等作品的网络侵权盗版活动。开展“剑网行动”的目的是进一步维护网络版权，打击违法行为。国务院新闻办公室还就打击侵犯知识产权专项行动等有关情况举行发布会，新闻出版总署副署长、国家版权局副局长阎晓宏在会上表示，从2010年11月至2011年3月，国家版权局将会同工业和信息化部、商务部等有关部门，集中加强对计算机生产企业的源头治理，加大对软件等重点产品的市场监管力度，继续开展打击非法预装计算机软件专项治理，严厉打击非法制售和通过信息网络传播侵权盗版软件的行为。

五　2010年度网络文学活动大事记

1月4日，停办9年之久的榕树下原创文学（第四届）大展重新启动。本次大展分长篇组和短篇组进行评选：长篇组接受10万字以上原创叙事类作品；短篇组则作为盛大文学全球写作大展（SO）短篇单元，已发表和未发表的作品均可参赛。本次大展奖金总额高达32万元，最高奖项5万元。评奖分海选、初评、终评三个部分，网站编辑、社团编辑与出版编辑共同完成海选，通过网络投票完成初评，最后由评论家、专家和著名作家组成的评委等进行

终评，评出各个类别的获奖作品。

1月17~26日，中文在线与中国作协鲁迅文学院联合举办网络作家培训班，选送失落叶、骁骑校、林静等20名网络作家进行专业培训。培训期间，网络作家接受了代表中国文学界最高理论水平和创作水平老师的辅导，既保留了鲁迅文学院经典课程，又加入了更贴近网络作家实际创作生活的针对性课程，包括国情文化、文学态势、作家的素质与培养、小说创作谈、创作知识与创作技巧等十几门核心课程，并加强了实质性的创作辅导。

4月8日，由中国文联、北京市委宣传部指导，北京网络媒体协会携手北京市文学艺术界联合会共同主办的“首届网络小说创作大赛”在北京电视台举行了隆重的颁奖盛典。自1月23日作品征集结束，新浪读书、央视网、晋江原创网、红袖添香、起点中文网、铁血网、幻剑书盟、天涯社区、西祠胡同、搜狐原创、网易论坛、西陆网、和讯网、中搜网和第一视频15家承办网站共收到4万余部参赛小说，符合参赛条件的作品10777部，总字数超过12亿，作品总浏览量突破31亿人次。其中，单部作品最高浏览量超过1270万人次。

4月18日，盛大文学首届全球写作大展（SO）盛典在古城西安隆重举行。以唐家三少、我吃西红柿、血红以及涅槃灰、金子等为代表的近百名网络作家，组成了一个规模庞大的网络文学写作天团。陈忠实、张笑天、冯积岐、高建群、郑彦英、雷抒雁、阿来、王刚、王跃文、陈村、周明、步非烟、江南等著名作家，白烨、王干、马季、兴安等著名评论家，张鸣、路金波等学者、出版人，国际出版协会副主席白锡基（韩国），唐德传媒副总裁刘朝晨、汉王科技董事长助理邢鹏等企业界人士出席颁奖大会。同时，盛大文学联合多位专家根据调查数据撰写的《2010中国网络文学蓝皮书》

正式发布。《蓝皮书》显示，有75.6%的文学网站用户认为“网络文学会造就罗琳式的伟大作家”。

5月17日，盛大文学宣布启动“CHINA创意”——暨中国短小说（创意剧本）基地首批作品征集令活动，以1500字为限，万元招募国内第一个“短小说之王”。获奖作品除获得高额奖金外，还将接入盛大文学“云中图书馆”，成为“一人一书”（OPOB）计划的有机组成部分，并有望成为影视“大片”的创意脚本。

5月18日，在教育部思想政治工作司指导下，由小说阅读网、吉林大学联合主办的“吉林移动杯首届校园青春励志网络文学大赛”在北京版权交易中心开幕。本次活动中获奖的学生、学校及社团得到一定资金奖励，获奖作品被收录到“全国高校青春励志文学图书馆”。“90后”作者是这次大赛的主要参加对象。

6月10日，“上海高校原创小说大赛”在复旦大学校园内正式启动。评论家夏烈，小说家那多、曾炜，以及起点中文网十大书探与复旦学子一同分享写作经验，并对参赛选手的作品进行现场指导。大赛计划在上海地区30多家高校举行，赛事分设上海各大高校启动仪式、体味校园人生——“手机阅读”读书沙龙等环节，还举办了名家讲坛、读书沙龙、作家签售会等活动。活动与中国移动手机阅读平台亲密互动，产生良好的黏性，有望挖掘和培养一批手机小说作者，提升手机阅读的影响力。

6月20日至12月20日，共青团贵州省委、贵州省作家协会、贵州省青年文化学会联合举办2010年中国贵州首届网络文学作品大赛暨网络文学作家评选活动。活动以“讴歌当代贵州精神、发掘网络文学精品、繁荣贵州网络文学、促进多彩贵州发展”为主题。旨在发现和培养文学新人，推动贵州原创实力网络文学新流派，同时发掘与倡导流行文学的精品元素，竭力捕捉当代生活中的

新思想、新观念、新方式、新走向，让文学走出象牙塔。

7月8日，由江苏省作协主办，中国江苏网、凤鸣轩小说网承办的“2010网络小说大赛”拉开帷幕。本次大赛以“健康创作，绿色阅读”为主题，本着“推动原创文学事业健康发展，打造网文爱好者梦想家园”的宗旨，以达到更有效地引导网络文学健康发展，增强主流价值观在网络文化建设与管理方面的影响力，提升网络文化价值，示范正当、规范的网络写作模式，调动网络写手的积极性，从大量青年作者中发现有潜力的文学新人的目的。

7月8日，2010年“两岸文学PK大赛”由大陆原创文学门户网站起点中文网与台湾城邦原创在台北联合拉开帷幕。两岸主流文学交流已有多年，但两岸同步征文尚属首次，尤其是网络文学创作，不仅能够发掘两岸具有实力的网络原创作者，还可以加强两岸青年作家之间思想和感情的沟通。经过两岸评审三个阶段的评选，11月20日在台北举行颁奖典礼。最终，台湾作品《新·企业神话》获得首奖，台湾作品《过度正义》获得第二名，大陆作品《捡到我的日本老婆》获得第三名。《我的暴力女友》获得大陆人气奖，《破军劫》获得台湾人气奖。两岸文学PK大赛邀请到小野、朱学恒与藤井树三位担任台湾决选评审，并在颁奖典礼上揭晓前三名和为获奖者颁奖。

7月14日，第七届新浪原创文学大赛在复旦大学正式启动。本届大赛由新浪网、上海文艺出版社及新华传媒集团公司联合主办，共设立都市情感、军事历史、悬疑推理、青春言情等四个赛区。总奖金金额超过100万元，其中获“最佳影视改编奖”的作者将获得高达50万元人民币的写作津贴。

7月17～30日，鲁迅文学院首开网络文学编辑培训班。共有来自新浪、网易、盛大文学、中文在线等全国33个网站的40位网

络文学编辑参加培训。培训班形成了共识，与传统的文学编辑不同，一个合格的网络文学编辑，应当是复合型的文学人才：既要懂文学，又要懂编辑；既要熟悉网络，又要熟悉网民；既要懂写手，又要懂读者；既能把握文本，又能把握市场。网络文学编辑主要应具备四种素质：一是强烈的事业心和责任感，二是高尚的职业情操，三是敏锐的识才眼光，四是完备的知识结构。

8月7～15日，由广东省作协主办的网络作家高级培训班开班，省内48名作家和内蒙古作协推荐的5名学员参加学习。广东省作协主席、党组书记廖红球指出，十余年历程使网络文学由一个先锋概念成为了一种文学现象，其文学载体、表现方式、传播途径、发展模式等给传统文学模式带来了冲击。与社会经济的发展一样，网络文学的成长速度惊人，对其现状作客观分析的同时进行前瞻性研究，已经成为理论批评领域的重要课题。充分认识网络文学创作对于文学繁荣发展的重要意义，切实加强和改进网络文学创作工作，进一步加强网络文学创作人才队伍的建设，培养网络文学作家，确保广东网络文学的健康发展，是广东省作协应该担当的一项重要任务。

8月12日，盛大文学在上海书展发布了“双城记——京沪小说接龙”暨“寻找中国100座文学之城”十城揭榜活动。主办方将此次以“城市文化”为中心的文学创作主题锁定为“体现京沪文化差异”。上海、北京各出5位知名作家，联袂进行接龙写作，反映城市新移民在城市的命运。由孙睿、徐则臣、丁天、金子、邱华栋组成的“新京派作家团”，与陈丹燕、李西闽、任晓雯、小白、朱文颖组成的“新海派作家团”，涵盖了“60后”、“70后”、“80后”的写作群体，其中既有传统名家，也有新锐作者、畅销书作者和网络写作大神。采用不同代际作家组合的跨文化创作团队，进行新的写作尝试，目的是从不同的角度去看城市，提出“什么样的城市才是理想的城市”的追问。

8月20日，红袖添香11周年庆典在北京紫玉山庄隆重召开。涅槃灰、唐欣恬、寂月皎皎、携爱再漂流、狐小妹、青鋆、白槿湖、天琴等30多位人气火暴的一线女性网络文学作者成为当晚活动主角。会上颁出了12项年度作者大奖，“大神”涅槃灰年出版9部作品，囊括年度传媒关注奖、年度出版大奖两大重要奖项。年度版权大奖则由《裸婚》作者唐欣恬夺得。目前，网络女性文学以其即时性、写实性、娱乐性、前瞻性迅速占领了网络文学市场的半壁江山。红袖添香作为中文女性阅读第一品牌，旗下聚集了近百万名优秀网络作家，其中女性作者超过80%，在言情小说、职场小说等女性文学写作及出版领域独占高地。

10月23日，为期半年的“第三届深圳原创网络文学拉力赛”颁奖典礼在深圳市文艺会堂举行，28部长篇小说类和非虚构文学类的作品获得了本次大赛的奖项。本届大赛在中国作协指导下，由深圳市文联、改革开放三十周年文学创作工程组委会办公室等单位共同策划组织实施，共征集作品139部，多以描写深圳现实生活为主，关注社会生活变迁和世道人心变化，体现人文精神和道德关怀。大赛聘请国内著名作家陈建功、苏童、阿来、李敬泽等组成终评委，经两轮记名打分表决，评出最终获奖作品。宋唯唯的《一城歌哭》、戴斌的《深圳胎记》（原名《打工词典》）与弋铧的《琥珀》分别获得长篇小说类的金奖、银奖和铜奖，萧相风的《词典：南方工业生活》（原名《南方词典》）、秦锦屏的《水项链》与王顺健的《驻所调解员日记》分别获得非虚构文学类的金奖、银奖和铜奖。

10月26日，首届中国写作者大会在京举办，这是有史以来最大规模、最具开放性的一次草根作者大会，来自全国的写作者以文学的名义汇聚一堂。首届中国写作者大会设有两个网络文学论坛，分别是“网络小说与影视、游戏的关系”论坛和“网络文学与传统出版”论坛。

12 月 4 日，作为湖北省第二届网络文化节重要赛事之一的“长江杯”网络小说大赛在武汉洪山礼堂举办盛大颁奖典礼。大赛开赛六个月来，收到长篇、中篇、短篇小说数千部，热门小说点击都在 10 万次以上。承办大赛的现在网和长江文艺出版社为此专门成立了工作组，开发了专门的技术平台，实施“实名认证、先审后发”以确保内容合法、版权无暇。长江出版传媒集团将以此为切入点打造新媒体平台，实施“传统出版进入网络原创、百万大奖寻找超级写手”战略。青年作家孙睿以《跟谁较劲》获大赛特别金奖。

（本章执笔　中国作家协会“中国作家网”
主管　马　季）

B.10 文学批评与文坛热点

2010年的文学与文坛，总的来看，是在已经形成的“三分天下”的新格局（即以文学期刊为主导的传统型文学，以商业出版为依托的市场化文学，以网络媒介为平台的新媒体文学）的基础上持续向前运行的。文学批评领域，也呈现出新旧杂陈、经纬万端的情形。话题五花八门，意见错综纷纭。传统媒介与网络媒介也有分有合，犬牙相制。因此，文学批评与文坛热点，也是在一种寻求共识与少有共识的两难状况中，反映了当下文学态势的时移俗易与走向的新陈代谢的诸多特征。

一 新世纪文学回顾与省思

近年的当代文学研究，因为既要面对新的文学现实提出的新的文学课题，又要应对新时期文学30年、当代文学60年等历史回顾性话题，其前沿性的理论批评与学术研究，都大致聚焦在新世纪文学研讨与网络文学关注两大问题上。

新世纪文学并非自然产生，其作为一个研究概念的命名，起始于2005年由中国当代文学研究会、沈阳师范大学中国文化与文学研究所和《文艺争鸣》杂志联合召开的“新世纪文学五年与文学新世纪”学术研讨会，以及随即在《文艺争鸣》杂志开设的“关于新世纪文学”的专栏。由此之后，“新世纪文学”在建构与争议中不断被言说，于今已成为一个共识性的概念。至2010年，“新世

纪文学”已经走过了整整10年。因此，有关“新世纪文学”的回顾、研讨与总结，就成为自然而然的热点。这一年，先是7月12～14日，由哈佛大学东亚系、复旦大学中文系、上海大学中文系和上海文艺出版社联合主办的“新世纪文学十年研讨会”在复旦大学召开。来自海内外的作家和学者就“断裂的美学如何整合”、“新世纪文学中的历史叙事”、“新世纪文学的展望”以及“新媒体与当代文学”等话题展开讨论。后是10月24日，由中国当代文学研究会、沈阳师范大学中国文化与文学研究所、文艺争鸣杂志社联合主办的“新世纪文学十年”学术研讨会在沈阳师范大学举行。会上有19位专家学者发言，研讨了新世纪文学的新风貌、新格局与新特点。《文艺争鸣》自2005年第2期开始连续展开的有关新世纪文学的讨论，吸引了张炯、雷达、白烨、陈晓明、张颐武、程光炜、孟繁华、贺绍俊等学者撰文参与，从各个侧面对新世纪文学展开论述，新世纪文学有声有色地开始了全方位的理论构建。白烨的《新世纪文学的新风貌与新走向》（《文艺争鸣》2010年第6期发表，《新华文摘》2010年第21期转载），对2009年中国文学与文坛作了“传统在坚守”、“类型在崛起”、“资本在发力”、“格局在变异”的概述之后，又在宏观层面上描述了新世纪文学的四个要点——“民间化”、“商业化”、“青春化”、“分群化”，最后阐述了作者作为现状观察者在观念问题、机制问题、批评问题与教育问题等方面的四点建言。

2009～2010年，各种新的文学现象纷至沓来，网络文学作为最具活力、发展最快的新兴文学板块，尤其得到了前所少有的重视，也引起了众说不一的热议，遂使网络文学成为近年文坛最为引人关注的另一个焦点与亮点。除主流文学领域频频开展与网络文学相关的活动外，一些媒体也开辟专栏研讨网络文学的发展与现状、

走向与前景，一些文学批评家、网络文学研究者纷纷撰文参与研讨，发表意见。从这些文章显示出来的情形看，有关网络文学的方方面面的问题都有涉猎，但在对一些问题的看法上，有的有一定的共识，而在更多的问题上则意见纷纭，众说不一。

网络文学的成长与发展，对于文坛整体结构产生了什么样的影响，怎样看待和评估这种影响，是研讨中关注最多的一个话题。马季认为，网络文学重组中国文学的格局是必然的。当代中国文学的新路极有可能出现在“网络文学”与“传统文学”的互补与融合之后。网络把中国进一步推向了世界舞台，在这个大舞台上，将会诞生真正伟大的中国文学。网络文学渐成阵势重组当代文学新格局(2010 年 8 月 22 日《人民日报》)。白烨在《文学的新演变与文坛的新格局》（2010 年 9 月 20 日《文艺报》）一文中，认为当下文学经过 20 世纪 90 年代以来的不断演变，已出现“三分天下”的新格局，即以文学期刊为主导的传统型文学，以商业出版为依托的市场化文学（或大众化文学），以网络媒介为平台的新媒体文学。而新媒体文学主要以网络小说为主体，包括博客写作、手机小说等。网络小说在发展演变之中，因为多方面因素的促动，逐步寻求自身的定位与特点，由趋于类型化的分野与分流，开始与传统文学、主流小说拉开距离。在图书市场上，悬疑、玄幻、职场、武侠、穿越等类型小说，已经成为持续走俏的热点、不可阻挡的潮流。而手机因为与网络联结，3 亿多的手机用户中有近 8000 万人用手机上网，他们成为潜在的阅读用户，所以手机文学的前景不可小视。博客写作的发展也方兴未艾。在博客写作中，文学与文章的界限正在被打破。张颐武在《传统文学·青春文学·网络文学：平行发展的新格局》（2010 年 8 月 30 日《文艺报》）中认为：网络文学经过了 10 多年的发展，如今已经不再是一种可有可无的新奇的点缀，也并不是许多人想象中的小众的新的风格实验的策源地，它已经异常深刻地影响了社会公众的阅读生活，同时也在迅速地改变人们的阅读习惯。从这个角度上看，网络文学的崛起已经成为现实，任何人都不应该对网络文学的发展抱着轻蔑和无视的态度，因为网络文学正在改变整个文学的格局，也为我们的时代提供了新的文化的形态。

还有一些研究者和批评家，把着眼点放在网络文学对于当代文学、当代文化、当代社会的广泛而深入的影响上，就此提出了不少重要而中肯的意见。如马季指出，传统文学一直以关注现实生活为己任，而网络文学侧重于对幻想世界的描述，这是新一代作家面对莫测的世界作出的反应，比如玄幻小说、历史架空小说、穿越小说等，这类小说虽然不够成熟，但是具有实验意义。陈福民指出，网络文学的特色体现在三个方面：一是在文学经验的构成上，网络文学因其参与主体以青年为主，他们所呈现出来的敏感尖锐及其与时代关联的真实切近，往往为传统纸媒文学所不及；二是在审美趣味和表达方式上，网络文学的修辞反讽和极快的叙事速度，显示了相对于传统纸媒文学的一定优势；三是介质载体的差异，决定了网络文学享有较之纸媒文学更大的自由空间。贺绍俊认为，建立在网络语言系统基础上的网络文学，在审美形态、欣赏方式，以及思维方式上都发生了改变，正从各个层面挑战传统文学。因此有人也担忧网络文学对传统文学造成的冲击。毫无疑问，网络文学会影响到传统文学的发展，这种影响既有正面的也有负面的，这不足怪，文学不是生活在真空里，它无时无刻不受到各种外在因素的影响，外在因素的影响其实是文学变革的契机，经受不住影响的文学是没有生命力的文学。我们大可不必为网络文学的影响而担忧，因为传统文学有足够强壮的生命力应对网络文学的冲击。网络文学发展 10 年来，给传统纸媒文学提供了一个崭新的参照系，为传统文学创造了一个发展的空间，网络文学也逐渐成为传统纸媒文学的一个新的合作伙伴。从这个角度说，网络文学对传统纸媒文学的影响是巨大的，也主要是积极的，这种影响无疑体现在各个方面，从审美方式的变化到文学生产方式的变化，再到读者群的变化。谈到影响时还有一点非常重要，就是这种影响是相互的，网络文学不仅影响到传统文学，而且网络文学自身的发展也明显受到传统文学的影响。

二　对于《红旗谱》的不同评价

《红旗谱》是作家梁斌从1935年开始酝酿，1953年正式动笔，1957年完成出版的一部长篇小说。作品在大革命失败前后十年革命斗争的历史背景下，描写了冀中平原两家农民三代人和一家地主两代人的尖锐矛盾斗争，以“反割头税”和“二师学潮”为中心事件，展示了当时农村与城市阶级斗争和革命运动的壮丽图景。这部小说后来被改编为话剧、京剧、评剧，还被搬上银幕、荧屏。时任中国作协主席的茅盾读过《红旗谱》后，在《争取社会主义文学的更大繁荣》一文中评说道：“从《红旗谱》看来，梁斌有浑厚之气而笔势健举，有地方色彩而不求助于方言。一般来说，《红旗谱》的笔墨是简练的，但为了创作气氛，在个别场合也放手渲染；渗透在残酷而复杂的阶级斗争场面中的，始终是革命乐观主义的高亢嘹亮的调子，这就使得全书有了浑厚而豪放的风格。”《红旗谱》于1957年出版后，作者又先后于1963年出版了《播火记》，1983年出版了《烽烟图》，完成了“红旗谱”三部曲的写作。

在当代文学教学与研究中，对于十七年时期的长篇小说代表作，有一个“三红一创”的流行说法，其中就有梁斌的《红旗

谱》。但这部作品在2010年间，却出现了截然不同的评价，这些角度与观点都截然不同的看法，并非出自相互论战之中，却因对同一作品的不同评价，构成了事实上的论争。

对于《红旗谱》的批评意见，主要来自王彬彬的一篇文章。王彬彬在《当代作家评论》2010年第3期上发表《〈红旗谱〉：每一页都是虚假和拙劣的——“十七年文学”艺术分析之一》，全文分四个部分，就《红旗谱》的版本混乱、想象与虚构能力、前言不搭后语、人物形象的小丑化等问题，进行了细读式的分析与实证性批评。把这些意见综合起来看，几乎就把这部作品全盘否定了，这在有关《红旗谱》的评价中尚属首次。

在文章的第一部分里，王彬彬指出，《红旗谱》的版本之混乱，不仅在“十七年文学史”上很罕见，在整个新文学史上，也是很突出的。各种不同的“中国当代文学史”著作和相关研究资料，在介绍《红旗谱》的问世时间时，都往往并不一致。2007年7月5日的《中国商报》，发表了张立的《〈红旗谱〉的老版本》一文。张立自称收藏有六种版本的《红旗谱》。河北师范大学文学院主办的《燕赵学术》2009年秋之卷，发表了田英宣的《谈〈红旗谱〉的版本》一文，对《红旗谱》的版本作了较精细的考索。据田英宣说，中国青年出版社1957年11月出版的《红旗谱》是最初的版本。《红旗谱》初版问世后，梁斌又三次修订。这样，就有四种内容不尽相同的《红旗谱》行世。除中国青年出版社外，其他一些出版社也出版过《红旗谱》，这就更增加了《红旗谱》版本上的混乱。接着，王彬彬分别就作者的创作能力，小说的情节、细节，人物形象，叙述语言等依次予以评说。

在第二部分里，王彬彬由小说的情节与细节出发，质疑了作者的想象与虚构能力。他认为，情节的荒诞不经和前后矛盾，首先意

味着创作者想象和虚构的能力十分低下。而一个长篇小说的创作者，如果想象和虚构的能力十分低下，那情节的荒诞不经和前后矛盾，就不会是个别现象。梁斌想象和虚构的能力，显然是十分低下的，因而，《红旗谱》全书，不妨说是由一连串荒诞不经、前后矛盾的情节组成。例一，所谓“朱老巩大闹柳树林”；例二，朱老忠回乡。他认为，像这样类似的荒诞不经、前后矛盾的叙述，在《红旗谱》中是普遍存在的，几乎所有的故事情节都经不起细想。

在第三部分里，王彬彬着重分析了作品的前后不搭等现象。前言不搭后语、写着后面忘了前面的现象，在《红旗谱》中多得令人惊讶。有时候甚至是写着后段忘了前段、写着第二句忘了第一句。文章举出的例子有：例一，“冯兰池”与“冯老兰”；例二，朱、严两家到底相距多远？例三，江涛与张嘉庆是何种关系？遣词造句上的错误：例一，运涛夜会春兰；例二，严志和吃泥土；例三，运涛何时出狱。此外，还就作品描写人物的“哭”与“笑”的拙劣，例举了朱老忠“皱着眉心笑”，“老奶奶噗地笑了”，朱老明“伸起脖子笑了”，江涛“抽抽咽咽哭个不停”，涛他娘“把头钻在墙角里，抽抽咽咽哭起来”，“进城的农民……抽抽搭搭哭个不停”等细节。在这一部分里，王彬彬还批评了作品中作者对于人物的丑化。

在第四部分里，王彬彬主要就这部作品何以被誉为“经典”，提出了自己尖锐的看法。他严肃地指出：“我所指出的问题，不过是一些文学创作中最为基本的问题，是常识中的常识。《红旗谱》这样的小说，根本就没有再谈论的价值。做一件本无价值的事，怎能不让人产生无聊感呢？然而，却又分明有些人还在极力称颂《红旗谱》这样的作品，这样的东西还在作为某种‘经典’而被印刷、推荐，这又使得我不得不压制着心中的无聊感，写出现在这样的文章。”

差不多同一时期，雷达在他的“新浪博客”里，发表了题为《〈红旗谱〉为什么还活着?》的博文。他首先表示:“我非常赞同茅盾先生的一句话，就是《红旗谱》是里程碑式的作品。这句话意味深长。在红色经典作品里，我个人认为，在精深的程度，在文本的精粹程度，在艺术的概括力程度，在人物刻画的丰满度上，《红旗谱》达到的水准确实堪称杰作、经典，而且它在阶级叙事里面是代表性作品，这是毫无疑问的。《红旗谱》的写作，一是经过千锤百炼，长期积累，锲而不舍，精益求精，所以文本的叙事力度很大，经得起分析。它从最早的《夜之交流》，到后来的《三个布尔什维克的爸爸》，再到《父亲》，最后到《红旗谱》，多少年才出了这么一个文本啊！二是，《红旗谱》的作者不仅仅是利用经验，利用个人的经历性，还有中西文化的背景。梁斌是一个‘五四’文学青年，后来成为一位左翼的青年作家，再成为一位非常成熟的作家，《红旗谱》是有着深厚的文学背景支撑的，这也是这个文本为什么精粹的原因。”

雷达认为:“文学史上的很多作品留存下来了，就是因为它是那段历史的见证，而且时间越久，它的历史价值越高，《红旗谱》就是这样一部作品。现在我们不提阶级斗争，并不意味着阶级斗争不曾存在，或者没有存在过。这就是我特别想讲的一个问题。我们中华民族一百多年来受到深重的苦难，不是搞不搞阶级斗争的问题，而是他不让你活下去，你必须要起来抗争。在一定的历史阶段阶级斗争是不可避免的。《红旗谱》就是写这不可避免的抗争。一开始，朱老巩维护锁井镇 48 亩官地、反割头税，你活不下去就只能揭竿而起，你只能斗争。所以，农民才从自发斗争、自发的反抗到自觉的革命。《红旗谱》就是写这样一个自觉的过程，这是一个

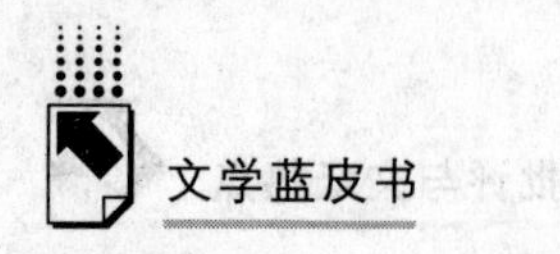

很重要的问题。另外就是我觉得《红旗谱》写中国农民非常深刻。我们都知道，乡土写作有几大叙事模式，一个是鲁迅先生开创的，基本上是一个启蒙模式，启蒙叙述，再一个就是阶级叙事，还有田园叙事，我还想加上近三十年以来的文化叙事，包括像《白鹿原》这样的作品就是文化叙事。《红旗谱》不同，他不是写阿Q，而是写朱老忠，中国农民的另一个典型，他是很了不起的。在这个系列里面，我看过的作品，譬如，《原野》里面的仇虎，《红高粱》里面的余占鳌等草莽英雄，或农民革命英雄。然而，朱老忠是一个非常深刻的典型形象，通过他和严志和，对中国农民的土地问题的解释非常深刻。现在，高校里有不少人研究中国农民的土地问题，农民与土地的关系问题，梁斌先生早就写到了，而且写得非常深。他不是在理性的指导下写的，是从生活的感悟中写的。他觉得写不透土地问题就写不透中国农民。《红旗谱》比现在很多作品谈土地问题都要谈得更深刻。这是它了不得的地方。”

在2010年6月20日《中华读书报》上，吴义勤发表了《在历史与审美之间——重读〈红旗谱〉》一文，也就如何看待《红旗谱》发表了自己的看法。吴义勤认为，《红旗谱》是中国当代文学特别是红色经典中最重要的作品。这部作品的价值体现在两个方面：一是对革命历史的宏大建构。某些时候，红色经典的历史价值甚至会超越它的文学价值。对历史建构和历史价值的追求是那一代作家的共同追求。二是对于历史美学和革命美学的独特追求。《红旗谱》之所以在中国当代红色文学经典中特别值得重视并具有独特地位就在于其在革命历史建构和审美建构之间保持了很好的平衡与张力。

作为红色经典的代表作，《红旗谱》在历史建构与历史价值的追求方面取得了重要成就。首先，小说对农民革命历史场景的全景式展示以及史诗性追求，体现了作家在小说构思与主题表达上的历史优先性原则。小说所展示的农民从自发反抗到自觉反抗的历程，从“大闹柳树林”到“逃亡东北”到“哺红鸟事件”到“反割头税运动”到“二师学潮”，小说的情节展开的逻辑与历史的逻辑是共振的，对“革命”合法性与必然性的证明以及对“历史走向”合法性的阐释都符合政治意识形态的预期。其次，小说对农民成长觉醒之路与党的关系的展示也是历史逻辑的必然延伸。小说写了三代农民的成长，他们成为革命英雄的历程就是在党的启蒙、引导、教育下改变命运逐步觉醒的历程。从这个意义上说，“贾老师”的形象在小说中就具有非常重要的意义，他是党的无所不在、无所不能的力量的化身和象征。朱老忠、运涛都是在他的引领下觉醒的。小说用艺术的方式完成了梁斌的设想：“中国农民只有在共产党的领导下，才能更好地团结起来，战胜阶级敌人，解放自己。”（梁斌：《漫谈〈红旗谱〉的创作》，《人民文学》1959 年第 6 期）再次，小说强化和渲染了“阶级”的概念，把地主阶级的残暴、丑恶、阴险先验化、绝对化，把农民和地主之间的对立和刻骨仇恨尖锐化，从而进一步验证了农民革命的合法性。比如，在小说中，冯兰池的形象就符合“阶级”的规训，而农民对他的“仇恨”也是代代相传、根深蒂固的。比如在“哺红鸟事件”中，运涛他们的哺红鸟宁可被猫吃了也不卖给冯兰池。这体现的是主人公的阶级立场，也是符合历史原则的叙事。

吴义勤认为，与大多数宏大叙事作品因革命大逻辑而牺牲日常叙事空间不同，梁斌对于革命“间隙”的日常生活场景的捕捉与表现非常充分。这表现在：其一，小说对于乡土日常生活的丰富性和复杂性有充分的挖掘。小说为了突出农民“革命”的必然性自然会强化农民生活中的“穷”与“苦”的一面，但与此同时，小

说也没忘了对于农民家庭生活中方方面面的生活细节的捕捉，比如相濡以沫的亲情、天真纯洁的爱情、多年如一日的友情等的表现都在“革命”之外透发出异样的光芒。比如老驴头与春兰的父女斗法就充满民间生活的趣味。即使对于地主冯老兰，他的家庭生活也没有漫画化，他在家里与儿子冯贵堂讨论“民主”等的场景也是把阶级立场与日常生活结合在一起表现的。其二，对于民间的风俗文化、乡村民间伦理结构以及婚、葬、嫁、娶和庙会、节气等乡村习俗有精彩细腻的表现。其三，小说叙事充满耐心，对于乡土、风景有耐心而细致的描写。小说不追求快节奏，情节的推进不急不缓，节奏把握非常好，并且在叙事空间内能不时抽出“闲笔”来描摹风景和乡间风物。其四，对于人物的心理有精到的体察与表现。比如说，亲人生离死别时的感受、道路选择时的困惑、青年人的恋爱心理等的表现均很细腻。

他还指出，《红旗谱》的成功还在于其有着非常重要的文学话语价值。小说非常好地处理了革命历史话语和个人话语之间的张力关系。它的文学话语呈现复杂、多元的色调，不是单一的话语向度。从话语层面上来说，无论是“革命”话语还是“爱情”话语都具有特殊的审美气质，它既是对人物心灵与精神世界的一种直接的呈现，又与“历史”的宏大性和崇高感有着内在的联系，因而也使得小说的历史美学、革命美学与个人美学在此得到了内在的契合。

三　类型文学渐受关注

近些年来，类型小说从网络到市场逐渐流行和火暴，于今已成为网络写作与图书市场的主要品类。类型小说其实就是通俗文学

(或大众化文学)写作的别一说法,是把通俗文学作品再在文化背景、题材类别上进行细分,使之具有一定的模式化的风格与风貌,以满足不同爱好与兴趣的读者。类型小说到底有多少类型,因为区分不同,看法并不统一。从现有的作品类型与流行提法来看,至少有十数个大的门类,比如:架空/穿越(历史)、武侠/仙侠、玄幻/科幻、神秘/灵异、惊悚/悬疑、游戏/竞技、军事/谍战、官场/职场、都市情爱、青春成长,等等。如果再细分,还会更多。类型小说过去主要流行于网络,现在除去网络之外,还延伸到了传统文学的许多领域,当然在网络上,火暴的都还是类型小说。但从2009年开始,网络类型小说转化为纸质出版的力度很大。2009年长篇小说的出版总量达到3000部,2010年在这个总量上稍有增加,主因就在于类型小说大量地转化为纸质作品出版。面对这样一个文学存在,文学批评界不能不予以一定的关注。这样的来自理论批评界的关注,在2010年尤为集中和突出。

7月间,由文艺报等单位主办的"文学类型化及类型文学研讨会"于大庆市举行,全国40多位文学学者就该议题进行了系统的研讨。谈到类型文学兴起的原因时,白烨认为类型小说的兴起与持续,至少有写作、阅读与市场三个方面的因素在合力主导。阅读的因素及其近年的变化,过去关注得不够,这个其实很重要,因为阅读就是需求,就是市场。阅读方面的趣味发生分化,分化的趣味需要满足,这是类型小说所以勃兴的根本所在。贺绍俊认为,类型文学是建立在市场经济大发展和市民阶层逐渐庞大两大因素之上的。它也是动态的、与时俱进的,随着时代和时事的进程而发展。有什么样的市民阅读需求,就有什么类型的文学样式产生出来。夏烈认为,类型文学的创作主体是"70后"、"80后",大众文化是其背景,网络写作是其手段,具有全民写作、人人参与的特点,还有商

业资本的强力介入。陈福民认为，科技的发展构成了文学类型化最根本的物质基础，新媒体的出现、便捷的网络传播和电子书阅读改变了文学的传播和接受方式，进而直接推动了类型文学的发生和发展。也就是说，相对于传统的农业文明和工业文明，互联网是一种新的文明类型，由此，也必将有一种新的文学形态与之相适应，类型文学便是文明类型转型的产物。说到类型文学的特点与功能，阎晶明认为，对比"五四"以来的新文学，类型文学的基本功能已经发生了重大改变，由"五四文学"和"新时期文学"的启蒙意义与审美功能，转变为娱乐性、时尚性和消费性。因此，丰富的情节、突出的故事性和想象力，是类型文学最引人注目之处。类型文学的结构、叙述、情节，都有一定的类型和套路，便于复制、传播和读者的阅读接受。白烨认为，大量的类型小说所描写的社会生活的方方面面，以及提供给读者的某些门类的专业知识，使得类型文学也具备了一定的认识功能。这一认识功能不仅关系到对社会现象的认知，也关系到对当前大众审美文化意识和价值观的认知。贺绍俊还指出，在今天，类型文学是通俗文学的基本方式，也是娱乐文学最优化的通道。它能够激发阅读的欢娱，这可能是公共性的、常识性的，也可能是思想性的，但它的方式是寓教于乐，因为娱乐是其最大的功能。类型文学的未来与前景，是研讨会上的另一个中心话题。有人对它持一种怀疑态度，比如，王松说："从写作的角度看，我还有诸多疑问，类型文学是以题材划分还是以写法划分？类型文学可否对生活的某个领域更深入下去？具有活力的创作方式会否变为类型文学？类型文学所具有的适合消费时代的不断复制，能否对当代文学创作起到积极的作用？"徐坤也认为，大量类型文学作品的精神价值缺失，需要引起注意。比如其消费性、娱乐性突出，情节像打游戏一样吸引人，但到达终点却往往是一片空白，没有回味和沉思的价值。类型文学作家们也要具有人文情怀，不可将公正性、善恶是非、悲悯、道德等淡化，这些都是文学的基本立场。因此，类型文学写作者应该增强其写作的责任感、道德感和人文精神，还应该具有将类型文学不断发展完善的决心和毅力。李美皆则断言："《杜拉拉升职记》和《浮沉》是非典型类型文学；典型的类型文学是功利的、催生的，野生的和家养的不同，我在等待它的自生自灭。"另一些人则持一种肯定的看法，并希望加强对其的研究。如陈福民、乔焕江指出，类型文学写作在以前主流的文学传统中是无效存在的，一般都被认为是等而下之、不入流的，甚至被看做垃圾。研究者也存在此问题。但事实是纯文学的价值观念已经不能再掌控对类型文学的研究，因此研究者应尽快更新研究观念和方法。于苇也认为，应该把类型文学放到文学史中加以研究。文学史自身进程是社会进程的反映，理论家应该承担起价值使命，承担起类型文学的导向作用。类型文学也是有多个层次的，文学史的发展会淘汰一切没有生命力的作品。贺绍俊就此指出，经典意识在类型文学中依然存在，一些类型文学也的确从经典中汲取了营养。然而，"类型文学"与"精英文学"是并行不悖的两种文学形态，没必要把"类型文学"抬高到"精英文学"的高度，也没必要以"精英文学"的标准去衡量"类型文学"。类型文学应该及早建立起它自己的批评体系，以促进它的健康发展。

在此次研讨会之后与之外，围绕类型小说的现状与风貌、特点与走向等问题，一些报刊发表了评论文章与记者综述，就此进行了持续而深入的探讨。从讨论的情况看，意见依然比较纷纭，但人们关注的姿态与观察的程度，都显然更为认真和深入。

贺绍俊在《类型小说的存在方式及其特点》（2010 年 9 月 3 日《文艺报》）中，就类型小说的特点做出了自己的概括。他以为，类型小说有四个值得我们注意的特点：第一，类型小说是通俗小说的基本存在方式；第二，类型小说是文学娱乐化功能最优化的通道；第三，类型小说的发展依赖于媒体的发展，媒体是类型小说的助推器；第四，反类型化是类型小说保持活力的内在动力。

夏列在《一个新概念和一种杰出的传统》（2010 年 8 月 27 日《文艺报》）一文中，就类型文学的概念与其背后的动因进行了解说。他认为，类型文学的全称，应该是当代大众类型文学。它的边界既是“当代”，又是“大众”。“当代”，意味着今天所提出与研究的对象——类型文学，是与当代科技和资本相适应的文学创作形态；其中“当代科技”意味着现代性的网络、出版、电子通信和个人电脑终端等科技平台与载体的出现，它们提供了当下类型文学发生、发展的崭新的物质基础，最终与人交互，影响和改变了时代的创作和审美习惯。而“资本”意味着消费市场的构建和扩展，意味着对人们消费欲求的迎合和背后的利润诉求，它敏锐地鼓励和纵容新的创作和审美形态，无论妍媸，重在牟利，它是任何新因素的催化剂，同时也扮演始乱终弃的势利角色。在这个意义上，我们提出和研究“类型文学”就是研究在当代科技和资本以及大众文化场中的一个主干的文学样式，是对“一时代之文学”的研究。

宋杨在《现代类型小说的文体特征》（2010 年 10 月 13 日《文艺报》）一文中，从文体的角度描述了现代类型小说所具有的特征，那就是：（1）类型小说尊重文化习俗，是历史性和稳定性的统一；（2）类型小说的叙事特征不变，始终是内容与形式的统一，粗糙的表象下隐藏着反映社会真实关系的深层结构；（3）类型小说理论滞后，文体特征难以把握。作家虽心态各异，但都与读者关系亲近；（4）类型小说的内在“过渡”，具有技术性和商业化转向。类型小说充满了想象力，同时也具有技术性倾向。由此，他认为，类型文学作为一种文体存在的意义，来自文体结构的自身属性，而根本上存在于类型小说中所包含的非语言的特质中。这种特质既有个人的，也有文化的，同时也取决于来自汉民族文化的思维方式和心理机制等深层结构。但是归根结底受制约于生存境况。每一种文体只有当它的先决条件、它的文化为它获得了地位时才能存在。因此，这种文体从本质上是包含了浓厚的精英意识的，只不过是先有了一个意识形态作为背景，其所指往往被遗忘了。

李师江在他的新浪博客里著文论及类型文学与纯文学时指出："这十年，类型小说是小说市场的一个支柱点。最近的一个比较火的类型当属于职场小说，从'杜拉拉'开始，火了一两年，现在在市场上就要消停了。总体而言，中国市场上出现的类型文学都是短命的，最多领个两三年风骚，热闹之后就全歇了，难以变成长销的类型。并且没有经典的范本。这也是读者好奇的问题，好不容易喜欢上这个类型的小说，看了一本后，就找不到更好的，全都是跟风的。而类型小说家也因为在市场上有一席之地，于是乎叫嚣：凭什么我们就不是纯文学，应该由读者说了算。我见过不少这种研讨会之类的，为类型文学正名。纯文学的大部分作家连市场都没有，更没有机会回应。其实这种争论是在连什么是类型文学，什么是纯文学基本概念都没弄懂的情况下，关公战秦琼式的叫嚣。"

同是作家的王松看待类型文学更显出了难得的宽容，他在《类型化对文学发展的影响》（2010 年 9 月 15 日《文艺报》）一文中谈及类型文学时，先提出了问题所在：无论我们如何评价类型文学，无论我们对这样的作品持什么态度，它在当下都是客观存在的，而且正生机勃勃。但凡事都要有一个底线。在追求娱乐的同时，如何设立作品的道德底线；在追求"发行数"、"点击量"和生产速度的同时，如何控制复制和克隆其他作品的覆盖指数，则是

一个值得探究的问题。由此王松又指出，如果从另一个角度讲，当下的类型文学写作对于传统意义的纯文学写作也还是有一定积极意义的。显然，传统意义的纯文学写作与类型文学写作有着本质的不同，甚至可以说，类型文学的很多写作手法，如果放到传统意义的纯文学写作规范中来考量都是禁忌，比如故事框架和人物性格的模式化。在传统意义的纯文学写作看来，不要说赤裸裸的模式，就是稍有模仿其他作品的痕迹都是极为可耻的。也正是从这个意义上说，类型文学就像是《红楼梦》里那个一直被王熙凤诱惑的贾瑞曾经照过的“风月宝鉴”，它可以告诉从事纯文学写作的作家，要抵抗得住浮华的诱惑，勇于面对现实人生。从这个角度看，文学的类型化倾向也不一定就是一件坏事。

张颐武在回答记者有关如何看待当下中国文学的大众文学和小众文学的关系问题时，明确表示说：大众文学和小众文学的发展可以并行不悖。所谓“大众”文学，是指拥有众多读者的“青春文学”和诸如玄幻、穿越、职场等类型文学；所谓“小众”文学，是指20世纪80年代以来一直当做文学主体部分的那部分文学创作。在20世纪90年代，人们所强烈关心的是大众文化对于“纯文学”的挤压，对于文学的未来表现出了巨大的忧虑。但进入21世纪之后，情况发生了变化，大众文学和小众文学在分化之后平行发展的状态开始出现。这两种文学各有各的读者，各有各的趣味，两者并不构成竞争关系，其发展并行不悖。张颐武指出，这种大众文学和小众文学并行发展的态势已经接近西方社会的文学发展态势，是正常的状态。而如何搭起“大众”和“小众”之间的桥梁是当前需要我们深入思考的一个新问题。

白烨在回答记者关于传统文学与类型小说的各自价值时说：目前在长篇小说领域，基本的构成还是两大类的写作，即以职业或专

业作家为主的传统型或靠近传统型的写作，以业余或网络作家为主的类型化或靠近类型化的写作。比较而言，传统型长篇小说以求在文坛内外留有一定印象为旨归，而类型化长篇小说以求在市场上获取最大影响为目标，这样一种隐性的动机区别，使得人们更为关注传统型长篇小说，并把它看做长篇小说创作艺术水准的更高代表。但对于类型小说作者，也不能轻视。事实上，一些类型小说家在他们的写作中表现出了很高的艺术才情，使得类型小说的整体质量不断攀升。从操持文学、影响受众的大局来看，类型文学的写作者不仅数量众多，而且很有实力，他们已是当下文坛的主力军之一。另外，职业型作家大都基本定型，不会有太大的改变与太意外的发展，而类型化的作家因为尚年轻和未定型，则还可能会有新的成长与变化，并在这一过程中进而走向分化，走向成熟。

白烨还指出：从这样的一个趋势来看，类型小说已是整体文学的一个重要构成。当下文坛“三分天下”，即形成以文学期刊为主导的传统型文学，以商业出版为依托的市场化文学（或大众化文学），以网络媒介为平台的新媒体文学（或网络文学）。而支撑起“市场化文学”和“新媒体文学”，使之成事和成势的，主要是类型小说。而且，传统文学或纯文学因为类型文学的兴起与强势，也有了较量的对象与生存的压力，也会在这种有形与无形的竞争中，不断进取和发展；并且类型小说与它们的作者在进而分化与深化的发展中，从写作追求和后备作者的两个方面均可受益。基于这样的原因，我们对类型小说的现状与发展持乐观态度。

四　青春文学作家办杂志引起关注

近年来已蔚然成风的青春文学作家办杂志现象，起于青春文学作家郭敬明。2004年6月6日，郭敬明发起成立“岛工作室”。在为期两年的时间内，春风文艺出版社出版了12本由郭敬明任监督、企划，由岛工作室制作、名为《岛》的系列书。2006年年底，郭敬明在《岛》之后，又开始运作《最小说》。该杂志在试刊两期后，于2007年1月份全面上市。《最小说》内容丰富多彩，有时尚的摄影、绘画，同时汇集了原创短、中、长篇青春校园题材类的小说，如郭敬明长篇独家连载、专栏文字，人气作者落落、著名漫画家年年等人的专栏。《最小说》在《岛》原有的基础上，融入青春系列杂志的品位和风格，这使它既是一本有一定的可读性与文学性的小说读物，又是轻松娱乐，富有亲和力的休闲杂志，内容和风格更贴近学生阅读群体。2009年，《最小说》全新改版，每月两本，一本上半月刊《最小说》，一本下半月刊《最漫画》。2010年又增加一本下半月刊《最映刻》。三刊合一，全力打造青春文学旗舰。

在郭敬明之外，青春文学作家办杂志陆续登场的还有许多，其中以张悦然、饶雪漫两人主编的杂志类图书饶有特点和较有影响。

张悦然主编的《鲤》，是连续性的主题书，与《岛》不同，它是每期选定一个主题，然后根据这个主题摘录一些文章，还收录了一些原创性文章。《鲤》书系第一辑《鲤·孤独》，以“孤独”为主题，以当下青年最关注的日本流行文学里的强烈孤独感为引子，展现和挖掘了女性“孤独”这一心理状态的不同侧面。第一辑于2008年6月发售之后，又先后不定期地编辑和出版了《鲤·嫉妒》、《鲤·谎言》、《鲤·暧昧》、《鲤·最好的时光》、《鲤·因爱之名》、《鲤·逃避》、《鲤·上瘾》、《鲤·荷尔蒙》、《鲤·来不及》等，约10种。这种又是作品合集，又像是杂志的主题书，既跨越了传统书籍的樊篱，又超越了一般文学杂志的框范，每本均围绕着同一个主题展开。从内容安排上，以文学性很强的作品为主导，题材上以观照当下青年女性的生活状态和内心世界为主。编者曾向人们表示：于作者和作品而言，《鲤》是一个优雅而尖锐的容器，把好的小说和动人的图片盛放起来，交相辉映。于读者而言，《鲤》是一个全新的阅读门户，打开它，纵身其中，便可开始别样的阅读之旅。但就《鲤》已出版的各辑来看，它的文学性与思想性相兼顾的思路，青春性与女性化相杂糅的个性，显然带有同仁刊物的一定特征。

饶雪漫此前主编有《漫女生》，2009 年更名为《最女生》出版，而《最女生》除了由她担任主编，还签了10 位年轻作者，提出要打造《最女生》作者群，推出写作新人，形成稳定的写作群体。为了与郭敬明主编的《最小说》相区别，《最女生》的主要读者定位为 16 ~ 20 岁的女性，目前的出版数量大约为每期 20 万册。随着杂志的出版，《最女生》青春书系《小宇宙》、《遇见双子心少年》、《不消失的恋人》等作品也相继推出。《最女生》虽然主要面向年轻女性读者，但竞争对手显然是郭敬明的《最小说》，其操作模式也有着浓厚的《最小说》的影子。

在《最女生》之前，郭妮担任主编的《火星少女》以及明晓溪的《公主志》、蔡骏的《悬疑志》等以个人为销售品牌的杂志也都曾经大受欢迎，《火星少女》销量最高时达到每期 15 万册左右。而这些杂志一个共同的特点便是依靠主编的个人品牌吸引力。郭敬明、饶雪漫、郭妮、明晓溪等，都是青春文学市场上最畅销的作家，而蔡骏，也是悬疑写作领域年轻的领军人物。

2010 年 12 月 28 日，长江文艺出版社推出了分别由著名青春文学女作家笛安和落落主编的文学杂志《文艺风赏》与《文艺风象》的创刊号《文艺风》合刊。这个属于郭敬明团队的两份青春文学杂志的问世，使得张悦然的《鲤》，饶雪漫的《最女生》，都遇到了新的竞争，面临着新的挑战。

由笛安和落落分别担任主编的《文艺风》提倡用文学的方式关注社会热点，强调人文关怀。《文艺风赏》第一期，以“爱刑海”为命题，突出“新审美观”。该期组编了国内中青年两代顶尖作家精品佳作，从作者到作品，都不局限于青春文学题材和青春文学作家群体。《文艺风象》被称为国内第一本以“治愈”、“温暖”为内核的视觉文艺杂志，将文艺立足于日常生活，用图片、绘本以及文字给读者带来前所未有的立体式阅读美感，主编落落主张“文艺”也可以“流行”，杂志旨在为读者提供一个“疲惫生活里的温暖梦想”。据悉，《文艺风》合刊首发25万册，永不加印。之后《文艺风赏》、《文艺风象》分别以单双月为期上市。

此前，韩寒主编的《独唱团》于7月6日面世之后，没有了下文。但据说首印50万册左右，已全部售罄。针对公众对《独唱团》的关注，以及韩寒的“不签售、不剪彩、不讲座”也已引起不小的骚动，著名图书策划人路金波得出“娱乐化是青春文学的根本趋势”的结论。

白烨在接受记者采访时也说：“我在跟踪‘80后’的过程中，当然也要观察其中之一的韩寒。我觉得‘80后’群体这些年一直在持续分化，在文学写作中真正的代表者是颜歌、七堇年、笛安、张悦然等。韩寒是社会批判倾向的代表，他是‘意见领袖’包装的偶像作者。不能说他们没有进入文坛，但进入的是与传统型文坛不同的另一个文坛，那就是市场化的文坛。”“这也是他们与老一代文学人不同的地方。在他们眼里，商业与文学没有界限，娱乐与写作没有区别。他们是以被当娱乐明星为荣的。因为人气对于他们来说，与名气直接相关。”关于青年作家办主题杂志的前景如何，白烨认为：“现在真正买书看的多是中学生、大学生。其中有很多人是主编的‘粉丝’。这样看来，他们顶多使自己成为一张‘文学名片’，然后再乘势打造‘文学品牌’。这是对他们的隐形能量与潜在影响的再发掘、再延伸。”评论家王干说：“它是依据市场规律，也是根据青年喜好。前景不会差。”

以《最小说》为代表的青春杂志，似乎并未对传统文学领域产生多大的影响，但其巨大的发行量和影响力，实际上已在悄然改变着当代文学的结构。以《最小说》为代表的青春文学不再仅仅受到青少年读者群体的钟爱，也正以自身与众不同的特点日渐受到文艺界和学界的关注。2011 年第 1 期《当代作家评论》发表多篇署名文章对青春文学杂志现象进行了探讨。

上海大学文学院博士研究生王昱娟注意到，《最小说》与其读者之间构成了一种很特殊的关系，这种关系和具有独创性的文学作品及其读者之间的关系是不同的。青春文学有着明显的类型化倾向，其涉及的几个固定的主题一般都是当下青少年心理状况调查中比较突出的问题。如果把《最小说》当做社会青年人心理状况的一个集中表现，它以通俗文学的方式为我们提供了了解当下青少年心理状况的另一种途径，惟其“类型化”特征，或许比问卷调查所能呈现的状况更接近真实。透过它所看到的“青春叛逆期”，实际上呈现的，是顺从而非反叛，是依附而非独立，是保守而非激进，是实用理性而非感情至上，青春期、被叛逆而非现代文学传统中那个具有生产意义的、真实的反叛。

在上海大学中国现当代文学博士生张永峰看来，“少年新文艺”之所谓“新”，是因为其不再具备独创性，其接受者也不再要求独创性。具有独创性的文学往往能够对现实世界提供批判性的理解和反思，以图探求更合理的未来。而郭敬明的“新文艺”拒绝文学的独创性，意味着它诉诸不同的主体，具有相反的社会功能，

即拒绝探求更合理的未来，为既定社会秩序再生产服务。随着理想主义消失和市场逻辑、金钱法则统治社会，当今青少年日益被困于给定角色的牢笼。这种“给定”一是来自家庭和学校，二是来自社会秩序。郭敬明的“新文艺”为读者设置了一个明显的阅读位置，这个位置就是向既定的社会秩序臣服、向财富及奢侈消费跪拜的主体位置，这也是一切阅读快感的来源。不过，这个位置太过明显，设计得不够隐蔽自然，其人为造作一旦被发觉，整个骗局很容易被看穿。这也是读者过了一定年龄、有了更高认识能力后就不再喜欢郭敬明的原因。

上海大学中文系的韩国留学生金昭英认为，与传统意义上的严肃文学期刊相比，《最小说》刊群不仅与网络上的写作风格关系很密切，而且与“80后”、“90后”作者和读者的文学趣味息息相关。其自我定位和吸引读者的措施，将许多不同的因素混在一起，构成了青春出版物的多副面孔。它拥有青春文学所具有的阳光、快乐、感情丰富、自由、反叛等特点，努力为青少年读者营造一个理想的世界；它具有娱乐性质、时尚倾向和公益爱心，会依托多种形式的媒体举办活动。此外，《最小说》刊群也常会通过严肃文学的光环来提高自己的身价。通过多副面孔的精心编排，刊物在各个领域具有了很强的适应能力。除内容编辑的技巧外，这亦可看做是以资本与权力密切结合为基本特征的“新的支配性文学/文化生产、流通机制”的产物。

上海大学教授王晓明认为，郭敬明其实是一个复合体，有作家的一面，也有经纪人的一面，更有出版商的一面。他作品的文本内容和形式，常常是生于对这部作品营销的内容和形式。郭敬明的作品不仅是自己的好几双手敲出来的，更是他背后的那些分别支配了这些不同的手的更大的社会势力，一齐牵引着敲字的方向。日渐庞大的中国特色的文化工业，才是郭敬明式的“文学”的真正作者。

面对各种看法与议论，青春文学杂志的主编们依然坦然而自信。郭敬明信心十足地说道：“我不会理会现在的评论，《最小说》的艺术成就，十年后大家便知。”张悦然也表示：在做杂志和写作之间，她仍然在坚持写作这一条“寂寞之道”。“很多人一看到《鲤》的时候，就说它是很小众的，并且担忧市场。事实上，我没有想过小众和大众的问题。我对于市场没有太多想法。”“《鲤》以高标准来选择文章的成果，总有一天会被社会认可和接受。”

（本章执笔　中国社会科学院文学研究所研究员　白　烨）

B.11

作家身影与文学声音

一 铁凝：期待中国文学自信地融入世界

当代汉语写作的世界性意义，按照我的理解，它实际上是说，在当今世界上，我们如何看待和估价中国当代文学，中国人如何在世界背景中认识自己文学的价值，我们的作家如何在世界背景中认识我们写作的意义。

我认为这确实是一个重要问题。在今天，随着中国国际影响的扩大，中国文学也在逐步向世界打开，世界渴望了解中国，中国的作家们也越来越多地出现在世界各地的读者面前。在今天，一个优秀的中国作家，他的读者不仅在我们这片辽阔的国土之上，通过翻译，他的读者还可以在纽约、在欧洲的某个村子，在亚洲或非洲的某个城市。我是一个写作的人，我相信这种情景会或多或少影响作家的写作，写作的时候，你会感到除了你熟悉的人们，你可能还面对着陌生的人们，面对着文化背景、文学传统、价值理念和生活经验差异极为悬殊的读者，你面对这样一个广大的、有着巨大差异的世界书写，这时你会思考这个问题：当代汉语写作的世界性意义。

我想，这个问题摆在作家面前，同时摆在学者和评论家面前，甚至摆在中国和世界各地的读者面前，我们的文学究竟应该怎样站立在世界文学之林，我们又应该如何在这个千差万别的世界中看待自己的文学，这关系到中国文学如何发展，如何塑造和伸张自己的特性。

我满怀期待地希望听到我们的学者们、评论家们在这个问题上的思考和见解。就我个人来说，我想文学的根本精神是让人们的心灵能够相通，我们应该敞开胸怀，与世界各国人民对话，我们要吸收和借鉴世界上一切优秀的、富有创造性的文化成果，我们要在和世界各国的作家和学者的交流中丰富我们对文学的认识。但同时，作为一个作家，我也经常意识到，我的写作牢牢扎根于我的土地和我的人民。当我坐在书桌前，我的书写首先根本上是面对着和我分享共同语言、历史和经验的同胞们，如果我的感受、想象、思考首先能够在他们那儿得到呼应，我相信我就能够自信地面对世界其他地方的读者，如果我们能够经受住来自我们的语言、历史和经验的文学传统和文学标准的考验，那么我们就能够坦然地带着我们的作品加入到世界文学的行列。

100 年前，正是古老的中国文学面临复杂艰巨考验的时刻，这种考验也包括今天这个主题——中国文学的世界性意义，当时汇集在北京大学的先贤大师们勇敢地、创造性地回应了这个考验，为中国文学开辟了一条走向世界的道路。

今天，一个世纪飞逝，我不禁想到，100 年前，那些先驱们，他们是如何想象 100 年后的中国文学？我想，他们一定希望中国文学能够自信地参加到世界文学的对话中去，他们一定期待着我们的作家们、理论家和评论家们能够生动而有力地向世界表明和阐明中国人的经验和梦想。

文学创作与文学生活、学术、思想、理论、评论，有着紧密的亲缘，这一传统至少可以追溯到 100 年前现代文学的草创时期，理论家和评论家们对时代社会的分析，对文化、对文学的思考，对创作现象和作家作品的评论，一直是，今后也仍将是推动中国文学发展的重要力量。我相信，在我们持续不懈的努力之下，中国的文学会以更深入、更鲜明、更丰满的面目走向我们的民众。

（原载2010年11月19日《人民日报》）

二　刘震云：有话就和作品说

“作者其实只是倾听者”

记：有人认为您是站在“平民立场”的“新写实主义”作家。

刘：首先这个“平民立场”，我认为看世界的角度有很多，我感兴趣的是个体的角度，生命的角度，生活的角度。再说这个头衔，我从来不认为创作是个多么高尚的职业。有的作者在谈创作时总说，写作是多么伟大的事，是多么艰苦的事，苦其心志、劳其筋骨还未必能写成。那你干什么当作者？那你干点别的嘛！我写作只是做我自己喜欢的事，不会在意别人加在我身上的头衔。

记：这样的写作视角和笔触是否跟您的成长经历有关？当作家是您从小的梦想吗？

刘：文学创作有两个阶段，第一个是写作经验少、年轻的时候，会喜欢用复杂的事说复杂，但当作者人生阅历多了以后，会喜欢用简单的事说复杂。我大学毕业后在《农民日报》工作，那时开始写作。写作不是你向生活要什么，而是生活对你说。生活会让人自然而然地产生一些不同的想法。最后你发现，是书里的人物有话和你说，作者其实只是倾听者。

记：那么看似简单其实复杂的一部《手机》，是否是您后一种观念的践行？

刘：你分析得对（笑）。

记：看了一些采访，您特别喜欢提您母亲。

刘：我的母亲、我的外祖母都对我的一生产生了深刻的影响。我的母亲告诉我当作家是个非常容易的事（笑）。

“我没想要故意幽默”

记：从第一部小说《塔铺》到最近的《一句顶一万句》，您最喜欢或最看重的是哪一部？

刘：“我的故乡”系列在往下走，“一”字头系列也在走，像《一地鸡毛》、《一腔废话》、《一句顶一万句》。“我的官场”系列也在写，以前写《官人》，后来看到很多人在写，我就不写了。《我叫刘跃进》之后，我还要写“我叫某某某”。每个作者，他最好的作品都应该是下一部。

记：有人说写作需要天赋，有些作家一个月就能写一部长篇小说，您的创作方式是行云流水还是精雕细刻？

刘：一个月写好一部长篇小说应当说是有天赋。我写《一句顶一万句》用了四年。我觉得个体是最容易客观地反映这个世界的存在。客观是什么？是每一个生命和世界发生的关系，即使是群体在做同一件事，也是由每一个个体在体验这样的关系。看似群体能够代表大家，但实际上，只有个体和个体对这个世界的体悟才能代表大家。所以，无论行云流水还是精雕细刻，只要能从个体体悟出客观世界就可以了。

记：无论是您的小说还是据此改编的影视剧，读者或观众都感受到一种“刘式幽默”。

刘：一般都认为幽默是一种手段，你想写得很幽默，这是最麻烦的。相声可以这样，小品也可以，因为它的目的就是让人笑。但

是如果在写作上把幽默当手段，那真是不理解幽默是什么。这样的作家我劝他还是算了吧！您是一个严肃的人，您就按照严肃的态度来对待生活，还稍微自然一点，是吧？写作的幽默，得把词语剔去。我没想要故意幽默，是这个事本身很幽默，你不用去夸大它的幽默性。

“有话可以和作品说”

记：电影《甲方乙方》、《桃花运》与最近的电视剧《手机》，您都客串表演了。

刘：客串个电影、电视剧，在我看来就像去菜市场买菜，小贩说，“大哥，麻烦您给递个秤”，我就把秤递过去，捎带手的事儿。

记：您给自己的表演打几分？

刘：勉强及格吧。在电视剧《手机》里，我的表演遭到了“王道”组合的批评，说我太业余了。我说在表演这个领域我是业余，在写作这个领域你们是业余的。

记：演小角色和写小说的体验有什么不同？

刘：电影关心的是上到桌上的一盘菜，色、香、味俱全，而小说关心的是厨房里操作的过程，剥葱剥蒜，菜下到油锅里，腾出的火苗和“滋啦”的声音。

记：影视让您的作品从“猫”变成了“虎”，也让您的名声得到更大范围的传播。

刘：我不是一个非常爱惜自己羽毛的人。我写完小说，出版社的金大姐就说：“刘老师，你种出了瓜，接下来就该卖瓜了。”影视也是我卖瓜的一个过程。

记：您最喜欢的生活和工作的方式是什么？

刘：我觉得现在的生活方式就挺好。生活对我还有话说，我还可以写出来，写下去。

记：你曾说“做你自己喜欢做的事情”。生活或工作中，您会碰到“悖论”吗？

刘：世上人很多，但每天需要对付的也就是身边那几个人。

记：自由对您来说，意味着什么？

刘：目前来说，自由是可以没有约束地写下去。写作时不孤单，有话可以和作品说，它让我痴迷，是文章在写我。

（选自2010年6月11日《解放日报》，
姜小玲　李君娜文）

三　李佩甫：中原厚土孕育优秀作家群

平原情结深藏在我的心中

见到李佩甫时，他正忙于写作长篇小说《生命册》。这部新作将和《羊的门》、《城的灯》一起构成“平原三部曲”。出生于豫中平原的李佩甫多年来在作品中着力挖掘中原文化底蕴，表现中原人民的生命状态。30多年的写作生涯，李佩甫推出了《羊的门》、《城的灯》、《李氏家族》、《等等灵魂》等8部长篇小说，《黑蜻蜓》、《无边无际的早晨》等6部中短篇小说，《颍河故事》、《难忘岁月——红旗渠的故事》等6部电视剧剧本，曾获全国庄重文文学奖、“五个一工程”奖、人民文学优秀长篇奖等多项大奖，部分作品被翻译到美国、日本、韩国，在文坛产生广泛影响。

李佩甫说：“每个作家都有他最熟悉的地域和生活，我在平原上长大，我热爱这片土地，心中有着挥之不去的平原情结，所以平原就是我的写作领地，我在作品中一直进行着‘人与土地’的对话，或者说我始终关注‘土壤与植物’的关系。”

“写作就是用认识的光照亮生活。我经常问我自己，这块土地上最好的植物能长成什么样？我把人作为植物来写，主要是写生命的丰富性。我作品中的人物、事件往往是我在头脑中酝酿多年，慢慢发酵，在某个偶然的时机成熟，跃然纸上。”李佩甫说，作家应具有理想主义特质，有悲悯之心，“因为文学创作不等同于记录具体的社会现象，文学是精神产品，创作者要把生活的真实放到自己构想的生活沙盘中，要坚守自己的创作理念，这样才能写出好作品”。

河南文学正处于最好时期

谈到河南文学的成就与发展，李佩甫说，河南文学正处于历史上最好的时期，“新中国成立到改革开放前，河南几乎没有什么长篇小说，如今每年都有200多部长篇小说问世，可谓百花齐放”。

李佩甫介绍，目前，活跃在一线的豫籍作家仅北京就有周大新、刘震云、阎连科、刘庆邦、柳建伟、朱秀海、邢军纪等十多位，河南还有一大批……他们精力旺盛，创作活跃，不断推出有影响力的作品，“经过几十年的努力创作，中原作家群在全国文坛无论是作品的数量还是作品的质量，都排在前列，具有很高的声望。中原作家群已经形成梯队，老一代作家宝刀不老，中年作家辛勤耕耘，青年作家迅速成长，文学创作保持老、中、青三代作家交相辉映的强劲势头”。

“另一方面，在网络时代，中原作家群直面挑战，2008年，他们集体签约新浪网，率先与网络文学接轨，显示了雄厚的创作实力。刚刚落幕的第五届鲁迅文学奖颁奖典礼上，我省作家郑彦英、乔叶同时获得大奖，令人振奋。”李佩甫说。

中原作家群在坚守中突破

谈到中原作家群，李佩甫深情地说，生长在中原大地上的作家，深受传统文化的浸润和滋养，具有可贵的坚韧性和包容性，“他们为人低调踏实，不浮躁，不炒作，不张扬，他们耐得住寂寞，总是埋头创作，默默地拿出有分量的作品”。

李佩甫说：“改革开放30年来，河南文学能取得今天的成就，与河南作家的这种可贵品质密切相关。目前，包括豫籍作家在内的整个中原作家群成为全中国最大、最有影响力、最整齐的一个创作群体。”

“2010中原作家群论坛”将于11月23日在省会郑州召开。届时，一批全国知名作家和评论家将出席论坛，就如何进一步发展繁荣河南文学提出目标和举措。李佩甫说，在当前这个变革的时代，如何在坚守自身信念和文学精神的同时取得新突破，也是我们面临的一个问题，“此次论坛既是中原作家群风采的展示会，又是一个为今后创作明确方向的研讨会。这对于河南文学发展来说是一个契机，中原作家群将由此实现新的突破”。

（选自2010年11月17日《河南日报》）

四　张炜：超级长篇是如何炼成的

前些日子和作家莫言聊天，谈起理想的话题，他说自己的理想总是不停地变来变去。我问：“那您现在的理想呢？”他笑言：“像张炜一样写一部400多万字的长篇。”

莫言指的是《你在高原》（作家出版社）。如中国作协副主席、

作家出版社社长何建明所说，这部作品规模庞大，“是我所知道的小说领域中字数最多篇幅最长的纯文学作品（历史小说和通俗小说等除外）”。

不少读者的疑问是：在一个人们空前忙碌、读书时间被挤压得所剩无几的时代，张炜为什么会去写部头如此之大的作品？这十卷本的作品，是怎样完成的？在如此浮躁的时代，又有多少人能静下心来，愿意沉浸于这样从容缓慢的故事？

为“了不起的一代人”立传

1993 年，有一场人文精神大讨论，其中“二张二王”之争颇为引人注目。所谓“二张”是张炜和张承志，“二王”则是王蒙和王朔。这场大讨论与 20 世纪 90 年代的社会转型有关，但也不止如此，它实际上反映了一代人精神上的困惑。对于 50 年代前后出生的人们来说，受着理想主义的教育长大，如今面临的却是一个全然不同的世界，怎能不感到困惑？张炜说：“我总觉得，不了解这批人，就不会理解这个民族的现在和未来。于是我始终有种冲动，好好写写他们。”

他说：“这一代人经历的是一段极为特殊的生命历程。在相当长的一个历史时期内，这些人都将是具有非凡意义的枢纽式人物。这批人经历了多少事，反右、挨饿、‘文革’、改革开放、文学热、商业化，他们承担的多，分化也厉害，紧紧抓住这拨人写，太重要了。”对于这一代人，张炜用“了不起的、绝非可有可无的一代人”来形容。他说，自己身上有这一拨人共同的优点和弱点。不停地反思和批判，作品写的就是这个过程。

“我动手写下第一笔的时候是八十年代末。如果事先知道这条长路最终会怎样崎岖坎坷，我或许会畏惧止步。”张炜说，写这部书实在是盛年之举。他无论如何也想不到，要为它花去整整20年最好的光阴。

用20年最好的光阴书写，盘桓在他心中的目标是什么？他回答："我想借助它恢复一些人的记忆，想唤起向上的积极的情感，还想让特别自私的现代人能够多少牵挂一下他人，即不忘他人的苦难……这都是很难的、很高远的目标，所以才应该不懈地做下去，一做二十多年。"

作品中人物缘自童年的理想

细细追究起来，把作品的主人公定位于地质工作者，大概缘自张炜童年的理想。

"我出生的地方在海边的林子里。小时候，母亲和外祖母都很忙，我常常独自在林子里、海边玩。后来看到很多帐篷，原来那里发现了石油、金矿、煤矿，地质队来了。我很孤独，就常常去帐篷玩，去睡觉，听地质队员讲故事，看他们工作。"地质队员的生活和工作对张炜是极大的诱惑，同时也埋下了当地质工作者的梦想和情结。后来上了师范的张炜，也始终关注地质工作者的事。至今，他的帐篷等地质行头仍一应俱全。

张炜将这十卷书，称为"一位地质工作者的手记"。他接着说，为什么选择写地质，还有一层原因，是因为地质的思维材料更结实，植物学、土壤学、岩石、动物、山脉、河流，现在的文学，虚幻的东西太多了。这么长的书所需要的材料以及对现实的理解，并非一般的要求。虚构作品必须较真，大虚构就要求大较真。

一场持久的战役

《你在高原》的写作，起源于张炜的挚友（宁伽）及其朋友的一个真实故事，受他们的感召，张炜在当年多少也成为这一故事的参与者。“当我起意回叙这一切的时候，我想沿他们走过的每一个地方全部实勘一遍，并且给自己制定了一个严密的计划：抵达那个广大区域内的每一个城镇与村庄，要无一遗漏，并同时记下它们的自然与人文，包括民间传说等等。”

1987 年，他开始实行他的行走计划。在回忆张炜当初的写作情形时，山东作家宫达说：“他在半岛地区进行区域考察时，借住在一个旧楼里。冬天，没有暖气，只有一个小电热器放在写作的房间里烘一烘双腿。到过他房间的人穿着棉衣坐久了，都觉得手脚冰凉，打寒战。夏天，一台老式电扇不停地旋转，说是降温，由于电机长时间工作，吹出的风都是热的。吃饭更简单。他将饭分成七天份额，然后放在冰箱里冻起来，吃的时候用蒸锅热一热。那几年里，他每天的三顿饭几乎都是这样。”

他用多年时间走遍了那个地区的山山水水。他熟悉了每一条河流和山脉，熟悉了那里的大多数植物和动物。这期间，他自修考古学、植物学、机械制造、地质学，是一个吞食书本的大功率机器；他密密麻麻地记下了数十本田野笔记；在 20 多年间，他搜集的民间资料就有几大箱子。

他原计划在 40 岁的时候完成这部作品。1990 年发生的一场车祸，使他的行走计划在进行到 2/3 的时候，被迫中止。由于医生没处理好胸膜和肋膜，张炜前后住了三次医院，有时候一住就是三个月，出院后写作速度就慢了。

“我用笔写完，大姐帮我输入计算机，我在计算机上一改再改。我眼睛出了问题，最初是五号字，后来小四号字、四号，最后改完是三号字，放大了看，眼睛才舒服。”每一卷作品，大则“伤筋动骨”地改四五次，小则几十次地修改。打印后，他复印几十份，让一些能讲真话的哥们儿读。“他们都把书稿往死里砸，我记下他们的意见，不马上改，沉淀一段时间，有时是过了四五年，回头再改。”

他说，这次写作，对他来说，绝不是一次战斗，而是一场持久的战役。

“不为读者写作”

洋洋450万言的巨著出版了。无疑，这部书将是对读者耐心的极大考验。有人提出，既然每一卷都可以作为独立的故事来看，为什么不写一卷就出版一卷？张炜也认可，这样的话无论从接受方便还是写作节奏上看，都要好得多。“可是我试过，不行，因为它毕竟不是通常说的那种‘系列小说’。”他曾经试着出版过一两部，但因为写作时间拖得太长，人物关系及细节出现了衔接上的问题，他必须停下来，耐住性子从头一点一点改好，使之在最细微的地方统一和谐起来。

39卷，10个单元，张炜并不是从头写起的，而是事先严格布局之后，再根据写作状态，挑出某一卷来写。它们在全书的位置是固定的，但最后安放上去是否完全合榫，需要最后修理一番，更何况还有全书韵律的把握、文字色彩的协调等等，都要求通盘考虑。

“你说一点没有考虑读者的角度，那不可能，但我基本不考虑。”张炜说，写作《你在高原》之前，《古船》等作品获奖不少，但他总觉得内心巨大的压力和张力没有释放，无论是艺术还是精神方面的探索，都还没有“掀开盖子”。“我写作，基本不考虑读者，讨好读者而过分考虑市场，写出的作品不是严格意义上的纯文学，这话或许有点极端。但为读者去写，作家必然做出很多妥协。”

他举例说：有人谈到文学的世界性时说，越是民族的越是世界的；从阅读上看，是否也可以说，越是自己的越是大众的？这样理解，或许压根就不存在一个为博得时下读者的喜欢而写作的问题了。

再说，某些所谓的“读者”喜欢什么，我们大致心里都有数。满足他们，就等于取消自己。张炜说：“回避某些读者，不与其对话，这恰恰也是一部分写作者最好的状态，是确保他整个事业健康发展的一个重要条件。这种回避，才会赢得时间的检验，最终也将获得最多的阅读。”

写作如日常劳动

从1973年的《木头车》开始，张炜在漫长的文学道路上奔走了37年。他的全部著作加起来已达1250万字，包括18部长篇、11部中篇、130多个短篇和300多万字的散文文论以及两本诗集。《古船》被海外誉为“五四以来最伟大的长篇小说之一”，被评为“世界华语小说百年百强”（《亚洲周刊》），被评为“金石堂选票最受欢迎的长篇小说”，还被法国教育部和科学中心确定为高等考试教材。世界最大的出版机构哈柏·柯林公司向全球推出现当代中国文学时，《古船》是唯一入选的中国当代作品。《九月寓言》与作者被评为“九十年代最具影响力十作家十作品”。

张炜取之不竭的创造力就像一个谜，留给读者无限期待的空间。张炜的底气和耐力来自哪里？

“写作如日常劳动，人们对日复一日在田里劳动的人，并不会觉得奇怪。这对我是很自然的事。”他回答的语气轻松平淡。

（选自2010年6月12日《中华读书报》，舒晋瑜文）

五　陈平原：中文百年，我们拿什么来纪念？

1910~2010年，北京大学中文系建系100周年。作为中国最早的中文系，其建立标志着中国语言文学开始形成现代的独立的学科。中文百年变迁，对中国意味着什么？

创办肇始：不是重要，而是人才多、花钱少

新京报：1910年3月31日京师大学堂成立的“中国文学门”，是我国最早的中文系。在西方现代大学的学科中，法学、医学和神学是三大最古老的学科，那么中国现代大学创建中文学科的初衷是什么？

陈平原：晚清提倡“新教育”者，一开始并没把“中国语言文学”作为相关诉求。时人普遍贬考据、辞章、帖括为“旧学”，尊格致、制造、政法为“新学”，教育改革的重点在“废虚文”而“兴实学”。

新京报：可“文学教育”最终还是进入了改革者的视野，为什么？

陈平原：因为不管是举人梁启超，还是大臣张百熙、张之洞，一旦需要为新式学堂（包括大学堂）制定章程，只能依据当时的译介略加增删。而西人的学堂章程，即便千差万别，不可能没有“文学”一科。于是，不被时贤看好的文学教育，由于大学堂章程的制定，居然得以“登堂入室”。

新京报：有点阴差阳错的味道。

陈平原：对比晚清三部大学堂章程，不难感觉到文学教育的逐渐浮出。1898年的《总理衙门奏拟京师大学堂章程》开列十种

“溥通学”，十种“专门学”。前者“凡学生皆当通习者也”，故有“文学第九”之列；后者培养朝廷亟须的专门人才，故只有算学、格致学、政治学（法律学归此门）、地理学（测绘学归此门）、农学、矿学、工程学、商学、兵学、卫生学（医学归此门）。也就是说，“文学”可以作为个人修养，但不可能成为“专门学”。

新京报：问题在于“文学”还是成了一门“专门学”。

陈平原：因为在1902年，张百熙奉旨复办因庚子事变毁坏的大学堂，并“上溯古制，参考列邦”，拟定《京师大学堂章程》。此章程对“功课”的设计，比戊戌年间梁启超所代拟的详备多了，分政治、文学、格致、农学、工艺、商务、医术七科。文学科又有经学、史学、理学、诸子学、掌故学、词章学、外国语言文字学等细日。将“词章学”列为大学堂的重要课程，不再将其排除在“专门学”之外，总算是一大进步。

新京报：是什么原因让“文学”从“专门学”变成了一门重要学科？

陈平原：第二年，也就是1903年，张之洞奉旨参与重订《大学堂章程》，规定大学堂内设经学科、政法科、文学科、医科、格致科、农科、工科、商科等八个分科大学堂（接近欧美大学里的“学院”）。

其中，文学科大学分九门：中国史学、万国史学、中外地理、中国文学、英国文学、法国文学、俄国文学、德国文学、日本国文学等。不用说，后五者纯属虚拟。与中国文学门从课程安排、参考书目到“文学研究法”都有详尽的提示截然相反，英、法、德、俄、日这五个文学专门，均只有不着边际的寥寥数语。单有设想不行，还得有合格的教师、学生、校舍以及教学资料。1910年京师大学堂各分科大学正式成立，其中有虚有实；中国文学门之所以步履比较坚实，不是因为它格外重要，而是因为我们这方面的人才很多，而且花钱较少。

学科初衷：担心中国传统文化价值失落

新京报：当时设立中文系的初衷是什么？

陈平原：设立中文系的“初衷”是什么，这很难说。到底是根据“上谕”、“章程”，还是主持其事者的论述？一定要说，我推荐张之洞的思路。

1903 年，晚清最为重视教育的大臣张之洞奉旨参与重订学堂章程，“参酌变通”的指导思想，在同时上呈的《学务纲要》中有详细解释。其中最重要的一条，就是强调“学堂不得废弃中国文辞”。以主张“中学为体，西学为用”著称的张之洞，强调“中国文辞”不可废弃，与其说是出于对文学的兴趣，不如说是担心“西学东渐”的大潮过于凶猛，导致传统中国文化价值的失落。

新京报：经过 100 年的发展，目前的中文学科体系是否完善，与初衷是否一致？

陈平原：历经百年的演进，中国文化依旧屹立，而且时有创新，并没有因西学输入而失落，这点很让人欣慰。

而中文系的教学与研究，虽说以我为主（这是学科性质决定的），但从一开始，就有“世界史”、“西洋文学史”、“外国科学史”、“外国语文（英法俄德日选习其一）”的课程设计。

至于学科体系，不用说大家也明白，不可能永远停留在晚清照搬西方及日本学校课程表的水平。

新京报：能否举例说明一下？

陈平原：我曾举过一个例子，1915 ~ 1916 年京师大学堂“中国文学门”的课程总共有九门：中国文学史、词章学、西国文学史、文学研究法、文字学、哲学概论、中国史、世界史、外国文；而2009～2010学年第二学期北大中文系开设的研究生课程，总共是57门。课程并非越多越好，我们正在自我评估；但这起码说明一点，所谓“学科体系”，不可能一成不变。

新京报：一个有趣的现象，很多大学里的中文系都“升级”为学院，包括专业设置也不统一。

陈平原：今天中国大学里，很少有像我们这样依旧还叫“中文系”的，绝大多数都升格为“文学院”或“文学与新闻传播学院”了。这是自我定位的问题，无所谓好坏。之所以选择相对保守的路径，与我们定位于精英教育有关，本科生80%进入中外各大学的研究院继续深造，不适合做“短平快”的设计。

中文价值：要产生影响社会进程的“思想”

新京报：中文学科这100年，最大的启示是什么？

陈平原：我不止一次提及，不能将我们的中文系跟国外著名大学的东亚系比，人家是外国语言文学研究，我们是本国语言文学研究，责任、功能及效果都大不一样。

作为本国语言文学的教学及研究机构，北大中文系的独特之处在于：我们除了完成教学任务，还有效地介入了整个国家的思想文化建设。这是一种“溢出效应”。也就是说，我们的教师和学生，不仅仅研究本专业的知识，还关注社会、人生、政治改革等现实问题，与整个国家的历史命运紧紧联系在一起。

这个传统，在我看来，永远不能丢。

新京报：这一观点基于什么考虑？

陈平原：我们要出容易获得承认的学科体系内的科研成果，也要出不太容易被承认的跨学科著述，还希望出不怎么“学术”但影响社会进程的“思想”。这就需要一种开阔的视野以及从容淡定的心态。

新京报：恕我直言，现在这种心态已经是非常罕见了，是不是有点理想化？

陈平原：我承认，这一追求，跟目前的评估体系不太吻合，会有很多遗憾。到底是“快马加鞭”好，还是鼓励“十年磨一剑”，我相信老大学的著名院系都面临这个问题。

当领导的，顶住压力，给老师们创造尽可能宽松的学术环境，前提是，同事大都认同这一理念，且自觉地奋发图强。若不是这样，外无评估的压力，内无奋斗的动力，回到吃“大锅饭”的时代，注重“人情”而不是“学问”，那也很危险。

新京报：一直以来，社会上包括高校内都以“万金油”来形容中文系科，您同意吗？

陈平原：称中文学科为“万金油”，大概是指其适应面广，专业性不强。这大体属实，但并非缺陷。

“文革”前，中学生就算“知识分子”；现在呢？中国的高等教育已经大众化，大学生毛入学率（即同龄人中能够上大学的人口），1998年是10%，现在是25%，教育部定下目标，2020年达到40%。这种状态下，我们反省本科教育的专业化程度到底应该多高。

在我看来，有些技术性的活，岗前培训就行了，根本用不着念四年；有些高深的学问，到研究院再学，一点都不迟。像中国这样，高中就开始文理分科，而且本科阶段就设商学院、法学院，我以为是不妥的。

新京报：你认为大学应该怎么学？

陈平原：大学四年，能获得人文、社会或自然科学方面的基本知识，加上很好的思维训练，这就够了。

问题在于，在中国，大部分人还是把“上大学”等同于“找工作”。假如有一天，念大学和自己日后所从事的职业没有直接对应联系（现在已经有这种趋势，尽管不是自愿），我相信，很多人会同意我的看法：了解社会，了解人类，学点文学，学点历史，陶冶情操，养成人格，远比过早地进入职业培训，要有趣，也有用得多。

这样来看中文系、数学系等基础性学科，方才明白其在本科教育阶段的作用及魅力。

新京报：有数据表明，现在每年报考中文专业的学生逐年呈下降趋势，报考北大中文系的学生人数（主要指本科生）也下降吗？是中文系科的问题，还是社会发展的问题？

陈平原：这个问题本不想多说，你既然追问，我如实汇报：托北大这块金字招牌的福，我们的本科招生情况很好。最近 30 年，北大中文系没有扩招，一直稳定在 80～100 人，视每年考生水平而略为上下浮动。今年情况尤其好，最后录取了 106 人。本来我们在京计划招收 5 人，可录取线上共有 27 人报考，最终录取了 13 人。

社会认知：要相对脱离一时一地的就业市场

新京报：学科就业率应该也算是学生报考时的一个重要参考。温儒敏教授（原北大中文系主任）曾说，“文气”应该是中文系学生的强项。您认为“文气”是中文学科的优势所在吗，为什么？相对于其他学科，中文系毕业生的“核心竞争力”是什么？

陈平原：中文系学生的竞争力，用一句话说，那就是“厚积薄发”。因我们的课程设计全面，注重基础训练，要求同学潜心读书，避免过早介入实务层面。因此，一旦进入实际工作，上手也许不是最快，但后劲肯定很足，发展前景比较广阔。

当然，正如温儒敏教授说的，“会写文章”也是中文系学生的一大特长。只是这里所说的“文章”，包括文学创作，也包括学术论文，还有一般性写作。因北大中文系本科毕业生80%进了研究院，故对学术论文的强调更多一点。

新京报：作为中文系主任，您怎么看待和解决中文系学生就业难的问题？换句话说，一个高中生在高考后，面临着多个学科的选择，您认为最值得他选择中文系的理由是什么？

陈平原：六年前我写过《我看“大学生就业难”》，大意是说，大学扩招，专家们大都主张应注意专业对口。这一点，我不无疑虑。

如果原本就是以技能训练为中心，这样的学校容易与就业市场对上口；可又讲提高学术水准，又提瞄准市场需要，这“口”到底该怎么“对”？

在我看来，与其在研究型大学里增设许多实用专业，弄得不伦不类，还不如放手一搏，相对脱离一时一地的就业市场。这里的基本假设是：社会需求瞬息万变，大学根本无法有效控制；专业设置过于追随市场，很容易变成明日黄花。学得姿势优美的屠龙术，没有用武之地，还不如老老实实地强身健体。

新京报：现在，这个“预言”真的实现了。

陈平原：对。2010年5月5日《文汇报》上有一篇《工商管理：“热门”专业风光不再》，说根据调查，十个失业率最高的专业包括工商管理、计算机、法学、英语、国际经济与贸易等“热门专业”。

在我看来，中文系这样的长线专业，没有大红大紫，也不会大起大落。并非北大情况特殊，去年在杭州的全国重点大学中文系系

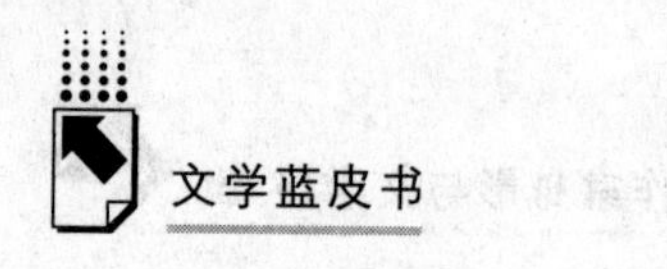

主任会上，我问了一下，大家都有这个感觉。

新京报：我们还是以招生为例来谈谈吧。

陈平原：20世纪80年代，北大中文系学生中，各省市文科第一名的很不少；90年代以后，家长都希望孩子念能赚大钱的院系，中文系风光不再。可最近几年，情况又有变化，开始有各省市文科第一名报考北大中文系。今年我们总共招了四名各省市文科第一名（北京、新疆、内蒙古、云南），让很多人跌破眼镜。

新京报：您以前似乎并不看重大家所说的“状元”？

陈平原：不是说第一名就比第二、第三好很多，那只是一个象征意义，代表社会上开始重新看好中文系。我稍做分析，成绩顶尖而愿意选择北大中文系的，大都是大城市的孩子（如北京、上海）。

新京报：为什么？

陈平原：一是视野比较开阔，二是家庭相对富裕，故更多地考虑个人兴趣而不是就业前景。

因此，我有个大胆判断：随着中国人日渐“小康”，中文系等人文学科，开始“触底反弹”了。

所谓大师：“大师”要甘冒被边缘化的危险

新京报：清华的老校长梅贻琦曾说，大学之大在大师之大。北大中文系历史上出现了不少知名的大师，但是今天再提到“大师”，估计会有不少人怀疑。

陈平原：不做词语溯源，今人所说的“大师”，主要是指在某一专业领域作出突出贡献，且品德高超，得到世人尊崇的人。当然，因时、因地、因论述框架的差异，“大师”的标准不一样。

比如，为了纪念北大中文系建系100周年，我们推出“北大中文文库”，为曾在北大中文系任教、现已去世的名教授，编纂适合于大学生/研究生阅读的“文选”，让其与年轻一辈展开持久且深入的“对话”。开列名单时，以1952年院系调整为界，前面是姚永朴、黄节、鲁迅、刘师培、吴梅、周作人、黄侃、钱玄同、沈兼士、刘文典、杨振声、胡适、刘半农、废名、孙楷第、罗常培、俞平伯、罗庸、唐兰、沈从文（按生年排列，下同），后面则是游国恩、杨晦、王力、魏建功、袁家骅、岑麒祥、浦江清、吴组缃、林庚、高名凯、季镇淮、王瑶、周祖谟、阴法鲁、朱德熙、林焘、陈贻焮、徐通锵、金开诚、褚斌杰。

具体操作时，碰到很大困难，只好先集中精力，完成后20位；好在前20位声名显赫，业绩广为人知。在北大中文人的立场，他们就是我们敬仰的“大师”了。但放在更大的政治史或学术史视野，他们中有的依旧是“大师”，有的则称不上。

新京报：您认为是“大师”的标准变了，还是时代不需要“大师”，或者我们这个时代很难产生“大师”？

陈平原：我们这个时代能否产生“大师”？这一追问本身，隐含着某种批评。短期内，人类智商不会发生突变，没人规定“大师”只能出在哪个时代。但回顾历史，有时天才成批涌现，让你目不暇接；有时又十分沉闷，即便那些被捧为“大师”的，也都不够精彩。这里有外在环境的限制，也跟整个思想/文化/学术潮流的演进有关，强求不得。

当今中国社会，风气浮躁，“大师”的帽子满天飞；希望有更多的人沉得住气，别整天记挂自己是不是或能不能成为“大师”（那样活得很累，而且效果不好），甘冒被边缘化的危险，10年20年甚至30年“磨一剑”，出大成果，作大贡献。明白什么是学术的最高境界，虽不能至，心向往之。

新京报：在历史上，某种程度上“中文系”似乎就是“知识分子”的同义词，但是，今天二者的关系似乎愈发疏远。是“中文系”的角色意识与责任担当发生了变化吗？

陈平原：你这么说，未免太抬举中文系了。虽然我是中文系教授，但我承认，20世纪90年代以后，在中国，社会科学比人文学科发展得好；影响国计民生以及政府决策的，是经济学家、法学家，而不是哲学教授、文学教授。

中文系师生会写文章，在社会上也有一定的影响力，但更多的是体现“位卑未敢忘忧国”。有“责任”，有“担当”，但“力量”不太大。

新京报：以北大为例呢？

陈平原：具体到现在的北大中文系师生，或许没有当初的思想活跃，因其大都转入专业研究。这是整个社会环境决定的，不能怨老师或学生。“铁肩担道义，妙手著文章”，依旧是很多人的梦想——能实现多少，那是另一个问题。

母语教育：“大学语文”有必要成为“必修课”

新京报：现在社会上出现了“国学热”，比如北大就有各种各样的“国学研修班”；出现了“汉语热”，比如不少外国人热衷学习汉语；还出现了“汉学热”，比如海外汉学家受到热捧等。在这种背景下为何会出现“中文冷”（主要是指报考和就业）？

陈平原：这个问题很难回答，因为有点缠绕。“国学热”、“汉语热”、“汉学热”以及“研修班”不在一个层面上，有的是政治思潮或学术风气，有的则是经营策略，不好放在一起讨论。上面已经说了，“中文”并不冷，所谓中文系的招生与就业“有问题”，很大程度是外界的误解。

新京报：与其他国家相比，您认为我们的“母语教育”是重视过度还是不够重视？

陈平原：这个问题问得好。怎样进行“母语教育”，确实值得我们好好想想。“母语教育”不仅仅是读书识字，还牵涉知识、思维、审美、文化立场等。我在大陆、台湾、香港的大学都教过书，深感大陆学生的汉语水平不尽如人意。普遍有才气，但根底不扎实，这恐怕跟我们整个教育思路有关。

新京报：产生这种差距的原因在哪儿？

陈平原：20 世纪 50 年代以前的中国教育，中学没有文理分科一说，所有大学生都得上“大一国文”。这个制度，台湾坚持下来了。而大陆呢，高中实行文理分科，大学又没有强制性的中国语言文学教育。

记得 90 年代初，北大几个著名的理科教授站出来，说现在的学生中文不好，影响其日后的长远发展。于是，请中文系为全校开设“大学语文”。可这个制度，在一次次的课程改革中被逐渐消磨掉了。因为，必修课时有限，每个院系都希望多上自己的专业课。政治课不敢减，“大学语文”又不是教育部规定的，就看各院系领导的趣味了。

新京报：前些年，在理工科大学里推广“通识教育”掀起了热潮，现在似乎冷了下来。

陈平原：我记得华中理工大学（现改名华中科技大学）在校长杨叔子的强力主导下，1994 年春创办了系列“人文讲座”，第二年秋天又组织全校新生参加“中国语文水平测试”，且规定“过了语文关，方可拿文凭”。不知道后来情况如何。只知道目前教育部在推“素质教育”，也有模仿国外大学做“通识教育”的，这些都很好。

只是“素质教育”面很广，且容易演变成“营养学分”。在我看来，针对目前社会上对于母语的忽视，以及高中的文理分科，确实有必要在大学里设置类似“公共英语”那样必修的“大学语文”。

新京报：曾有人提出，汉语没有针对公民语文基本能力的标准，所以学生们都把精力放在学习可以标准化检测的外语上，母语教学需要这个标准吗？

陈平原：我不赞成对公民进行语文基本能力的测试。设想每个中国人都怀揣一本“汉语十级”证书，那不很好笑？关键是如何提高大家学习中国语言文学的自觉性。

（原载2010年10月9日《新京报》，高明勇文）

六　潘向黎：单纯到底，就是胜利

很多人因为《我爱小丸子》、《奇迹乘着雪橇来》而认识潘向黎，又因为《白水青菜》、《永远的谢秋娘》而走近潘向黎，在她的文字里，读者不难描绘出这样一位作者：优雅、美丽、细腻、温润。她的友人有的说，她就是这样的一个女子；有的则说，她也有骨子里的倔强和激烈。凭借独特的女性体验与对于都市特殊阶层的深入描写，她的作品五度登上中国小说排行榜，并获誉鲁迅文学奖、庄重文文学奖等多个奖项。在写了20多年散文和中短篇小说后，潘向黎的第一部长篇小说《穿心莲》近日问世。

不写，反而更累

在潘向黎的作品中，最常出现的事物也许是茶，甚至在报纸所开的专栏，也以茶为主题。和她对坐相谈时，她却只抿了几口矿泉水，笑说："刚喝过太美的碧螺春，暂时受不了其他茶。"她最喜欢的茶，除了龙井、冻顶乌龙，还有贵州一种名叫"绿宝石"的茶。沉吟片刻后，她这样介绍"绿宝石"："就像写得很好，却没多少人知道的作家，那种好处才让人惊喜。"茶所赋予人的细密温暖和萦绕在周身的淡淡香气，其实和她笔下文字的质感惊人地相通，也难怪她对茶如此倾心。

对于一个女儿来说，父亲的重要性是任何人无法替代的。在潘向黎眼里，身为学者的父亲潘旭澜先生有着更多身份：父亲、启蒙者、最严格的导师、最深切的欣赏者、最知心的朋友。在父母的呵护下，出生在动荡年代的她并没有受到外界过多的污染。"父亲不忍心我读那些宣扬暴力、反人性的东西，常会抄一些唐诗宋词在纸上给我背诵，许多年以后，我才体悟到其中的教益。"文化饥荒的时代，父亲帮助她懵懂中树立了对于文学与人生的信念，并在她逐渐走上文学道路时一直不露痕迹地指点，直到如今她仍能清晰地想起父亲看似漫不经心的表扬——"我现在喝了酒，随便说说，你这个小说么，是还不差的。"父亲去世后，潘向黎曾一度陷入万念俱灰的低谷，对于生命的无力感使她停止了所有写作，写了一半的长篇小说也被束之高阁。决意"再也不写"的她却始终绕不过心里某种呼唤，直到许久之后，她才拾起勇气，重新开始书写，也许是"哀兵必胜"，一写却节节顺利，小说很快进入"自己在长"的状态，于是才有了现在的《穿心莲》。

"当时以为不写就会彻底轻松，没想到不写，人不开心，反而更累，到这时才知道，竟然是真的——不是文学需要我，而是我需要文学。"面对自己的首部长篇，潘向黎第一次有了写作的宿命感。

单纯到底，就是胜利

在某个读者自发组织的网络论坛上，最醒目的帖子是：你为什么喜欢潘向黎？回帖的人说：“因为温暖”、“很私人、很贴心”、“精致、睿智”、“细腻、让人能彻底安静”。这样的评价，已经持续了20年，最初读她作品的人，如今竟能和女儿一起共享。时光流转，她的风格却一直保持了下来。朋友眼里，潘向黎一直是个开朗善良的人。有人笑说，细腻、委婉、雅致、清淡……一切用来形容淑女的词，都可以被用于形容潘向黎和她的文字。但她又不只是传统意义上的淑女，而是像她笔下的人物一样，用单纯来对抗纷繁复杂的世界。

宁愿吃亏，宁愿傻，也要单纯。“我总相信，单纯到底就是胜利，这和智商与学识无关，而是一种生活的态度。”这似乎可以拿来为她笔下一个个鲜活动人的角色佐证：《我爱小王子》里的姜小姜、《无雪之冬》里的徐珊珊、《白水青菜》里的妻子、《永远的谢秋娘》里的谢秋娘……她们或面对世界努力微笑，或面对感情含蓄隐忍，在潘向黎的写作辞典里，永远不会出现暴戾与乖张，扭曲和粗俗，她对笔下的人与事总留存着一份善意。

有朋友说她的作品是最远离农村和底层的，是纯城市的产物，而城市生活人人熟悉没有新奇感，因此她在题材上“先天不足”。她的小说中也甚少出现宏大叙事的题材。在面对作品中是否缺乏苍凉感的提问时，潘向黎笑着说：“我知道我的笔下缺少沉重、粗粝，但是人们受的伤够多了，写作的人帮着疗伤多好，何必进行再一次的打击呢？”相对于震撼和沉思，潘向黎更希望自己的作品能够向读者提供一份舒缓和浸润。“每个人有不同的生存状态，他们对于文学的需求也各有不同，能对一部分人有用处，这不就是作品的意义么？”

那些功课，不需要人知道

品读潘向黎的小说，总有许多惊喜。她擅写细微之物，除对美好事物的细腻呈现外，时代、社会变迁在城市和人群身上留下的痕迹在她笔端多有展露，有些竟细到你无法察觉。她会在小说中埋藏某品牌的当季香氛，或是刚上市的特别适合人物的衣饰物品，只因为“对时代气氛和人物身份来说是恰如其分的”。不经意的背后，是大量的素材积累和考察。“那些功课，不需要人知道。但背后功课完整，我才能在小说层面上推进。蕴含在细节中的丰富性，才能将城市题材更逼真地展现”，在读到一些“女主角一律背 LV 的包，男主角只穿阿玛尼衣服”的“伪城市书写”时，她不禁哑然失笑：“他们所幻想的人物在城市里根本不存在，这样的小说，能够表现一个阶层人们的实际生活么?”

在潘向黎而言，对于社会的细部审视是永远做不完的功课。除了细部体察本身具有的美学价值外，她还认为：“这些对于时代变迁的大记录永远不缺人去做，而社会细节却在日复一日的生活中瞬息万变，若不记录下来，很快就会被历史淹没。”她说：“如今我们所感兴趣的民国时期，大量的细节已经很难真实还原。文学若不为当下存言，将来又怎样才能写出‘真实的现在’呢?”

有些感受，要作家去唤醒

潘向黎的小说中，城市和情感是一贯主题，短期内她也并没有“转战他方”的意愿。感情的内涵很丰富：亲情、爱情、友情和各种“未命名”的情感，把她的心占得满满的。“对于许多人来说，每天要做的事情都在记事本上，但感情依然时常从心里流过，烫的、凉的、温的，正是因为这些滋味，生活才是生活。城市里太匆

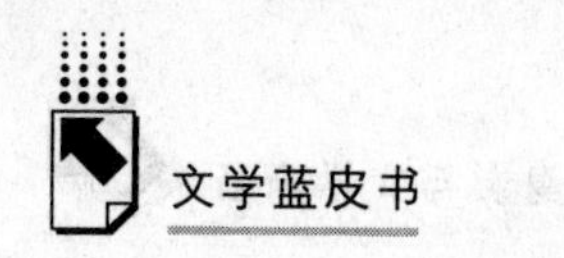

忙了，许多滋味就被忽略或者沉睡着，那些感受就需要作家去唤醒，这是我眼里小说存在的理由。”

在《穿心莲》中，女作家深蓝感性、独立又不失沉静，全书在描写她的写作和感情历程中充分动用了多种文体，书信、散文、小说、札记、诗歌、寓言等形式穿插其中，潘向黎借深蓝的“笔”好好过了一把写作瘾。

有朋友戏说，《穿心莲》是一部写剩女的小说。对于这个评价，潘向黎乐不可支：“无论婚否，男人总不会把感情放在第一位，就这个意义上来说，其实每个女人都是剩女。而女人最需要学习的就是独立和不断完善自己。”在重拾小说之后，她每天都陪着自己笔下的人物成长，“心里渐渐觉得，这样的人一定有，到最后就成了每天与‘她’之间的对话，她是我的好友，她的事我都知道”。在经历一系列波折之后，深蓝迎来了对于生活与爱的信念的回归，潘向黎则借此小说打开了自己接近三年的心结，迎向写作的新开始。

《穿心莲》开端，有句很有意思的话：“我很想让你们知道，写作和生活是如何相互成就的。但是我预先向你们道歉，因为你们可能看到：写作和生活如何相互干扰。”身为《文汇报》首席编辑，家中上有老下有小，忙碌可想而知，但她似乎已经“百炼成钢”：“忙完工作之后写一点，家务的间隙再写一点，以前写作之前还要矫情地看看书、听听音乐、好好安顿心情，现在是坐下就能写。”尽管如此，大段绝对自我、不受打扰的写作时间依旧是她所渴望的。“我从来没有文思枯涩的感觉，写作上最大的难处就是时间不够。对我来说，钻石不是真正的奢侈品，写作的时间才是。”

（原载2010年5月21日《文学报》，张滢莹文）

七　笛安：孤独教我写作

在最近崛起的文坛“写二代”之中，笛安无疑是最引人瞩目的佼佼者。父亲是曾获得“赵树理文学奖”和法国“文学与艺术骑士勋章”的著名作家李锐，母亲则是山西省女作家协会会长蒋韵。这样光环下的笛安，却说“是孤独教我写作，不是我爸”。

写孩子，不可能不触及父辈

《文化广场》:《西决》的创作起因是什么？创作过程顺利吗？

笛安：我是在 2008 年 2 月的时候开始动笔写《西决》的。其实是这样，某一天，很突然，我在学校的走廊里等着上课，外面天灰蒙蒙的，“郑南音”这个名字最先跳到我脑袋里面来，我觉得她一定是个特别明媚的小女孩。紧跟着，“东”、“西”、“南”、“北”这四个人物的名字就跟着来了，我想名字这么接近的人，一定得是有血缘关系的，这就成了《西决》这本书最初的构思：一个关于血缘的故事。

《文化广场》：你的新作《东霓》7 月 1 日刚刚上市，在这两本书里，你不仅仅写年轻人的成长，更关注父辈的命运，大伯、三叔、小叔的人生故事，家庭成员之间的情感和伦理。这样的题材在年轻作家写作中较为少见。为什么将父辈的故事也纳入你的写作视野？

笛安：其实并没有刻意去表现父辈的故事和命运，只是开始写的时候才突然发现，要想表现一个家庭里的几个年轻的孩子，不可能不触及父辈们的，因为某种意义上讲，父辈的命运在很大程度上影响了这几个孩子的轨迹。所以开始动笔的时候发现，原来我必须

触及一些长辈们的故事，我自己心里也没底，不过为了整个小说的完整性，就还是硬着头皮来写了。我就跟自己说，无论好坏，当成是个尝试总是有意义的。

《文化广场》：与现在的一些年轻写作者相比，我们常常看到一些“残酷的青春”，往往突出黑色、叛逆、伤害的一面，《西决》中却比较多地被亲情和温情占据，末尾也充满了希望。为什么你选择这样写？

笛安：个性使然。我觉得我是个乐观的人。我相信劫后余生之后的希望是支持所有人继续活下去的动力。其实《西决》里面有写到伤害的，而且是很残酷的伤害——但是我的主人公用温暖把它们化解掉了，这才是我想表达的东西。

15岁，《双城记》改变了价值观

《文化广场》：你今年已经从法国硕士毕业了，今后有什么打算，还会继续读博士吗？

笛安：四月份《南方周末》做采访的时候，我还没有决定。现在，我想暂停一段时间。其实我觉得念书，以后什么时候都可以。但是，这几年我还处在比较想写东西这么一个阶段，那么我就想全力以赴地先去写作。

《文化广场》：哪些作家对你的影响比较大？能否具体说说这种影响是在哪些方面？

笛安：很多。比方说，我心目中的“完美小说”的标本，就是《红楼梦》。具体到对我的影响，19世纪欧洲和俄罗斯的文学对我影响很大，无论是写作的技巧，还是精神上的影响。比如托尔斯泰、陀思妥耶夫斯基——这两位都是大师，还有福楼拜、哈代，都很了不起。在我15岁的时候，狄更斯的《双城记》影响了我整个的价值观，那之前我们的教育一直在教我们区分坏人和好人，可是狄更斯的立场永远是站在弱者那一边，这个东西对我影响特别大。虽然以我现在的眼光看，我觉得他赶不上哈代，可是我还是得感谢他，在一个小女孩懵懂的时候给了她特别珍贵的礼物。看他们的书是最好的学习。

年代再近一点的话，是加缪，我有一段时间对加缪特别地狂热，他的书教了我很多关于怎么去营造跟推动言语表达不了的氛围；还有20世纪的美国作家们：福克纳、纳博科夫、托妮·莫里森，等等。我喜欢20世纪的很多美国作家身上的那种饱满的生命力。至于近代的中国作家，应该是张爱玲吧。张爱玲给我的影响也是特别深刻的，我从初中开始看她的书，看了十几年，已经说不清她到底是怎么影响我了。

没有留学，你看不到今天的我

《文化广场》：谈你的文学历程，不可避免地让我们想到你的父母对你的影响。父母亲是著名作家，对于你走文学创作这条路，在哪些时刻、哪些方面影响了你？能否谈谈你早年对文学产生爱好，之后开始创作的过程？

笛安：这个问题回答了无数次。首先，小的时候我看书比别人多，这个一个是因为家里书多，另外是因为我妈妈特别喜欢给我念书。她手上在读什么书，就念出来给我听，也不管我能不能听懂。我对那个正在讲述故事的声音就很有兴趣。然后就是——我爸爸妈妈都是热爱工作的人，他们可能有意无意让我觉得，写小说是件好事情。就这么简单。我觉得我会开始写作，有一个最基本的原因，就是——我对讲故事这件事有一种根深蒂固的迷恋。我喜欢看故事、听故事，喜欢讲故事给人家听，这就是我写作的原动力。

《文化广场》：在你的履历中，出国留学似乎是一个转折点。相对于父母的影响，似乎是留学最终促成了你走上写作之路？

笛安：基本上可以这么说，如果没有那些经历，今天你看到的我，完全是两样的。我还算是精神上比较独立的人，这就是十几岁被逼出来的。刚刚去法国的时候是从语言班读起的，也就是说从头开始，像小孩学说话一样一点一点地学法语。置身在那个环境里，话都不会讲，生活里任何一点小事，比方说填个表格、交个电话费都特别困难。觉得这个世界和你没关系。就是那种荒原一般的寂寞刺激了我想要表达的欲望。那个时候觉得自己需要写点什么给自己看，或者需要说点什么来总结、整理一下自己，但是我又不擅长那种条理分明的"总结"，就编个故事企图让故事来承载所有说不清的东西了。我想如果我没有那么早去留学，可能我就不会选择写作了，至少不会开始得那么早。

市场和"纯文学"不能简单对立

《文化广场》：你 2003 年第一次发表《姐姐的丛林》是在《收获》，你一开始就在传统纯文学刊物上出现。此前一般的认识是，"80 后"的文学创作与传统文学是有断裂的，写的东西也不一样。你自己会感受到这种区别和断裂吗？

笛安：没有，区别当然是存在的，不同的人写的东西当然要有区别，可是"断裂"——我不觉得。我觉得现在总结"80 后"和传统文学的区别有点早了。就我自己而言，之前对别人把我的小说叫"青春文学"也没什么意见。如果说"青春文学"是指：第一，作者本人比较年轻；第二，写的是年轻人之间的故事——那我的小说算得上是"青春文学"了。我一直都在努力，想要写出来非常动人的、年轻人之间的故事。

《文化广场》：《西决》与被视为青春文学代表的郭敬明合作，通过《最小说》的推介获得很大的市场肯定，销量超过了很多上一辈的著名作家。你对自己的创作定位是怎样的？评论家也认为你的作品不是青春文学，而是进入了严肃文学的范畴。你自己觉得这种合作是像某些评论所说的那样，首次打破了某种壁垒，将纯文学与青春文学、与市场拉到了一起吗？

笛安：我从来没有试过给自己“定位”，我只知道，我的每一篇小说都必须要竭尽全力地让自己满意。我并不认为“青春文学”和“严肃文学”是简单的对立关系，《麦田守望者》似乎也是青春文学，但是没有人说它不严肃。郭敬明作为我的出版人，他总是和我说：“你想怎么写就怎么写，剩下的事情交给我就好。”他所谓的“交给他”的部分就是市场推广跟宣传的部分。作为作者，我觉得有这样的环境是挺幸运的。其实我觉得良性的市场应该是这样的，作者用心地自由地创作，出版方尽可能地为这个作品在市场上找到对的路。我并不是说市场和作者本人的诉求没有矛盾冲突的地方，肯定有，但是市场和“纯文学”的关系也不应该是一个简单的一分为二的对立。

（原载2010年8月17日《深圳商报》）

八 李敬泽：文学为什么缺乏力量

很多人说今天的文学不真实，不够震撼人心，对这个时代的文学有各种各样的不满。普通老百姓可能说不出子丑寅卯的理论，但是他们的问题已经涉及马克思主义文艺观的基本问题。

文学作品好坏与否，标准其实很简单，就是恩格斯谈到马克思

时所指出的达到对活的历史现象的本质的有力的理解。文学作品达不到对当代历史的有力理解，或者说很多文学作品达不到，读者就会不满意。

面对这样一个复杂变革的大时代，文学本应做得更好些，但却苍白无力，问题出在哪里？

中国的作家多多少少都受到马克思主义影响，但是很多人只是公式化和概念化地学点皮毛。真正的马克思主义提倡面对鲜活的历史现象，面对当前的社会文本，作深入的调查和了解。马克思当年在做经济基础决定上层建筑这样的推论时，对他所面临的历史和生活的复杂性做了深入和透彻的掌握就是一例，可惜这一方法论已经被广大作家忽视了。

文化批评同样如此。没有调查就没有发言权。今天的很多文化批评走的是庸俗社会学路线，把女人到底穿高跟鞋还是平跟鞋这样的问题直接提到文化政治历史上去，听上去很新鲜，实际上不过就是相当于把一些鸡毛蒜皮直接提到阶级斗争层面，套个概念和公式而已。

看看马克思当年怎样批评法国大革命。他说，这些资产阶级社会的斗士们之所以严格模仿罗马传统，是为了找到一种让他们忘记自己斗争的狭隘的资产阶级内容，同时又使自己这种斗争保持一种伟大历史悲剧的激情高度的这样一种幻想、理想和艺术形式。马克思的分析方法是社会心理学的，也是思想史的。这样的分析方法向我们昭示了，要从现象看到复杂的层层叠叠的社会关系，而不是简单地摆一个公式加以套用和结论。

虽然在当代中国，马克思主义文艺观从来就没有远去，但是，无论是作家还是批评家，如果不能满带诚意和关怀地去认识这个社会，就不能理解这个时代，理解人类命运的迁徙，更不能获得认识大的历史和阶段性历史的真谛。关键问题是文艺家如何理解历史、理解人类命运变迁。

我特别赞同吴元迈老师引用的一句话："如果我们不分析历史的艰难，不考察人类所遭遇的艰难困苦，我们就不能够理解托尔斯泰。"如果我们不理解人类的历史变化，如果我们不理解人类所遭遇的艰难困苦，那么我们也就不可能理解人的命运，也就不可能在我们的小说中真正地塑造出有力的，能够震撼人心的，拓展读者意识并加深读者对这个时代和自身生活理解的人物形象。

（原载 2010 年 6 月 24 日《人民日报》）

九　梁鸿鹰：文学创作不可丢失思想的锐气

拿破仑曾经说过："世界上有两种东西最有力量，一是宝剑，二是思想，而思想比宝剑更有力量。"但在当下，"思想"却被蒙上了种种尘埃，一方面到处都是思想，思想、观念、理念和"文化"一样大有泛滥之势，但另一个方面人们却又颇感缺乏思想的滋润，有人惊呼，由于互联网的推广，世界已呈现为无核心、无级差、无组织的面状结构，有宽度、没深度，在这个"扁平"的世界里，英才埋没或赝品、伪学一手遮天的情况固然可以大为减少，可胡说、乱说、瞎说往往比深思更容易，粗品、劣品、次品往往比精品更多产，才思、灵感、妙想比思想更流行，思想的匮乏比任何时候都严重。缺乏方向感、远离深度、漠视高度，不应该主导我们的精神消费，对于文学创作而言，更是如此，让思想的力量在文学创作中重新得到张扬也许比任何时候都必要。

文学作品是思想的产物和载体，按流行的说法，思想力是灵感、智慧以及行动集合而成的力量，是思想对客观物质世界的作用力。美国剧作家阿瑟·米勒说过：“剧作家必须再次表明有权利以他的思想和心灵来感染观众。公众也有必要再次认识到舞台是一个传播思想和哲学，极为认真地探讨人的命运的场所。”把文学的思想力作为问题提出来，首先是我们应当肯定，高质地的思想是文学最重要的品格。在媒体高度发达的时代，如果文学失去思想力，则很快会被人们遗弃，理由很简单，生活内容远比文学精彩，新闻传播远比文学迅捷，“周末”、晚报、周刊、卫视、互联网为我们提供的信息，其吸引力、杀伤力都不弱于文学描写，“太阳底下天下再无新鲜事情”，我们的文学创作需要思想力的征服。如果作者对世界根本就没有疑问，作家对这个世界没有自己的见解，也没有独特的话语方式，那是绝对行不通的。在目前情况下，文学不一定是生活的教科书，举凡励志、讽谏、借喻、劝导、激发等功能，不单是文学的功能，也是高度发达的电视、网络、动漫甚至网游等的重要功能，但思想的锐利，永远是文学的优势。

从文学发展史看，凡是能够留存在人们记忆中的厚重之作，必定承载着足以让人们振奋与深思的富于理性内涵的元素。社会生活的变化源源不断地为文学的进步提供最充分的前提与动力，只要世界上有战争、疾病、饥饿、灾害、恐怖、仇恨，作家就不会放弃呐喊，只要人类不停止对公平、正义、真理、幸福、理想的追求，文学就应该给予倾心的表达。“观古今于须臾，抚四海于一瞬”也好，“笼天地于形内，挫万物于笔端”也罢，文学应振起艺术想象的翅膀，尽情彰显人的本质力量和人性的光辉，描绘人们憧憬的未来图景，完成这些使命或责任，保持思想的锐气是极为必要的。

别林斯基说过：“没有一个诗人能够由于自身和依赖自身而伟

大，他既不依赖自己的痛苦，也不依赖自己的幸福；任何伟大的诗人之所以伟大，是因为他的痛苦和幸福深深植根于社会和历史的土壤中。”中华民族有着源远流长的文化，文学创作保有思想的锐气，离不开对现实的社会历史土壤，离不开对传统的挖掘，离不开对优秀思想的继承。我们的民族文化、思想成果的精华在文学创作中的表达还算不上丰沛，文学一定程度上被淹没于“国学热”口舌澎湃的浪潮中，似乎很不应该。事实上，王蒙、易中天也好，刘心武也罢，谈古典、讲国学，文学出身的大家最有底蕴，文学创作不更多地挖掘传统思想精华，并通过文学作品张扬出来，是文学的失职。

思想总是具有一定的领先性，文学所具有的思想锐气也应该具有一定的领先性，文学如果不像20世纪80年代那样处在时代思想的前沿，如果不在认识时代、认识世界和认识自我时，为社会提供最新锐、最直接的观点和眼光，就不能对人们的生命产生较为深刻和深远的影响。有人认为，我们的作家对这个时代、当前生活只提供一些老生常谈，提供一些人们已知的熟悉的东西，或者只是“轻松地、习惯性地发泄”，显然是远远不够的。

作家要有对现实发言的意识、论战的意识，中国历来有“问题小说”的传统，比如鲁迅的“救救孩子”，赵树理对农民问题的发掘，就是对着看到的毛病写的。最近看到杨争光的《少年张冲六章》，讲少年问题、教育问题，进而涉及我们的国民性问题，非常之深刻、尖锐。在我们的文化中，似乎大人永远比孩子正确、老师永远比学生正确、学校永远比家庭正确，唯独个性不能得到尊重与理解，个性不能得到张扬与安顿，从这些意义上看，作品揭示的问题确实很深刻。

我们正处在一个前所未有的大变革、大动荡、大调整的时代，

变动、冲击、矛盾是经常的，而平静、缓和、安逸是暂时的，这一现实，给文学提供的动力是巨大的。有不少作家认为，如果安于做或追求成为中产阶级，成为被生活指使、奴役的人，或被巨大生活信息淹没的人，不再拥有对生活辩论的能力，不再作为社会的思想者出现，就是作家职责的退化，作家必须拥有发言意识、论辩意识。在这个问题上，江苏作家毕飞宇说了一个很好的意见，他讲："我的许多小说其实都是我的发言稿，在许多问题上，我是一个渴望发言的人。"当然，他说的发言与艺术性不相排斥，因为"我知道用什么样的发言方式更适合我，我的不少小说就是这么产生的"。我们的文学创作在劳资纠纷、社会矛盾、底层贫困，在涉及爱情、婚姻、家庭、女性等话题方面，已显示出发言的意识和毕露的锋芒，保有思想的锐气，需要作家在以下几个方面有所开拓。

文学应保有重树和标举人文精神的思想锐气。文学是人类的精神创造现象，"肉体可以复制，精神不可复制"。把文学与宽泛的社会意识形态笼统地捆绑在一起的时代结束了，文学不再承担改天换地的任务，但这并不意味着文学认识社会、提供思想养分功能应该被消解。关于人类生于斯世的使命，关于深藏于人们内心的人文的情愫、对宇宙奥秘的探求，关于人类对文化传统的承继等，一刻都不能被稀释、剥离和摈弃。经典作品往往把人从何处来、往何处去，把人类的生存困境作为重要表现对象，那些借助文学，致力于表达对人的充分尊重、对人性光辉的深情礼赞、对人类美好未来坚定信念的作家，总是能够赢得长久的尊敬。在文学构筑的世界里，崇高、神圣应享有被膜拜与尊崇的地位，残忍、罪恶、冷酷应该得到鄙夷和鞭挞。正如人们反对津津乐道于人性的黑暗、生存的罪恶、宿命的灾难，文学更不应以否定人作为万物之灵的伟大来贬低自身。

文学应在彰显民族与时代的主流价值、核心理念方面保有思想的锐气。任何民族在其生生不息、自立于世界民族之林的进程中，无疑都有赖于引领整个民族前行的核心价值的有力支撑。勤劳自强、公正民主、以人为本、团结互助、和谐共进等理念，经过数千年的传承，已成为许多民族奋发精神不可分割的组成部分，事实证明，这些精神和思想，对我们民族成长的影响是久远的、有效的、可见的。一个民族的精神气质，是我们自己塑造、培育和养成的，文学不放弃促进民族人性光彩升华的使命，就应该通过创作，多表现和传达那些在素朴的外表下闪光的思想，实际上，人们对作家如何看待劳动、科学、创造、和谐等一些最基本的观念，实际上比借小说谈论各种主义更感兴趣。劳动光荣、天道酬勤，相信科学、尊重智慧，反对守旧、呵护创造，以及崇尚乐观、宽容他人等观念都需要在创作中给予弘扬，如是，我们的文学宝库才能得到进一步丰富。

文学应在对抗落后思想方面保有思想的锐气。落后思想是人类进步、发展的障碍，而且所具有的承继性、顽劣性往往特别严重，特别需要人类奋力剔除，留存在文学史上的文学佳作大多有对抗落后思想的气质。罗伯特·杜弗斯评德莱塞的《美国的悲剧》时说："《美国的悲剧》不是那种推荐给疲惫的生意人坐在炉火边为消遣而读的书，但是，作为对美国民族性较阴暗一面的揭露画像，它要求人们对它加以注意"，说的就是文学名著的批判意义。事实上，撇开批判现实主义不说，从《神曲》、《堂吉诃德》到《悲惨世界》、《复活》，从《红楼梦》、《阿Q正传》，到《家》、《骆驼祥子》、《白鹿原》，无不透露着反落后思想的光芒，从中不难看出走在时代前面的智者对因袭保守、弱肉强食、权威崇拜、迷信僵化、男尊女卑、文过饰非等思想和作为的极度厌恶与痛恨。我国曾有过长时间的封建社会历史，除重男轻女、重农抑商、重君轻民等之外，单说现在，那种权力崇拜的风气、金钱至上的风气、对创新和成功的嫉妒，以及“窝里斗”、庸俗人情关系、算卦迷信猖獗等都是十分可怕的，而消灭所有这些思想的妖孽，要靠先进的思想力，要靠文学艺术的批判、讽喻及润物无声的熏陶。

当然，说到底，思想的锐气应该是具体可感的，是故事逻辑之中的花朵，不能脱离文学的情境而存在。作家林那北说：“能够想透一两个问题的作家就是很好的作家。当然，我们必须遗憾地承认，许多作家对生活的理解往往过于简单了。故事沿着最为浅显的逻辑往下发展，甚至只能靠不断地制造一点粗浅简陋的悬念吸引着读者。而一些生活的深刻可能却被掩盖了。生活表面的华丽光滑，靠几句口号就足以表达殆尽了。”这样的作品不单不能表现思想的锐气，反而会败坏文学的声誉，因此，“作家的任务应该是发现它的褶皱里还潜藏着怎样的波纹，笑靥背后的泪水，哀叹夹缝中的欢欣，如同抽丝剥茧般缕缕剖开带出，构成小说。这是创造的快乐。”有思想锐气的文学作品的思想魅力就是这样拥有的吧。

当然，思想绝非空穴来风，曹禺说过：“作品的思想性是作家在生活中的真实感受并通过艺术形象展示出来的。只要你真正地生活了，对人、对生活有真切的感受，把人写透、写深，在艺术形象中自然就蕴藏着思想性。思想性是个活的东西，如同生命和灵魂在人体内一样。凡是活人都有灵魂，艺术形象都含有一定的思想性。”思想是通过形象来体现的，形象塑造失败，思想性就无从体现。

（原载《小说选刊》2010 年第 7 期）

十　叶匡政：网络文学无须鲁迅文学奖

近日中国作协发布了新修订的《鲁迅文学奖评奖条例》，与过去比，这次增加了数字出版物，即在“国家批准拥有互联网出版许可证的网站”上发表的作品，也可申请评奖。网络文学终于登堂入室，自然会引来网友和文学界的一番热议。有人认为是顺应了文学潮流，也有人认为只要鲁迅文学奖所持的文学观没变，不过是赶时髦。

网络和传统文学奖的互送秋波，从前两年就开始了。记得2008年茅盾文学奖时，一些大网站就铆足了劲，替茅盾文学奖大张旗鼓地做宣传。如果说网络看上了传统文学的范儿，文学奖看上的无非是网络文学的潮儿。范儿有体面，潮儿有人气。这种垂青，貌似新鲜，不过是认可了一种发表的新介质而已。

条例中说得明白，过去必须是“报纸、刊物、出版社”发表和出版的作品，如今增加了一种新媒介，就是网络，而且是“国家批准拥有互联网出版许可证的网站”，据说有这种资格的只有新浪、搜狐、网易、盛大等百余家网站。但评奖的门类并没有变，仍然是中篇小说、短篇小说、报告文学、诗歌、散文等这些传统文学样式。在网络早已成为最主流媒介的今天，这根本算不上一条新闻，只能反证传统文学奖反应的迟钝。

我对“网络文学”这个提法，从来就持保留态度。只要是传统文学样式，不能因发表的介质不同，就有了一个新定义。如果这个概念能成立，那意味着还有报纸文学和刊物文学。网络新闻也早有了，但在人们观念中，它和纸质新闻并没有什么本质不同，无非是自由度相对大点。如果真的有“网络文学”这一类型存在，它

也是指那些对传统文学观构成了根本变革的文本样式。

我们现今认知的文学和文学类型，并不是文字文本的自然属性，它被建构为一种知识共识，其实只有200多年历史，在中国时间更短，“五四”之后才有了今天的文学观。每个时代对于经典知识空间的认知，都会发生变化，对于文学的认知同样如此。网络对于文学的改变，绝非只是改变了发表媒介那么简单。

一个简单的事实是，网络在今天不只被人们看作是信息、知识或现实的一个载体，在很多人眼中，它就是活生生的现实。人们如今已很少关注那些在街头发生的事，他们对现实的关注，更多的体现为对网络的关注。这种即时性的感受，不仅在创造一种新的集体经验编码，其实也在改写我们对经典学科的认知，这里首当其冲的就是我们的文学观。

可以说，是“即时性”这个网络现实，使传统文学观变得越来越不合时宜。这种想象的、缓慢的、极难引发互动的文本样式，或者沦为影视的奴隶，或者正在被更为单纯的文本样式取代。同时，文学的近亲繁殖也在加速它的消亡。

200年来，文学被学科化后，就一直处于近亲繁殖的状态，只从既有的文学经典中汲取营养，使文学在今天既不能为我们呈现新的历史观，更不能带来新的哲学观，除了一些修辞的快感外，对于公众几乎别无长处。而鲁迅文学奖一类的传统文学奖，坚守的仍然是这种完全传统的文学原则与审美趣味，这是它越来越远离民众的真正原因。

鲁迅文学奖如果真的要关注网络，首先必须接受网络所带来的知识观和价值观的改变，增加或改变文学评奖的类型与规则。比如，过去小说被认为是与公众联系得最为广泛的一种经典文体，这个观念正在发生改变。

无数事实表明，在报纸和博客中被关注最多的媒体评论，作为一种新兴文体在新知识空间中变得越来越重要。可以肯定的是，在未来它会拥有自己的文体观，有自己独立的学科史，也会形成自己的文本秩序，拥有自身对文本创造和审美认知的独特判断标准。因为随着对媒体评论的需求和写作群体越来越大，对它的评选、展示与研究的机会也越多，这和小说在中国成为经典文体的历史是一样的。

不能否认的是，鲁迅文学奖所评选的那些文学门类，与社会话语正表现出越来越大的隔绝，不仅远离了古典时代所坚持的那些快感、趣味、自然、真实的原则，甚至也在远离思想与历史，仅仅是一种文学化语言的呈现。任何人都难以否认，今天的文学在孤独、单向、复杂、自恋的思维与认知模式中，在漫漫走向消亡。而网络给文学带来的最大变化，就是突破了这种所谓经典文学的限制，正在为文字的认知或活动构建一种新秩序。

如果鲁迅文学奖无法接受这种重写的文学定义，它所谓对“网络文学”的接受，只不过是一种姿态。虽然让步了，但仍然换汤不换药，不过可以肯定的是，在未来这种让步只会越来越大。

（原载 2010 年 3 月 4 日《新京报》）

B.12

附录一　2010 年中国文坛大事记

白 烨　朱小兰

1 月

刘云山看望第十二届（少数民族）作家高级研讨班学员　第十二届（少数民族）中青年作家高级研讨班于 2009 年 9 月开始举办，来自全国 55 个少数民族的 55 名学员参加了为期 4 个月的学习培训。1 月 9 日，中共中央政治局委员、中央书记处书记、中宣部部长刘云山来到鲁迅文学院，看望第十二届（少数民族）作家高级研讨班学员，勉励少数民族文学工作者珍惜我国民族文学事业发展面临的极好机遇，以维护国家统一、促进民族团结、弘扬民族文化为己任，植根民族传统、汇入时代潮流、创作精品力作，为中华民族的伟大进步写史立传。

舒群研究会成立及舒群中学揭牌仪式在哈尔滨举行　1 月 9 日，在舒群诞辰 96 周年、逝世 20 周年之际，黑龙江省哈尔滨市阿城区成立了舒群研究会，同时召开了舒群中学揭牌仪式。中国作协《民族文学》杂志、中国少数民族作家学会、黑龙江省作协、哈尔滨市文联等单位的负责人出席了成立仪式。作为 20 世纪 30 年代“东北作家群”中的代表性作家和革命作家的领军人物，舒群同时也是中国少数民族作家的领军人物。

“中国文学海外传播”工程启动　1 月 14 日，“中国文学海外传播”工程启动仪式在北京师范大学举行。中国作协主席铁凝出席启动仪式并致辞。“中国文学海外传播”工程由北京师范大学文学院与美国俄克拉荷马大学孔子学院共同申请，北京师范大学文学院、俄克拉荷马大学《当代世界文学》杂志、俄克拉荷马大学出版社负责实施。这一项目2009年7月获得国家汉办批准立项，包括的内容有：由俄克拉荷马大学出版社在三年内出版和发行10卷本“今日中国文学”英译丛书；在美国创办英文学术杂志《今日中国文学》，奉行“学术论文，随笔写作”的风格，刊发当下中国优秀文学作品，介绍当代中国优秀作家，提炼和阐发中国文学中具有世界意义和感召力的话题，报道中国文学资讯，同时关注中国文学与世界文学的联系；在北京举办“中国文学海外传播”国际学术研讨会等。

诗人郭小川90周年诞辰纪念会暨学术研讨会在京举行 1月16日上午，由中国人民大学文学院主办、文化部和中国作家协会后援、鲁迅博物馆承办的“诗人郭小川90周年诞辰纪念会暨学术研讨会”在北京鲁迅博物馆召开。诗人郭小川于1919年9月2日出生，2009年是他诞生90周年，为了纪念这个日子，郭小川的夫人和子女特地为父亲编写了画传和纪念文集《一个人和一个时代》，由作家出版社出版，这次会议也是为了祝贺这部书的出版。老中青三代各界人士近百人与会，钱理群、王久辛、夏中义、食指、王东成、张鸣、金雁、丁东、谭旭东等学者、诗人发言。

鲁迅文学院网络文学作家培训班开班 1月17日上午，由鲁迅文学院和文学网站“中文在线”旗下17K小说网共同举办的鲁迅文学院网络文学作家培训班（第二届）举行开班仪式。中国作家协会、鲁迅文学院和相关网络机构的负责人出席开班仪式。面对当前各种思潮互相激荡、各种创作形式彼此渗透的复杂文化环境，我国的文学创作队伍也发生了重大变化，网络作家已经成为其中不可忽视的力量。此次培训班共有学员20人，全部为1970年以后出生，其中“80后”学员11位。

《路遥全集》面世　1月19日，以《平凡的世界》影响了几代人的作家路遥，其迄今最完整的《路遥全集》由十月文艺出版社推出，书中囊括了目前能搜集到的路遥的全部作品，还首次公开其手迹。该全集共分六卷：长篇小说三卷——《平凡的世界》第一、二、三部；中短篇小说两卷——《人生》、《一生中最高兴的一天》；散文、剧本、诗歌一卷——《早晨从中午开始》，其中散文部分包含随笔、评论、特写、通讯、访谈、书信等。这些资料相当一部分是由路遥家人提供的，有些甚至是首次公开。《路遥全集》清晰完整地呈现了作家路遥的成长历程和发展脉络，能让读者强烈感受到路遥用自己的生命来写作的可贵精神气质。

柳青《创业史》发表50周年纪念会举行　1月23日，陕西省柳青文学研究会在西安市长安区举办了柳青《创业史》发表50周年纪念会，陈忠实、畅广元、董颖夫、邢小利等百余位作家、评论家和柳青研究专家以及热爱柳青的各界人士应邀参加，大家在一起深深缅怀柳青这位中国当代伟大的作家，并对《创业史》的文学价值和社会价值进行了深入研讨。柳青于1952年来到长安皇甫村一住就是14年，在这里完成了长篇小说《创业史》。50年前这部小说在《延河》开始连载，后来在《收获》全文发表。与会专家认为，半个世纪以来，这部小说一直被中国当代文坛所研究，说明了其强大的艺术生命力，在我国当代文学史上占有突出的地位。

2月

首届手机小说原创大奖揭晓　2月2日，由盛大文学主办的

“一字千金——首届全球华语手机小说原创大展”在京揭晓。四位获奖作者分别以70字的小说创意，获得了7万元的版权交易金，平均下来，一个字售出了1000元的高价，让“一字千金”的故事变成了现实。其中，韦多情的《广院3号出名方案》获得“最具人气奖”；丸子格格的《寻找脑腓肽》获得“故事创意奖”；吴小雾的《馥馥解语》获得“最佳文笔奖”；仲熙凭借《纸上荼蘼》获得“金牌写手”奖，该奖为本次“一字千金”活动的最大奖项。

上海、南京举办展览纪念左联成立80周年 2月13日，上海图书馆“纪念左联成立80周年馆藏文献展”开展，展览一直持续到4月底。展览通过展示由左联作家创办的报纸、期刊，出版的译作、手稿、历史照片等110件珍贵馆藏文献，介绍了在中国现代文学史和中国革命史上具有重要地位的左联的发展历史和鲁迅、茅盾、夏衍、丁玲、沙汀、阿英等左联主要成员及其作品，其中不少文献都是首次对公众展出。此外，南京图书馆也充分利用馆藏资源和自主设计制作的力量，举办以纪念中国左翼作家联盟成立80周年的主题展览“文艺先锋”。江苏省常州市也举办了有关中国左翼作家联盟的知识竞赛活动。

中国作协举行文学社团座谈会 2月25日，中国作协在京举行文学社团座谈会。中国作协党组书记、副主席李冰，中国作协党组成员、副主席、书记处书记高洪波，中国作协党组成员、书记处书记杨承志，民政部民间组织管理局副局长李勇出席。来自17家文学社团的负责人、中国作协创联部和民政部工作人员参加了座谈会。李冰在座谈会上肯定了各文学社团近年来的工作成果，并代表中国作协向大家表示感谢。中国茅盾研究会、中国散文学会、中国寓言文学研究会、中国少数民族作家学会、中国小说学会、中国报告文学学会、中国诗歌学会、中华诗词学会等十数家文学社团的负

责人与会参加了座谈。

汪曾祺诞辰90周年纪念活动在高邮举行 2月27~28日，由江苏省作家协会和中共高邮市委、市政府共同主办的“九十汪老”——汪曾祺诞辰90周年纪念活动在汪老的故乡高邮举行。江苏省作协，扬州市委、高邮市委等单位的负责人与作家代表、家属代表及“汪迷”代表近百人参加了纪念活动。中国作协主席铁凝为纪念活动发来了题为《相信生活，相信爱》的纪念文章。座谈会上，与会者纷纷发言，表达对汪老的怀念，对汪老文章的热爱。座谈会后，举行了《高邮民歌》、《文游台丛书》的发行仪式，范小青和黄蓓佳分别为新书揭彩。27日晚，在高邮大剧院举行了“九十汪老”汪曾祺作品音乐朗诵会暨第四届汪曾祺文学奖颁奖晚会，来自北京、南京等地的著名演员、主持人朗诵了汪曾祺的《我的家乡》、《大淖记事》、《受戒》、《葡萄月令》等文章的精彩片段。

3月

马加诞辰100周年纪念会在沈阳召开 3月2日，辽宁省作协、辽宁省文联在沈阳召开“人民作家马加同志诞辰100周年纪念会”。马加，1910年3月3日生于新民市弓匠堡子村。1949年，马加反映东北土改的长篇小说《江山村十日》出版，1950年中篇小说《开不败的花朵》问世，这两部作品使他跻身于中国现当代优秀作家之列。2000年2月，辽宁省政府授予他“人民作家”荣誉称号。与会者认为，纪念马加，同时也是在鼓励辽宁作家向马加学习，在新的历史条件下用优秀的文学作品回馈人民。

中国作协敦促谷歌履行承诺 谷歌公司曾公开承诺3月底提交

对扫描收录使用中国作家作品的处理方案。3月21日，中国作协党组成员、书记处书记杨承志接受访问，他表示：中国作协希望谷歌公司认真履行1月9日向中国作协递交的正式文本中关于“在三月底前把处理方案及相关协议的框架确定下来，争取在第二季度把各方的法律、实施和操作细节商定并正式签署协议”的承诺，不要失信于中国作家。

陕西省社科院成立知青文学工作室 3月23日，陕西省社科院文学艺术研究所成立了知青文学工作室。据悉，陕西省成立的知青文学工作室为开放式工作模式，无固定编制，成员都是文学志愿者，工作室以记录知识青年上山下乡的难忘历史和他们的成长历程为己任，研究探讨有关知青文学艺术的课题，壮大知青文学艺术创作的队伍。工作室领导决策小组由王克良、王农、莫伸组成，工作室的首批特邀创作员当日公布，包括著名作家和谷、诗人渭水、杂文家商子雍等。

艾青百年诞辰纪念座谈会在京举行 3月25日，由中国作家协会主办的艾青百年诞辰纪念座谈会在北京人民大会堂隆重举行。中国作协主席铁凝、中宣部副部长翟卫华出席座谈会并讲话。中国作协党组书记、副主席李冰主持座谈会。金炳华、贺敬之、周巍峙、李瑛、玛拉沁夫、朱增泉、王昆、鲁煤、屠岸、岳宣义、郑伯农、叶廷芳、石祥等文学艺术界老领导、诗人、学者、专家200余人应邀出席会议。

盛大文学收购小说阅读网、潇湘书院 继2月22日盛大文学将小说阅读网（小说阅读网成立于2004年5月，是中国最大的原创小说网站之一，网络内容主要是女性文学、古代现代言情及青春校园类文学作品，有较大的校园用户群，网站日最高访问量约6000万人次，日在线用户数约200万户）收购至旗下之后，3月

31日，盛大文学又正式宣布收购潇湘书院（潇湘书院始建于2001年，是一家以女性阅读为特色的原创文学网站。书院拥有10万名驻站作者，日更新字数达1000万字，日访问量达100万人次，日浏览量逾2500万次）。这是盛大文学旗下拥有的第七家文学网站。业内人士称，潇湘书院加入盛大文学，标志着盛大文学已经完成其版图扩张，进入高速发展时期。

中国作协第七届主席团第九次会议在重庆召开 中国作家协会于2010年3月30日至4月2日在重庆申基索菲特大酒店先后召开了七届九次主席团会和七届五次全委会。会议认真学习了刘云山同志在文学创作座谈会上的讲话精神，总结中国作协2009年工作，研究部署2010年工作，审议并同意将工作总结和工作要点提请中国作协七届五次全委会审议。会议推举李敬泽同志为中国作家协会第七届书记处书记。会议审议并同意中国作协书记处《关于重新征集、修改中国作家协会会徽的报告》，决定2010年在全国范围内公开征集。入选会徽方案由主席团会议审定后，提交中国作家协会第八次全国代表大会审议。

4月

华语文学传媒奖颁奖，苏童获颁“年度杰出作家” 4月7日，第八届华语文学传媒大奖颁奖典礼在四川简阳三岔湖举行。著名作家苏童凭借长篇小说《河岸》荣获第八届华语文学传媒大奖分量最重的奖项——“年度杰出作家”。本届华语文学传媒大奖其他5个奖项的获得者分别为：张翎，获颁“年度小说家”；张承志，获颁“年度散文家”；朵渔，获颁“年度诗人”；郜元宝，获颁“年度文学批评家”；笛安，获颁“年度最具潜力新人”。

上海首次召开青年作家创作会议 4月7日，上海首次青年作家创作会议开幕。此次青创会从4月7日一直持续到12日，上海市作协党组书记孙颙和市作协主席王安忆以及赵长天、陈村、陈思和、王晓明、王纪人、赵丽宏等沪上知名作家、批评家，在一周时间内同上海“80后”、“90后”写作群体围绕七个主题展开分组讨论和交流。七个主题分别为：赵长天主持的“新媒介与新写作——《萌芽》作者创作论坛”，王安忆主持的“限制和欲望——上海青年小说家创作论坛”，陈村主持的“上海网络文学青年论坛”，陈思和、王晓明主持的“上海文学批评的未来空间”，赵丽宏主持的“上海校园文学社团创作论坛”，王纪人主持的“想象的力量——上海类型小说创作论坛”，赵长天主持的“上海‘80后’作家群研讨会”。

中国作协与青海省作协联合组织作家赶赴玉树抗震救灾第一线 根据青海省委宣传部的统一安排，中国作协与青海省作协联合组织了抗震救灾采访团。4月17日，抗震救灾采访团赶赴玉树地震灾区。该团由青海省作协主席梅卓任团长。为了不给灾区增加负担，采访团自备了睡袋、棉衣、食品、饮水等生活必需品，采访团成员们表示，已做好克服各种困难的准备，要用文学真实反映党和政府领导抗震救灾的英勇壮举，记录抗震救灾中涌现出来的英雄人物和感人事迹，生动展示抗震救灾的伟大精神。

盛大文学举办的首届全球写作大展（SO）在西安揭晓并颁奖 4月18日，由盛大文学举办的首届全球写作大展（SO）在西安揭晓并颁奖。陈村、阿来、陈忠实、王跃文、雷抒雁等作家，以及白烨、王干、路金波等本届大展评委出席了颁奖礼。当晚的颁奖典礼上揭晓了《逃婚俏伴娘》、《我不是精英》等八部获奖作品。盛大文学为获奖作品支付了600万元版权交易金，其中女写手王雁的作品《大悬疑》获得100万元版权交易金。

全国文学期刊主编2010年北京峰会召开 由中国作家出版集团、小说选刊杂志社联合主办的全国文学期刊主编2010年北京峰会4月23日在京召开。此次会议的主题为“现状与出路”，全国50余家文学期刊主编就如何坚持“二为”方向、“双百”方针，坚持“三贴近”，尊重艺术规律，尊重作家个性，推动中国当代文学发展等进行了热烈而深入的讨论，通过了题为《让我们共同点亮文学的灯火》的倡议书。

5月

中国作协、广东省作协召开网络文学研讨会 5月20日，由中国作协、广东省作协主办的网络文学研讨会在京召开。中国作协党组书记、副主席李冰在讲话中简要分析了网络文学现状，论述了传统文学与网络文学的关系。与会文学网站负责人、作家、评论家分析了网络文学的发展态势并对网络文学创作和传播中存在的问题，提出了积极的建议和意见。他们呼吁社会正确看待网络文学，给网络文学更多的理解、支持和包容。与会专家认为，网络文学是时代变革的产物，无论从传播技术、创作手法，还是从审美取向上看，都充分体现了我们这个时代的特点。应该正面看待网络文学与传统文学的差异性，允许不同写作方式并存，相互学习，取长补短，共同繁荣。

首届中国小说节在江西南昌举行 5月22日，由中国小说学会主办的首届中国小说节在江西南昌举行，张炯、雷达、严歌苓、张翎等约百名海内外知名小说家、小说评论家参加了此次活动。在小说节的“当代小说高峰论坛”上，一批海内外知名的小说家、小说评论家和文化学者，对中国小说当前的发展态势、小说创作与理论建设领域等问题进行深入探讨。小说节期间，主办方邀请了部分海内外知名小说家开展系列文学讲座，并组织作家与读者见面交流。此外，还组织了“小说出版交流”、“书市展销”以及“作家与高校学子对话”等一系列活动。在这届小说节中评出的第三届“中国小说学会奖”全部奖项均由女作家包揽。短篇小说、中篇小说、长篇小说奖的获奖作家分别是范小青、方方和严歌苓，海外文学特别奖被张翎摘取。

“大地之子——故乡情梁斌文学艺术展”在石家庄举办 5月29日至6月20日，由中国作家协会等单位主办的“大地之子——故乡情梁斌文学艺术展”在位于石家庄市的河北省博物馆展出。梁斌跨越50年的生命之作“红旗谱”三部曲，被誉为中国当代文学里程碑式的作品。小说以史诗般的手笔艺术地再现了三代农民不同的斗争道路，以及农民在中国共产党领导下与地主阶级、反动统治者生死搏斗的历史画卷。文学之外，梁斌的书画艺术也独树一帜，画作题材与其革命生涯息息相关，展现了刚正不屈的民族精神。此次展览分为革命生涯、文学贡献、书画艺术、情系人民四个方面，展现了梁斌丰厚的文学贡献和终生根系人民的大地之子情怀。展览不仅带给观众文学艺术美的享受，更有心灵的震撼。

《人民文学》长篇小说双年奖在浙江慈溪颁发 5月30日，《人民文学》长篇小说双年奖在浙江省慈溪市颁发。刘震云、莫言、阿来、苏童、严歌苓分别以他们在2008~2009年两年间发表和出版的长篇力作《一句顶一万句》、《蛙》、《格萨尔王》、《河岸》和《小姨多鹤》获此殊荣。中国作协党组成员、书记处书记、《人民文学》主编李敬泽和来自全国各地的作家、评论家、读者50

余人参加了颁奖仪式。颁奖结束后，人民文学杂志社还与慈溪市共同举办了慈溪作家作品研讨会。

6月

庆贺杨润身从事革命文学创作七十年活动在天津举行 6月3日，由中共天津市委宣传部、天津市作家协会主办的“庆贺杨润身从事革命文学创作七十年活动”在天津市美术展览馆举行。为庆贺杨润身同志从事革命文学创作七十年，主办单位向杨润身同志赠送了水晶制作的纪念牌，杨润身同志将自己创作的部分作品捐赠给了即将开工建设的天津文学馆。天津作协机关刊物《天津作家》将出版庆贺杨润身同志从事革命文学创作七十年的纪念专刊。

中国唐山国际作家写作营举行开营仪式 6月3日，中国唐山国际作家写作营在唐山正式开营。中国作协党组书记、副主席李冰，中共唐山市委副书记、市长陈国鹰在开营仪式上讲话并为写作营揭牌。中国唐山国际作家写作营借鉴了美国“爱荷华国际写作计划”经验。此次国际写作营为期6天，重点安排参观走访，并穿插安排座谈会、研讨会、作家读者见面会，让作家就感兴趣的话题讨论交流，探讨创作经验，并留下充裕的时间给作家进行创作。参加中国唐山国际作家写作营的除来自中国内地与香港及海外的华人作家外，还有来自克罗地亚、突尼斯、保加利亚等国的作家。

《中国文学资料全编·现代卷》出版 6月，由中国社会科学院文学研究所总纂的《中国文学资料全编·现代卷》第一套由知识产权出版社出版。该书收有《郭沫若研究资料》、《创造社资料》、《中国现代文学期刊目录汇编》等，共60种，81册。这套丛书主要以《中国现代文学史资料汇编》为基础并有所扩展。《中国

现代文学史资料汇编》的编纂工作启动于1979年，稍后列入国家第六个五年计划社科重点项目。

萧乾百年诞辰纪念座谈会在京举行　6月7日，由中国作家协会和中央文史研究馆、民盟中央委员会共同主办的萧乾百年诞辰纪念座谈会在中国现代文学馆隆重举行。中国作协主席铁凝、中央文史研究馆馆长袁行霈、民盟中央副主席李重庵出席座谈会并讲话。作家、翻译家屠岸，中央文史研究馆馆员舒乙等13位专家学者和萧乾夫人文洁若女士先后在座谈会上发言。

中国新经济文学创作基地成立　6月11日，时值《滨海时报》试刊百期之际，由滨海新区区委宣传部主办、《滨海时报》社承办的首届滨海笔会暨"中国新经济文学"创作基地成立大会在天津滨海新区举行。《滨海时报》负责人就"中国新经济文学"的基本概念和中国新经济文学创作基地的建立作了详细的阐释。来自京津两地的30余位作家、评论家对"中国新经济文学"的提出表示欣赏，并就这一概念的内涵和外延进行了深入研讨和论证。

中国民间文艺家协会纪念成立60周年　在我国第五个文化遗产日到来之际，6月12日，"守望中绽放辉煌——中国民间文艺家协会成立60周年纪念大会"在京举行。在此次大会上，中国民协表彰了中国民间文学集成先进集体和个人。据悉，由文化部、国家民委和中国民协共同发起的中国民间文学集成项目（包括《中国民间故事集成》、《中国歌谣集成》、《中国谚语集成》）自1984年启动以来，已经于2009年完成了全部普查、编纂、出版任务。这是我国有史以来规模最大、涉及面最广、成果收获最多、经历时间最长、参与人数最多的民间文学抢救项目。它以省为单位分别立卷，三套共90个省卷本（亦即国家卷），合计约1.5亿字。

马克思主义文艺观与当代文学发展研讨会在京举行　6月18

日，由中国作协创作研究部、文艺报社和中国社会科学院马克思主义研究院共同主办的马克思主义文艺观与当代文学发展研讨会在京举行。整整一天时间，数十位文学理论家、评论家聚集一堂，热烈讨论。与会者认为，马克思主义文艺观不仅是一个理论问题，而且是一个实践问题。它的强大生命力不仅在于基本原理的正确性，更在于它能不断地面对新情况，回答新问题，作出新结论，在实践的前进中不断地丰富和发展着自己。3月，由中国作家协会和中央编译局选编的《马克思恩格斯列宁斯大林论文艺》一书作为“马克思主义文艺论著选读丛书”的一种，由作家出版社出版。本次研讨会的召开，也是中国作家协会加强马克思主义文艺理论学习和建设的重要举措。

7月

第8届世界华文微型小说研讨会在香港召开　由世界华文微型小说研究会主办，香港万钧教育机构、香港华文微型小说学会承办的第8届世界华文微型小说研讨会7月2~3日在香港伯裘书院礼堂召开。香港作家联会荣誉会长、作家刘以鬯，世界华文微型小说研究会会长郏宗培，世界华文微型小说研究会创会会长黄孟文等，以及来自美国、日本、澳大利亚、德国、新西兰、英国、泰国、菲律宾、中国澳门等16个国家与地区的100多位微型小说作家、评论家出席了研讨会。与会者就微型小说在各国发展的不平衡性，这种文体适合时代的发展态势，文体自身的优势与局限，微型小说与新技术、新媒体结合的前景，以及手机小说迅速崛起等大家关注的问题进行了深入的探讨。

北京师范大学中国当代新诗研究中心成立　7月7日，北京师范大学中国当代新诗研究中心正式成立。郑敏、屠岸、杨匡汉、赵振江、吴思敬、食指、刘福春、唐晓渡、王家新、西川、树才、李怡、杨晓民、李少君、梁小斌等诗人、诗评家和诗歌翻译家等出席。与会者就北京师范大学中国当代新诗研究中心今后的工作计划、发展方向、追求目标等方面发表了许多意见和建议。大家认为，北京师范大学长期以来在诗歌创作与研究方面有着良性的互动，出现了一批活跃的诗人和诗歌研究学者。北京师范大学中国当代新诗研究中心成立后，要成为沟通学生与诗歌界的重要桥梁，使更多的人从诗歌中获得心灵的升华；要致力于在诗歌界和研究界进行学术对话；要在加强与国际诗歌界的联系、加强中国当代诗歌的海外传播、扩大汉语诗歌在国际上的影响力方面发挥作用；要远离利益交换和人际关系考量，从纯粹的学术角度和需要出发，组织诗人创作研讨会和专题研讨会；要办出自己的学术品格和特色，力争建设中国新诗研究的“北师大学派”。

文学类型化及类型文学研讨会举行 7 月 10 日，由文艺报社与哈尔滨师范大学文学院联合主办的文学类型化及类型文学研讨会在黑龙江省大庆市举行。冯毓云、阎晶明、吴秉杰、张陵、孟繁华、贺绍俊、白烨、陈福民、王干、徐坤、王松、李美皆、崔曼莉、夏烈、于苇等来自全国各地的作家、评论家，与哈尔滨师范大学文学院的教师们聚集一堂，展开热烈的对话和讨论，就文学类型化倾向及类型文学的发生发展、类型文学的内质特性、类型文学的经典可能性等问题展开深入研讨。专家们认为，经典意识在类型文学中依然存在，一些类型文学从经典中汲取了营养。然而，类型文学与传统的精英文学创作是并行不悖的两种文学形态。类型文学应该有自己的评价标准，重视类型文学并不是要把精英文学的种种标准加到它身上，也不必用精英文学的标准去改造它。我们完全可以批评一部类型小说表达的思想价值不健康，但也要防止以教伤乐的倾向，因为娱乐性是类型文学的主要价值。与会代表还从具体作品出发，分别探讨了武侠小说、侦探推理小说、职场小说、谍战小说等类型文学的演进规律、核心要素，以及对传统文学的化用和借鉴等多方面的问题。

鲁迅文学院网络文学编辑培训班开班 7月17日，鲁迅文学院网络文学编辑培训班举行开班仪式。来自新浪、网易、盛大文学、中文在线和部分省作家协会33个网站的41位网络文学编辑，在鲁迅文学院度过了为期半个月的学习生活。中国作家协会党组副书记、书记处书记、鲁迅文学院院长张健在讲话中指出，网络文学编辑的素质和水平直接关乎整个网络文学的发展、兴盛与繁荣，因此培养政治合格、业务优良的网络文学编辑，加强网络文学编辑队伍建设，对于保证网络文学健康发展将会起到积极的作用。鲁迅文学院举办网络文学编辑培训班，是中国作协根据当前我国文学事业发展的全局需要做出的重要决定，体现了党和政府对网络文学事业发展的高度关心和对网络文学编辑人才队伍建设的高度重视。他希望学员珍惜短暂的学习时间，互相交流，共同进步。该培训班于7月30日在京结业。

8月

少数民族文学翻译座谈会在拉萨召开 8月4日，中国作协创联部、西藏文联、西藏作家协会在拉萨召开少数民族文学翻译座谈会，围绕进一步加强藏语言文学作品创作、翻译工作进行交流和座谈，同时也为西藏下一步启动中国作协文学翻译工程做准备。座谈会上，西藏作家协会、西藏作协文学翻译委员会负责人介绍了西藏作协、西藏藏文期刊、西藏藏语文文学创作以及文学翻译、翻译队伍的基本情况。

第二届“汉语诗歌双年十佳”颁奖 8月7日，第二届“汉语诗歌双年十佳”在武汉美术馆举行颁奖仪式，张好好、哨兵、黄礼孩、刘希全、肖开愚、胡弦、大解、黄梵、邰筐、高凯10位诗人获奖。该奖项由《芳草》杂志主办，始于2006年，每两年一届，由来自全国各地的10位评论家推荐产生。据《芳草》主编刘醒龙介绍，组织“汉语诗歌双年十佳”的目的在于发现诗歌创作领域艺术特色鲜明、创作活跃的诗人，尤其为新人的创作提供机会，为提升当下诗歌创作的艺术水准助力，也让更多的读者了解当代的优秀诗人。

第26届青春诗会在浙江文成举行 8月7~11日，诗刊社第26届青春诗会在浙江文成县举行。青年诗人许强、慕白、黄芳、李山、赖廷阶、东涯、泥马度、柯健君、刘畅、扶桑、唐不遇、俞昌雄、刘小雨参加了本届诗会。王巨才、李小雨、王家新、张清华、树才、柯平、荣荣、池凌云等文学专家同青年诗人共同探讨新世纪诗歌发展之路。

汉学家文学翻译国际研讨会在京召开 8月10日上午，汉学家文学翻译国际研讨会在京召开。此次研讨会由中国作家协会主办，来自美国、英国、法国、德国、西班牙、日本、俄罗斯、意大利、荷兰、乌克兰、韩国、埃及等十几个国家的汉学家相聚北京，为期两天的研讨会围绕“中国文学翻译经验与建议”的主题展开深入交流。各国汉学家和中国作家、翻译家们一起，就当代中国文学翻译的现状与经验、翻译与汉学、中国当代文学在世界的传播、文学翻译在跨文化交流中的作用等话题展开讨论。

湖北女作家群创作研讨会在京召开 8月12日，中国作协创

研部和湖北省作家协会联合在京举办湖北女作家群创作研讨会，对湖北女作家方方、池莉、林白、姚鄂梅、华姿、阿毛、魏光焰、苏瓷瓷、童喜喜、李榕、王建琳、冯慧、千里烟、王晓英、刘敏（紫百合）、王芸、汪忠杰等的作品进行研讨。本次研讨会还特别就女作家群创作进行高层研讨。湖北省作协作了认真筹划，旨在展示女作家群成果，透视女作家群现象，提升女作家群素养，打造女作家群品牌，从而推动女作家以至整个作家队伍建设，进一步繁荣湖北文学创作。与会评论家认为，湖北女作家与时俱进，坚守正确的价值观和审美观，立足现实，关注社会，关怀民生；在艺术上精益求精，不哗众取巧，不猎奇涉艳；注重从女性的人生经验与情感体验中，发掘湖北地域文化的底蕴，呈现出厚重见灵秀、平实出绚烂的特色。

影视与文学研讨会在京举行 8月13日，由文艺报社、人民文学杂志社、中国电视艺委会和中国作家网共同主办的影视与文学研讨会在北京举行。来自全国的作家、剧作家、文艺评论家60余人与会。此次研讨会旨在从理论上厘清影视与文学之间的关系，互相促进共同发展。与会者还就中国影视剧与文学相伴的辉煌历程、新时期影视文学的发展现状、影视与文学创作过程中的实际困难、加强和改进电影电视批评等问题进行了坦诚的交流。

纪念冰心诞辰110周年系列活动举行 为纪念我国20世纪杰出的文学大师冰心诞辰110周年，由中国作协、福建省文联、冰心研究会等联合主办，中共长乐市委、长乐市人民政府、冰心文学馆等承办的系列活动于8月22日在冰心的故乡福建省福州市举行。22日下午，“冰心巴金世纪友情”展览在福建省美术馆开幕。该展览通过“文学交往”、“人格魅力”、“文学殿堂”、“共同出访”、

“真诚诉说”、“墨宝流芳”、“世纪告别”和“文坛佳话”等单元，展示了冰心与巴金一个世纪的交往与友情，展示了他们的精神风貌与人格魅力，展示了他们对社会的影响与对民族的贡献。“有了爱就有了一切——冰心走过的文学道路”和“繁星闪烁——冰心研究会、冰心文学馆的足迹”同日在位于市内安民巷的福建省文学院讲习所开始展出。当天晚上，还在福建省闽剧艺术中心举行了题为“三坊七巷女儿：冰心”的诗文朗诵会。

9 月

首届郁达夫小说奖公布终评结果　9 月 1 日，由浙江省作家协会、江南杂志社主办的首届郁达夫小说奖评选工作结束。此次评选范围为 2008 ~ 2009 年在我国内地，香港、澳门特别行政区，台湾地区以及海外各地用汉语公开发表的中短篇小说。经过终评委的数轮实名投票，陈河的《黑白电影里的城市》击败《豆汁记》、《最慢的是活着》、《特蕾莎的流氓犯》斩获中篇小说奖，铁凝的《伊琳娜的礼帽》击败《睡觉》、《第四十三页》、《陪夜的女人》最终获得短篇小说奖。

“中日青年作家对话会”在京举行　继在 2006 年的“中日青年作家对话会”之后，9 月 2 ~ 5 日，活跃在中日两国文坛的新生代青年作家再次聚首北京。此次“中日青年作家会议 2010”由中国社会科学院外国文学研究所主办，来自中国和日本的 40 余位作家、翻译家、学者在会议期间就“全球化中的文学”、“越境与文学”、“越境写作与评论”、“通过翻译阅读中国，通过翻译传达日本——过去、现在以及未来”等主题共同分享了自己独特的文学体验。中国作家协会主席铁凝、日本驻中国大使馆公使山田重夫、中国作协主席团委员莫言、中国社会科学院外国文学研究所所长陈众议等出席开幕式。开幕式上，中日两国青年作家团团长麦家和中村文则分别以汉语和日语宣读了日本著名作家、诺贝尔文学奖获得者大江健三郎的贺词。

盛大文学收购数字期刊阅读网站“悦读网” 盛大文学9月9日在京宣布已出资收购悦读网（www. zubunet. com）。悦读网是中国第一家数字原版期刊的发行网站，也是国内最具影响力的数字期刊阅读网站。它拥有独立研发的自主知识产权的软件技术，与超过800家刊社、出版机构正规签约上线，对近千种大众流行刊物进行高清数字发行，涵盖财经、管理、时事、时尚、汽车、家居、体育、数码等多种类型，且能百分百完整呈现纸刊内容，原汁原味地展现期刊出版行业的精华和积累。盛大文学表示，盛大文学控股悦读网后，后者资源将接入云中书城，并通过云中书城与新锐电子书品牌 Bambook 实现无缝对接。8月25日，盛大文学宣布收购了天方听书网（www. tingbook. com），布局有声出版领域。至此，盛大文学旗下已经有7家原创文学网站，与4家出版策划公司达成深度合作，成为拥有有声出版领域和数字期刊领域的最大的网站。

北京大学中国诗歌研究院成立 9月12日，北京大学中国诗歌研究院在北京大学正式揭牌成立。北京大学校长周其凤院士、北京大学国学研究院院长袁行霈教授等近百位北京大学领导和诗歌界人士出席了成立大会暨“诗歌：古典与现代”研讨会。北京大学中国诗歌研究院的成立适逢北京大学中文系建系100周年，它集合了北京大学中国新诗研究所、北京大学中国古代诗歌研究中心等机构，更有效地整合各方学术资源，对与诗歌相关的诸多领域的研究做出整体规划，开创了诗歌研究与大学学术之间关系的新篇章。北

京大学中国诗歌研究院由谢冕教授担任院长。

“中国作家第一村”在东莞挂牌成立　“中国作家第一村”9 月 28 日在广东东莞市樟木头镇御景花园正式挂牌成立。著名评论家雷达从樟木头镇镇长罗伟伦手里接过“中国作家第一村”村长聘书，正式出任“中国作家第一村”村长之职。被誉为“小香港”的东莞樟木头镇因其优美的自然生态环境而吸引了一批中国国内知名作家、学者落户于此，当中多人在国内文坛占有一席之地，甚至有多个鲁迅文学奖获得者。仅 2010 年，就有其中 5 人入围鲁迅文学奖评选。挂牌成立后，“中国作家第一村”首届文化论坛随即在樟木头镇御景花园举行。“中国作家第一村”村长雷达及廖红球、高洪波、南翔、葛水平、王松、雪漠、陈启文等“村民”作家分别就如何在多元文化的交融中和谐发展进行发言。

第五届老舍散文奖评奖揭晓　9 月 28 日，《北京文学》创刊60 周年庆典暨第五届老舍散文奖揭晓与颁奖活动在京举行。第五届老舍散文奖评委会由雷达、胡平、白烨、阎晶明、张陵、彭学明、田珍颖、张守仁、崔道怡、黎晶、杨晓升组成。经过长时间认真充分的讨论，评委们从 31 篇候选作品中，以无记名投票的方式，经多次投票决出胜负，最终评出了本次大奖赛的 10 篇获奖作品。它们分别是：耿翔的《土地的黄昏》、江子的《血脉中的回声》、赵大年的《菜羹香》、秦锦屏的《女子女子你转过来》、阎连科的《在富锦的想象》、周振华的《我和父亲的那段岁月》、安然的《哲学课》、韩小蕙的《德国的人》、张成起的《一把转椅的诉说》、林渊液的《黑白间》。其中秦锦屏、安然、林渊液三位获奖者均是 30 岁出头的文学新人。本次 10 篇获奖作品及其他候选作品，将由江苏凤凰出版集团结集出版。

10月

姚雪垠百年诞辰纪念座谈会在京举行 10月9日，由中国作家协会主办的姚雪垠百年诞辰纪念座谈会在中国现代文学馆举行。中国作协主席铁凝出席并讲话。纪念座谈会由中国作协党组书记、副主席李冰主持。铁凝在讲话中深情缅怀了姚雪垠先生的文学成就和人生历程，对他在文学理论与创作、历史研究以及对外文化交流等领域作出的杰出贡献和广博的学识、勤奋的治学精神表达了崇高的敬意。原国家经委主任袁宝华、原教育部副部长杨蕴玉、中国作协有关领导及来自首都文学界和湖北、河南、河北、香港、台湾的专家、学者近百人出席了座谈会。

中国人民大学设立驻校作家、驻校诗人制度 10月，中国人民大学国际写作中心成立，它将以多种方式促进中国文学的发展以及国内外文学交流和对话。该中心成员包括在中国人民大学任教的知名作家、诗人和学者王家新、阎连科、劳马、孙郁、程光炜等。与此同时，参照世界上一些大学的模式，中国人民大学建立驻校作家、驻校诗人制度，邀请国内外著名作家、诗人到中国人民大学讲学、交流，从事写作项目；中国人民大学文学院同时开设“创造性写作”课程，招收“创造性写作”研究生，并将举办高质量的国际文学节。2010年秋季，著名诗人多多应邀成为中国人民大学首位驻校诗人。

中国少数民族文学学会第七届代表大会在广西召开 中国少数民族文学学会第七届代表大会暨学术研讨会于10月9~12日在广西南宁召开，会议于12日选举产生了中国少数民族文学学会新一届理事。本届中国少数民族文学学会代表大会暨学术研讨会主要讨

论的议题包括民族文学研究反思、民族文学发展的趋势和走向、民族文学个案研究、民族文学学科建设与人才培养、民族文学与自然生态研究。本次学术研讨会共收到论文70余篇，内容涉及民族文学、少数民族文学作家、社会发展与民族文化关系、民族文学与民族文学作家关系等。

中国现代文学研究会召开第十届年会　中国现代文学研究会第十届年会10月13日在成都召开。此次年会由中国现代文学研究会与四川师范大学文学院联合主办，四川师范大学文学院承办。出席大会的有来自北京大学、复旦大学、南京大学、中国社会科学院等全国数十所高校、研究机构的中国现代文学研究会第十届理事与名誉理事，各省、自治区、直辖市会员代表以及海内外特邀代表、列席代表约300人，收到论文120多篇。此次年会研讨主题为“中国现代文学经典与当代文化建设”，下设四个分题，即“现代文学经典阐释与当代语文教学”、“现代文学与成都”、“现代文学和现代汉语问题”和“现代文学与当代文学的关联”。会议选举了第十一届理事会，由北京大学教授温儒敏继任会长。

《收获》、《上海文学》将大幅度提高稿费　由上海作家协会主管的《收获》、《上海文学》等文学刊物的稿费从2010年最后一期开始，在原有的稿费基础上大幅度提高标准，最低稿费标准将是原标准的2倍，优秀稿件的稿费有望达到原标准的5倍以上。长期以来，像《收获》、《上海文学》这样的优秀文学期刊，小说每千字稿费在80元左右，而在此次提高稿费之后，千字稿费可能超过200元，刊发在头条的主打稿子等优秀作品，作者更有望获得原标准5倍以上的稿费。

纪念曹禺诞辰100周年座谈会举行　10月14日，文化部、中国文联、北京市人民政府在京联合举行纪念曹禺诞辰100周年座谈

会，中共中央政治局委员、中央书记处书记、中宣部部长刘云山在会上强调要继承和发扬曹禺等老一辈文艺工作者的宝贵精神，始终坚持先进文化前进方向，创作生产更多无愧于时代、无愧于人民的文艺精品，为促进社会主义文艺事业繁荣发展作出新的贡献。

第五届鲁迅文学奖获奖作品名单公布 10月19日，第五届鲁迅文学奖（2007~2009）获奖作品名单公布，共30篇（部）作品获奖，其中中篇小说、短篇小说、报告文学、诗歌、散文杂文、文学理论评论各5篇（部）。值得一提的是，本次鲁迅文学奖文学翻译奖项首次空缺。

全国满族当代文学论坛暨《满族文学》创刊30周年庆典举行 10月20日，由中国少数民族作家学会、丹东市文联和满族文学杂志社联合举办的全国满族当代文学论坛暨《满族文学》创刊30周年庆典在丹东市举行。与会者认为，在中国当代文学中，满族作家的创作占有重要的地位，满族作家群是中国当代文坛一支不可忽视的力量。这个作家群体的创作抵达了中国当代文学的最前沿，成为中国当代文学的重要组成部分。对于满族作家来说，他们有先天的得天独厚的民族文学土壤和优秀的民族文化传统。立足于自己民族的社会生活，再现独特的民族生活画卷，反映民族的风土人情，展示传统与现代、人与自然之间的融合与矛盾，正是满族作家的独到之处。

海外华文作家向中国现代文学馆捐赠著作 10月30日，由中国现代文学馆、海外新移民华文作家国际笔会、美国科发出版集团公司、美国《世界华人周刊》杂志社、美国文心社和香港《文综》杂志社联合主办的“海外华文作家向中国现代文学馆赠书新闻发布会暨《世界华人文库》出版座谈会”在中国现代文学馆举行。参加本次赠书活动的海外华文作家有来自美国的严歌苓、少君、陈

瑞琳、施雨、融融，来自加拿大的张翎，来自英国的虹影，共捐赠了他们的 100 多种文学作品。仪式由中国现代文学馆常务副馆长吴义勤主持，中国作家协会副主席、中国现代文学馆馆长陈建功代表中国现代文学馆接受捐赠并致答谢辞。

11 月

第九届全国文学院院长联席会议在福建举行 11 月 2~4 日，由福建省文联和鲁迅文学院主办、福建省文学院和中共南平市委宣传部承办的第九届全国文学院院长联席会议在福建武夷山举行。来自鲁迅文学院和全国 22 个省区市文学院的主要负责人或代表参加了本届会议，与会者积极交流探讨一年来各地文学院工作取得的可喜成绩和宝贵经验。本届全国文学院院长联席会议以“青年作家培养与作家队伍建设”为主题。会上，与会代表结合各地文学院工作实际，着重就如何采取措施加大青年作家的培训力度、拓展培训模式，如何创新和完善合同制作家和签约制作家的管理体制机制，如何发掘文学人才资源并团结不同类型作家、壮大作家队伍、实现文学人才可持续发展，各文学院如何跨地区合作、整合资源、优势互补、发挥协同效应开展优秀青年作家的培训等方面问题展开深入交流和探讨，达成了广泛共识。

《钟山》发布“30 年十大诗人排行榜” 11 月 5 日，继评出 30 年（1979~2009）十佳长篇小说后，《钟山》杂志又组织了 30 年（1979~2009）十大诗人的评选。经过多方征求意见，并由 12 位评委提交榜单和推荐，选出的 1979~2009 年十大诗人为：北岛、西川、于坚、翟永明、昌耀、海子、欧阳江河、杨炼、王小妮、多多。参加评选的 12 位评委分别为：敬文东、耿占春、张学昕、何平、燎原、陈超、沈奇、黄礼孩、唐晓渡、何言宏、吴思敬、张清华。与目前其他奖项的评奖原则和规则不同，《钟山》的评选以文学标准为唯一标准，遵循完全公开透明的规则，评委名单、各自的选票及评语全部在《钟山》发表。据悉，《钟山》正与新浪网合作，征求网友选票，将推出十大诗人网友榜单。

夏衍诞辰110周年座谈会在京举行 11月5日，“夏衍同志诞辰110周年座谈会”在国家广电总局举行。2010年是我国新文化运动的先驱者，著名文学家、剧作家、评论家、翻译家、社会活动家夏衍诞辰110周年。夏衍创作的电影剧本《祝福》、《林家铺子》、《狂流》、《春蚕》、《风云儿女》、《压岁钱》、《革命家庭》、《烈火中永生》等作品成为中国电影史上的经典之作。他所著《写电影剧本的几个理论问题》等专著成为中国电影剧作的入门之作。座谈会由电影局、电影剧本中心、中国夏衍电影学会共同主办。国家广电总局电影局领导、夏衍亲属、老艺术家及中青年编剧代表参加了座谈会。大家共同缅怀、回顾了夏衍同志勤奋、奉献的一生。于敏、王晓棠、王人殷、翟俊杰等老电影工作者以及青年编剧代表等发言表示要向夏衍同志学习，用心创作、开拓进取，为促进电影事业的大繁荣、大发展而努力奋斗。

第五届鲁迅文学奖在绍兴颁奖 11月9日晚，由中国作家协会和绍兴市委、市政府共同主办的第五届鲁迅文学奖颁奖典礼在鲁迅先生的故乡绍兴举行。中共中央政治局常委李长春，中共中央政治局委员、中央书记处书记、中宣部部长刘云山分别致信祝贺。全国政协副主席孙家正宣布典礼开幕。中国作协主席铁凝致开幕词，中国作协党组书记、副主席李冰等出席颁奖典礼并为获奖作家颁奖。第五届鲁迅文学奖共有30篇（部）作品获奖，这些作品代表了2007~2009年中国文学创作取得的实绩。

纪念钱钟书诞辰 100 周年学术研讨会在北京举行　11 月 10 日，纪念钱钟书诞辰 100 周年学术研讨会在北京举行，研讨会由中国社会科学院学部主席团主办，文学研究所、外国文学研究所承办，来自全国教学科研等单位及新闻媒体的代表近 200 人参加了研讨会。全国政协副主席、中国社会科学院院长陈奎元，中国社会科学院常务副院长王伟光等出席研讨会。与会专家围绕钱钟书与当代国学、钱钟书与外国文学、钱钟书的文学创作、钱学与中西文化比较等主题进行了热烈讨论。除学术研讨会外，中国社会科学院还编辑出版了由中国社会科学院原副院长丁伟志先生担任主编的《钱钟书先生百年诞辰纪念文集》，分简、繁体两种版本，由北京三联书店和香港牛津出版社同时出版。

浙江青年小说家群现象研讨会在京召开　11 月 20 日，由中国作协创研部、文艺报社、人民文学杂志社、收获杂志社、浙江省作家协会主办，浙江文学院承办的浙江青年小说家群现象研讨会在京召开。研讨会上，李敬泽、胡平、雷达、何西来、吴秉杰、吴义勤、何向阳、施战军、崔道怡、陈晓明、贺绍俊、王干、牛玉秋、李建军、孟繁华等专家学者齐聚一堂，分别对鲍贝、吴玄、薛荣、斯继东、孔亚雷、方格子、哲贵、杨怡芬、艾伟、畀愚、张忌、陈集益、海飞、东君共 14 位与会的浙江青年小说家展开一对一的评论研讨。

“坚守与突破——2010 中原作家群论坛”在郑州举行　11 月 23 日，由中国作家协会、中共河南省委宣传部主办，中国作协创研部、河南省文联、河南省作协、河南省文学院承办的“坚守与突破——2010 中原作家群论坛”在郑州举行。河南籍作家以及来自全国的评论家百余人参加了论坛，共同研讨全球化、网络化时代文学创作的发展方向。中国作协主席铁凝出席论坛并致辞，李佩甫代表中原作家宣读了以“坚守与突破”为题的中原作家宣言。

第二届中国当代文学·南京论坛在南京举行 11月25~26日，由江苏省作家协会、凤凰出版传媒集团、南京大学中国现代文学研究中心共同主办，《钟山》杂志社、江苏文艺出版社承办的第二届中国当代文学·南京论坛在南京举行。中国作家协会主席铁凝，江苏省作家协会主席、党组书记范小青，凤凰出版传媒集团董事长谭跃，南京大学中国现代文学研究中心主任董健出席论坛开幕式并致辞。本届论坛的总议题是“二十一世纪中国文学：现实与理想”，主要针对中国当代文学创作上一些前沿性的重要问题展开研讨。论坛以建设中国文学问题权威论坛和江苏省作家协会品牌活动为目标，力求对中国当代文学特别是江苏文学的创作与发展产生积极影响。

中国当代文学研究会第十六届年会在海口举行 11月27~29日，由中国当代文学研究会与海南师范大学文学院共同主办的新时期与新世纪文学国际学术研讨会暨中国当代文学研究会第16届学术年会在海口举行，来自全国200多所高校与当代文学界的350多位专家学者与会，其中还有来自中国台湾、美国、加拿大、韩国、日本等国家和地区的数十名学者。学术研讨会和学会年会围绕新时期、新世纪文学思潮研究，新时期、新世纪小说研究，当代小说再解读，文学与传媒等多项议题展开讨论。张炯、谢冕、顾骧、晓雪、杨匡汉、贺绍俊、雷达等40余人在大会上发言，120多人在小组讨论中发言。其间，还举行了研究会领导机构的换届选举，产生了188人的理事会与38人的常务理事会，选举白烨为新任会长，雷达、吴思敬、包明德、陈思和、陈晓明、於可训、程光炜、孟繁华、李敬泽、吴义勤为副会长，陈福民为秘书长。成立于1978年的中国当代文学研究会，前三任会长分别为冯牧、朱寨、张炯。

12 月

首届郁达夫小说奖颁奖典礼举行　12 月 7 日，由浙江省作协、《江南》杂志社主办，富阳市人民政府协办的首届郁达夫小说奖颁奖典礼，在郁达夫故乡富阳隆重召开。短篇小说奖得主铁凝、中篇小说奖得主陈河以及提名奖获得者毕飞宇、乔叶、朱山坡，与陈建功、李敬泽、迟子建、曹文轩、程永新、贺绍俊、施战军、任芙康等专家评委及众多特邀嘉宾等一起聚集郁达夫故乡，共同见证此次文学盛典。郁达夫小说奖是以弘扬郁达夫文学精神为主旨，鼓励浪漫诗意的性情写作，注重汉语叙事传统的继承和创新的小说类文学奖项。该奖两年一届，且只针对中短篇小说进行评选。与其他文学奖项不同的是，郁达夫小说奖突破性地将评选范围扩展至海外华语创作，并首创“实名投票、评语公开”的透明评奖方式，受到了国内媒体和社会公众的全程关注。

“《作家文摘》阅读人物”评选结果揭晓　12 月 11 日，由中国作家出版集团作家文摘报社举办的首届“《作家文摘》阅读人物”评选结果正式揭晓。经过读者推荐、编辑部及专家评议等程序，著名剧作家苏叔阳、画家韩美林、作家梁晓声、社会慈善活动家万伯翱、学者张鸣获得首届“《作家文摘》阅读人物”荣誉。梁晓声在获奖感言中表示，文学早已很寂寞，作家早已很边缘。在一切向钱看的潮涌中，却仍有一些刊物没有靠八卦吸引眼球，对得起读者读它的时间。他说道：“我们有理由相信，我们虽然处于娱乐至死的时代，也处于文化本能的、想要凤凰涅槃的时代。人们不仅仅只需要眼球的满足，因此写作者要与文化涅槃的本能相结合。”

北京文艺评论家协会成立　12 月 12 日，由北京的高校、科研院所、院团机构、媒体单位和文化管理部门从事文艺理论和评论工作的专家、学者、艺术家和相关文艺管理者联合发起的北京文艺评论家协会，在北京文联小剧场举行第一次会员大会，宣布“北京文艺评论家协会”成立。来自北京的文学、音乐、舞蹈、戏剧等门类的文艺评论家们聚集一堂，会议通过了北京文艺评论家协会章程，选举了第一届理事会理事。北京大学中文系教授谢冕担任北京文艺评论家协会第一任主席，多位艺术门类的著名文艺评论家担任副主席。新当选的主席谢冕表示：“北京文艺评论家协会的宗旨是把文学、表演艺术、造型艺术各门类的文艺评论工作者组织起来，通过开展科学、坦诚、理性、客观、公正的文艺评论，营造宽容、和谐、健康、活泼的文艺评论环境，凸显文艺理论评论家的社会责任感和历史使命感。”

“新中国北京文艺六十年：2010·北京文艺论坛”举行 12月15~16日由北京市文学艺术界联合会主办、北京市文联研究部承办的“新中国北京文艺六十年：2010·北京文艺论坛”在北京九华山庄举行。来自北京文联系统和首都高校、文艺研究机构的40余位理论批评家、专家学者围绕北京文艺60年的总主题，从文学创作、理论批评、戏剧、戏曲、音乐、摄影、电影、电视、美术、书法、杂技、曲艺等门类的不同角度，研讨了北京文艺60年来的探求与发展，检阅了各个文艺门类的实绩与成果，并从不同的层面总结了各自的经验等。论坛期间，还举行了“北京市文联第六届文艺评论奖”颁奖典礼。

𝔹.13

附录二

一 “新浪·读书”小说类图书点击排行

（前20名）

排名	书名	作者	出版社
1.	我的妻，放了我	诺　亚	作家出版社
2.	组织部长家的小保姆	范家庆	百花洲文艺出版社
3.	瑾年绝恋醉流苏	安知晓	沈阳出版社
4.	大学潜规则	史生荣	人民文学出版社
5.	省委大院	纳　川	作家出版社
6.	权色	汪宛夫	珠海出版社
7.	跟我的前妻谈恋爱	李　唯	中国青年出版社
8.	妃子血	周　梦	吉林出版集团
9.	别对我撒谎	连　谏	江苏文艺出版社
10.	省长亲信	闻　雨	百花洲文艺出版社
11.	匿名信	雪　静	中国华侨出版社
12.	有多少爱可以重来	人海中	国际文化出版公司
13.	老婆不在家	李云龙	云南人民出版社
14.	市委书记	大　木	群言出版社
15.	如果不能好好爱	高雅楠	凤凰出版传媒集团
16.	错嫁良缘之洗冤录	浅　绿	北方妇女儿童出版社
17.	领导班子	卢苏宁	云南人民出版社
18.	中国式秘书2	丁邦文	天津人民出版社
19.	婚房	妩　冰	重庆出版社
20.	红枕	吴　虹	长江文艺出版社

二 “开卷”小说类图书销售排行

（前20名）

	书名	作者	出版社
1.	小时代2.0虚铜时代	郭敬明	长江文艺出版社
2.	独唱团（第1辑）	韩寒 主编	书海出版社
3.	杜拉拉升职记	李 可	陕西师范大学出版社
4.	临界·爵迹（I）	郭敬明	长江文艺出版社
5.	失落的秘符	丹·布朗（美国）	人民文学出版社
6.	1988：我想和这个世界谈谈	韩 寒	国际文化出版公司
7.	幸福了吗？	白岩松	长江文艺出版社
8.	杜拉拉2——华年似水	李 可	陕西师范大学出版社
9.	山楂树之恋	艾 米	江苏人民出版社
10.	1Q84	村上春树（日本）	南海出版公司
11.	杜拉拉3——我在这战斗的一年里	李 可	江苏文艺出版社
12.	狼图腾	姜 戎	长江文艺出版社
13.	蜗居	六 六	长江文艺出版社
14.	小时代1.0折纸时代	郭敬明	长江文艺出版社
15.	目送	龙应台	生活·读书·新知三联书店
16.	暮光之城——暮色	（美国）斯蒂芬妮·梅尔	接力出版社
17.	文化苦旅	余秋雨	东方出版中心
18.	暮光之城——破晓	斯蒂芬妮·梅尔	接力出版社
19.	幻城	郭敬明	长江文艺出版社
20.	东霓	笛 安	长江文艺出版社

图书在版编目（CIP）数据

中国文情报告. 2010～2011/白烨主编. —北京：社会科学文献出版社，2011.5
（文学蓝皮书）
ISBN 978－7－5097－2264－0

Ⅰ.①中… Ⅱ.①白… Ⅲ.①文学－概况－中国－2010～2011 Ⅳ.①I206.7

中国版本图书馆 CIP 数据核字（2011）第 066028 号

文学蓝皮书
中国文情报告（2010～2011）

主　　编／白　烨

出 版 人／谢寿光
总 编 辑／邹东涛
出 版 者／社会科学文献出版社
地　　址／北京市西城区北三环中路甲 29 号院 3 号楼华龙大厦
邮政编码／100029
网　　址／http：//www. ssap. com. cn
网站支持／（010）59367077
责任部门／皮书出版中心（010）59367127
电子信箱／pishubu@ ssap. cn
项目经理／宋月华　范　迎
责任编辑／范　迎　宋荣欣
责任校对／班建武
责任印制／董　然
品牌推广／蔡继辉

总 经 销／社会科学文献出版社发行部
（010）59367081　59367089
经　　销／各地书店
读者服务／读者服务中心（010）59367028
排　　版／北京中文天地文化艺术有限公司
印　　刷／北京季蜂印刷有限公司

开　　本／787mm×1092mm　1/16
印　　张／16.75
字　　数／206 千字
版　　次／2011 年 5 月第 1 版
印　　次／2011 年 5 月第 1 次印刷

书　　号／ISBN 978－7－5097－2264－0
定　　价／49.00 元

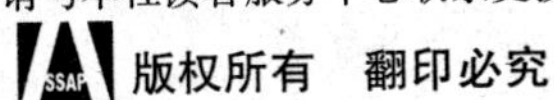